本书编委会名单

主　　编　李志良

执行主编　麦正阳

编　　委　黄腾杰　吴文斌　陈善英

梦想成真

东莞广播电视台十周年台庆员工作品集

李志良◎主编

暨南大學出版社
JINAN UNIVERSITY PRESS

中国·广州

图书在版编目（CIP）数据

梦想成真/李志良主编. —广州：暨南大学出版社，2015.3
ISBN 978－7－5668－1367－1

Ⅰ.①梦… Ⅱ.①李… Ⅲ.①散文集—中国—当代 Ⅳ.①I267

中国版本图书馆 CIP 数据核字（2015）第 048635 号

出版发行：暨南大学出版社

出 版 人：徐义雄
责任编辑：张仲玲　武艳飞　齐　心
责任校对：何　力
封面设计：山　内

地　　址：中国广州暨南大学
电　　话：总编室（8620）85221601
　　　　　营销部（8620）85225284　85228291　85228292（邮购）
传　　真：（8620）85221583（办公室）　85223774（营销部）
邮　　编：510630
网　　址：http：//www.jnupress.com　http：//press.jnu.edu.cn

排　　版：广州良弓广告有限公司
印　　刷：广州市新怡印务有限公司

开　　本：787mm×1092mm　1/16
印　　张：19
字　　数：300 千
版　　次：2015 年 3 月第 1 版
印　　次：2015 年 3 月第 1 次

定　　价：72.00 元

岁月如梦 岁月如诗

岁月荏苒，十年改革征程，弹指一挥间；岁月峥嵘，创新之路，荆棘满布；岁月如梦，职业理想，共同守望；岁月如诗，果实丰收，沉硕甘甜。在东莞广播电视台（以下简称“东莞广电”）成立十周年之际，东莞广电员工以《梦想成真》一书向十年风雨历程致敬。请你打开它，一起感受东莞广电人的理想与情怀；请你品味它，一起回顾东莞广电人的欢笑与哭泣。

俄罗斯文学家波罗果夫说：“书就是社会，一本好书就是一个好的世界，好的社会。”《梦想成真》这本集子，是东莞广电人十年的岁月回望，每一个篇章都是一段岁月的盘点，每一个句子都是一片燃烧着理想的火花。

这本书或讲述采访中的见闻，无畏艰险，风雨兼程；或讲述生活中的感悟，娓娓道来，家长里短……在一个个真实的故事里，你能感受到东莞广电人记录时代变迁的社会责任，聆听到他们追逐新闻理想的坚定脚步声；从一个个生动的细节中，你能捕捉到他们在“采编播”过程中展现出的“真善美”，领略到他们在服务公众过程中彰显的媒体公信力，感悟到他们心中坚守的“正义、爱心、良知、理性”——它照亮了社会，照亮了大众，也照亮了自己。

苏哲新是一名技术规划师，他细细道来的《做一名优秀的技术规划师》，讲述了一名技术骨干的心路历程，从中你会发现这些荧屏后的无名英雄，他们的职业是多么的“高大上”，你能体会到技术部人员创业的艰辛。

谢钰是一名老记者，退休了仍在一线发挥余热。她的《坚守，无怨无悔》，以一位老广电人的经历，道出了她对这一职业的热爱。从她文章的字里行间，你绝不会感到“廉颇老矣”，反而会感受到女记者特有的青春风采。

李得云的《电视播出机房搬迁回忆录》，真实记录了他和同事们如何奋战一百天，终于让机房成功进驻新广播电视中心的过程。那是一场硬仗啊，也是一段激情燃烧的岁月！

赵妍昱在《广电人的微小公益大爱梦》中，讲述了她如何以个人之力，促成一项公益行动，从而荣获“东莞市第二届十大慈善人物奖”。她说：

"这个奖，不仅仅是对我个人的肯定和鼓励，更是对我们广电公益行动的赞许和表彰。"

还有，林顺如的《热心帮扶　温暖人心》，讲述了对口帮扶望牛墩镇杜屋村的经历；吴文斌的《坎坷路上，阳光温暖依然》，体现了东莞广播电视台这个大家庭的浓浓温情；高莉的《我们在阳光下前行》、谢海韵的《我在北京学习的日子》、萧雪儿的《我的N个"第一次"》等，都洋溢着圆梦者的喜悦，向我们揭开了神秘的广电人生活的面纱……东莞广电人用实际行动诠释了媒体人"无愧于今、无愧于岗、无愧于心"的社会责任和职业良知。

《梦想成真》也是东莞广播电视台十年改革创新发展的生动佐证。它向我们讲述了东莞广电人如何秉承"追求精彩、创造精彩、奉献精彩"的办台理念；如何开展人事管理、薪酬分配、节目生产、广告经营等一系列改革；如何打破境外电视台在东莞收视市场二十多年的垄断地位；东莞阳光网如何跃升为"中国十大地方门户网站"；全台经营收入如何从1.5亿元增长至3.4亿元……它还向我们展示了东莞广播电视台取得的成就，东莞广播电视台得到了南方传媒集团和广东省电视艺术家协会领导的高度评价："东莞广播电视台是广东广电集团化改革的一面旗帜，创造了广东广电发展史上的奇迹！"

这本书分为"创新"、"创业"、"创造"、"创举"四大部分，图文并茂，全彩印刷，精美时尚，可读性强。在本书中，你将看到，东莞广电人绝不是冰冷的记录者，他们心中有爱，眼中有泪。欢迎你品读他们真心流露的文字，感受他们的诚挚和努力，分享他们激情奔涌的人生。

新媒体异军突起，改变了传媒生态环境，使得媒体竞争更趋激烈。愿东莞广电人以"不畏浮云遮望眼"的志气、"吾将上下而求索"的毅力和"直挂云帆济沧海"的豪情，一如既往地挺立在媒体改革的最前沿，矢志不渝地走在为社会的进步鼓与呼的道路上！因此，《梦想成真》既是东莞广电前一个十年的"回忆录"，也是东莞广电后一个十年的"宣言书"！

愿与东莞广电人共勉！是为序。

2015年2月19日

（作者系广东省电视艺术家协会主席，南方广播影视传媒集团原总裁、党委书记，广东省广播电影电视局原局长、党组书记）

目　录

TM
2005—2015
缤纷十载
播放精彩

TH
2005—2015
缤纷十载
播放精彩
梦想成真
目
录

2005—2015
缤纷十载
播放精彩
东莞广播电视台十周年台庆员工作品集

第一篇章

创新

TH
2005—2015
缤纷十载
播放精彩

FM104MHz 新频率发声

廖唯方/文

东莞广播电视台成立十年了。在这十年里，我在不同的部门工作、学习、锻炼，其中有五年是在东莞电台，并与它一起成长。这五年对我个人而言是快速成长的五年，也是让我见证了东莞电台蜕变的黄金五年。

在广播中心的五年里，最激动人心的时刻应该是新频率FM104MHz正式发声的那一刻了。

一直以来，东莞电台都是依托新闻综合频率 FM100.8MHz 和交通音乐频率 FM107.5MHz 为东莞广大市民服务的。这两套广播频率得到了听众的认可，收听市场份额一直都在六成以上。但是，随着需求的多元化、节目的差异化，听众的要求越来越高，两个频率已无法再满足听众的需求，增加频率资源成了东莞电台广播人的心愿。经过多年的争取与努力，这个心愿终于在 2013 年 9 月 28 日完成了。

经国家新闻出版广电总局批复，我台可增加一套广播频率——音乐广播频率 FM104MHz。经研究，台党组确定在 2013 年 9 月 28 日正式开播该频率。在开播前一个多月的筹备过程中，我和广播中心的小伙伴们都快忙疯了。新频率节目的架构、主持人的安排、新频率的宣传、节目的包装、开播当天的活动等，一大堆的事情让我们根本停不下来，大脑必须飞速运转。尽管忙碌，但大家仍对新频率充满期待，因为新频率的开通会带给听众更多的节目选择、更好的收听效果，同时也会提供给电台更广阔的发展空间。

9 月 28 日当天，新频率的开播仪式和“完美大舞台”的揭幕活动在元美公园举行。10 点钟的时候，随着开播仪式的启动，现场大屏幕将图像切换到广播直播间，现场的声音也切换到 FM104MHz。主持人小麦代表 FM104MHz 的所有主持人向广大听众发出了我们新频率的第一声问候。当听到第一声问候发出时，我心里的第一感觉是轻松了——节目终于顺利播出了！第二感觉是有些激动——一个新频率的开播，里面也有我个人的一分努力与付出，我也是新频率开播的见证人了！

东莞广播电视台走过了十年，我见证了这十年的风风雨雨。在这期间，我们经历了激动的时刻、困惑的时刻以及艰难的时刻。但是我相信，今后我们会在这里体会更多的感动，取得更大的收获！

（作者系东莞广播电视台新闻中心主任）

2013 年 9 月 28 日，FM104MHz 开播，主持人小麦发出第一声

我在北京学习的日子

谢海韵/文

2014 年 3 月，在新闻中心的公告栏里，我看到了我台关于选派新闻中心员工到中央电视台（以下简称“央视”）学习的通知。看到通知时，我不禁精神一振。央视，这可是国家级电视台呀，对于很多学习新闻专业或者从事新闻行业的人来说，它几乎就是梦想的代名词。

去央视学习是锻炼，更是挑战。可是，这么难得的学习机会，而且只有一个名额，会属于我吗？但既然台里提供了这么好的学习机会，我还是应该争取一下。本着争取了不一定能去，不争取肯定后悔的想法，在报名截止前的最后一刻，我向人力资源部递交了申请。

感谢台领导的信任，最终我得到了去央视学习的宝贵机会。接到去央视学习的通知后，我光顾着心里高兴了，到北京后住哪儿，连这种问题我也没有想过。但台领导像家长一样，事无巨细地都帮我考虑到了，并为我解决了这些烦恼，令我感到非常温暖。5 月 19 日，带着领导的嘱托和同事的关心，我从东莞出发，来到了北京。

到达央视后，在台领导的协调下，我被安排到央视新闻中心地方新闻部频道编辑组学习。这个组专门负责央视新闻频道的编辑工作，前期记者的稿件都要交到这里进行后期加工和制作，可以说是为新闻的播出把好最后一道关。除了央视内部员工外，这个部门还汇聚了来自全国各地的新闻同行，他们几乎都来自省级电视台。当得知我来自东莞广播电视台时，他们都非常惊讶，惊讶于一个地级市电视台能够把员工送到央视来学习的实力和魄力。

在央视学习的这段时间，我的压力非常大，但我时刻告诫自己，要保持谦虚、谨慎、好学的态度。在完成了一个月的紧张实习后，我回到东莞，开始正式参与部门的日常工作。

如今我到东莞广播电视台工作已整整七年，在记录下这些点滴的时候，我的心里颇有感触。因为我知道，自己所有的成长与进步，都离不开东莞广播电视台。在这里，我遇到了很多关心、爱护员工的领导，也结识了很多有情有义的同事。大家虽来自不同的省市，却情同手足。

于我而言，这里不仅仅是个人成长的平台，更是安放新闻理想和美好青春年华的地方。我永远都记得，七年前的今天，一个刚刚毕业的大学生，背着大大的登山包，独自一人来到东莞，站在东莞广播电视台门口的情景。

从 23 岁到 30 岁，在东莞广播电视台工作的七年，是我人生中最美妙的时光。在这七年间，我做过记者、当过编辑；服务民生、宣传时政。

我记得，来台后第一次出任务，是到公交车站采访市民，呼吁城市管理部门为市内的公交车站加装座椅。如今，市内越来越多的公交车站加装了座椅，可以让市民坐着候车。

我记得，每次暴雨过后，南城雅园跨线桥和东城东纵路的内涝点是我和同事指定到达的报道点。而现在，通过我们记者的监督和报道，城市内涝点的数量在不断减少。

我记得，曾在横沥隔坑社区采访“社工之父”徐祥林。他创办了内地第一家农民工服务中心，庇护着东莞的小“候鸟”。在那里，我感受到了孩子们发自内心的快乐，以及家长们对老人由衷的感谢和尊敬。现在，徐祥林老先生虽已仙逝，但他的无私大爱仍在莞邑传承。

我也不会忘记，每年的“两会”，都是新闻中心的主战场。我们奔跑于各个会场，在总结过去一年的同时，也展望这座城市更美好的未来。

所有的新闻，无论大小，都反映了东莞这座城市的发展与变化，而我们，正是这些变化的见证者和记录者。我为见证和记录了东莞这座城市的发展与兴盛深感自豪，而这些个人价值的体现，都离不开东莞广播电视台这个载体。

在我写下这些文字的时候，脑海里一直循环播放着一首歌，这首名叫《光荣》的歌曲，特别能表达我此刻的心情：

感谢你给我的光荣/我要对你深深地鞠躬/因为付出的努力有人能懂/感谢你给我的光荣/这个少年曾经多普通/是你让我把梦做到最巅峰

无论天涯海角，心安即是家。来东莞七年，我早已把东莞当作了自己的第二故乡，把东莞广播电视台当作了自己的家。

以台为家，以台为荣！我要把最好的青春献给你。

（作者系东莞广播电视台新闻中心记者）

任性的人才可与幸福相守

黄燕清（IVY）/文

每个人都有对梦想的追求，在我梦想的国度里，我可以随心所欲、任意驰骋。为耕耘梦想，我迎难而上、遇强则强、永不言败；为与幸福相守，我甘愿如火烛般燃尽这花样年华。

2015年，我与东莞广播电视台相知相守已有十个年头，东莞广电给了我梦想放飞的舞台和展示自我的平台。虽然在实现梦想的路途上有辛酸也有汗水，但在一次次的困难面前，东莞广电员工齐心协力、共渡难关，让每次改变都成为我们华丽的蜕变……

我依然深深地记得，2013年是东莞广电人艰辛的一年。在大环境的影响下，我们的广告创收受到了严峻的考验。虽然广播电台当时还没受到很大的冲击，但为了确保我们的阵地，为了更好地迎接挑战，4月15日，经领导批准，将当时的FM100.8MHz、FM107.5MHz两套频率按照频道的形式分类，进行了一次大改版、大调整，而这意味着很多老牌节目要“下架”了。大浪淘沙，我与黎显峰悉心经营八年的栏目《娱乐酷啦啦》终究还是在首次登上领奖台之时，由于节目类型与频道的新定位不太吻合，只能“急流勇退”，依依不舍地挥泪告别舞台。

一个栏目的结束又是一个新栏目的开始，接踵而至的就是新栏目的策划和筹备，版头片花的制作、样片的制作等，这些繁杂的工序都要在一个月内完成。这又是一次对脑力和体力的双重考验！不管怎样，这样的忙碌已经成为常态，谁怕谁呢?!

2013 年 9 月 28 日，我们申请多年的东莞电台第三套频率 FM104MHz 终于开播了。为了迎接新频率的到来，广播中心在人员调配、节目安排上又作了一次大调整。经过大家的努力，新频率开播及两次改版都顺利完成并达到了预期的效果。一个地级市拥有三个电台频率？嘿嘿，我们就是这么“任性”地玩着。

而在这两次的改版当中，我也完美地完成了华丽蜕变——从嬉笑逗趣的娱乐节目，转身到正儿八经的《1008 养生学堂》——首次尝试生活服务类的节目。于是，一个半路出家的“老病号”挑灯夜读晦涩难懂的医书，除了虚心请教各路名家之外，还不断翻查医药典籍，最后居然硬生生地把自己推上“小中医”的神坛，以至于家人朋友在生病之时，还打趣地问我该用什么药，甚至建议我考个中医执照。毕竟人命关天，在节目的形式上可以“任性”，但在内容上就真的来不得半点儿马虎。所以，经过各路名医大师拉牛上树般“苦口婆心”的点拨，以及在我一丝不苟的操办下，节目越来越受到听众的欢迎。

新频率的唯一一档语言类栏目——《女人驾到》，是新频率的新栏目，一开始听者寥寥，反响也平平。在“任性”的驱使之下，我决定走出家门办栏目，与东莞市妇联等相关部门携手合作，逐渐得到听众朋友的加盟撑场，“女人家族”也越来越壮大。同时，我和悦加两位女主持人也越来越“女人”了。为什么叫“女人驾到”呢?说起来还是有点话头的。2014 年是我国传统的马年，在马年做这档节目，节目中有一个叫“悦加”的女孩子，“马”与“加”相结合不就是“驾”了吗？而且她常常扮演着“加姐”（即与粤语中的“家姐”同音）的角色，为听众们锄强扶弱、打抱不平，没有一个“女汉子”的范儿能镇得住吗？一声“驾到”尽显其女王之威仪啊！而我这芊芊弱女子，为实现“陛下”的梦想，甘愿作嫁衣裳，随女王任意差遣就是了。

2014 年 12 月 6 日，我们在星河城的户外直播室正式试播了。又是一个全新的领域，又是一个“任性”的挑战。虽然“户外直播室”不是行内的新鲜事，部分同行也已经成熟操作十年了，但在东莞，这面对面交流、可视可听的直播室仍是一个新尝试。我们能驾驭好这匹自由的骏马吗？未来的五年里，我们还会遇到怎样的挑战呢？

我时刻铭记，只有不懈努力，锐意创新，做一个有规有矩、有分有寸、有始有终、有情有义的东莞广电人，我才可以带着梦想继续“任性”地翱翔！在未来的五年里，我会竭尽全力创造精彩，将所有甜蜜与你分享！

（作者系东莞广播电视台《声动零距离》主持人）

户外直播室

在追梦中成长

罗满辉/文

我在东莞广播电视台工作多年，边努力工作边不断学习，追赶着成长的梦想，期盼着有一天能在广电的大舞台上尽展所长，实现自我价值。终于，这个日子来了，却与我所想的不尽相同。

2013 年，是特别的一年。这一年，我暂别工作多年的岗位和熟悉的同事，参加东莞市委组织部组织开展的后备干部“丰羽强翅行动”，到东莞市的凤岗镇挂职，担任党委委员。自大学毕业后，我就来到了东莞广电，先后在业务部门和职能部门工作，不夸张地说，我已经对广电工作驾轻就熟。但是，面对地方基层工作极其陌生的环境、人和事，我没有任何思路，心里总是忐忑不安。我明白，挂职锻炼是难得的体验，是学习和锻炼，更是展示东莞广电形象、加强沟通交流的良机。但是，在这里，工作环境、工作内容、工作方式、工作对象等方面都发生了极大的变化，这无疑对我提出了更高的要求。

正当我感到迷茫和踌躇之时，黄永贵台长不断地鼓励我、帮助我，还亲身传授了许多从事地方基层工作时需要注意的事项以及为人处世的经验。为了让我更快地融入新单位，进入新角色，他还亲自把我送到新岗位上，和当地领导进行面对面交流，并详细了解当地的经济发展和社会管理等情况，让我真正了解新岗位和新工作，这使我重燃信心，并以饱满的热情，全身心地投入到新的工作中。万事开头难，但是在黄永贵台长的鼓励下，在凤岗镇党委班子的帮助下，在东莞广电的支持下，我放下了思想包袱，迅速进入了新角色，大胆接手了新工作。

在地方工作与在东莞广电工作不同，这里的事情种类多、涉及面广，也很琐碎，从地方广电站的转型到文物保护工作、村委换届选举等，对我来说都是新的领域，工作开展起来难免遇到不少困难。正当我一筹莫展之际，东莞广电的同事们给我以关心。尽管大家平时的工作已非常繁忙，但是面对我的难题，大家还是像家人一样为我解难释惑、出言献策。正是因为得到了他们家人般的帮助，我出色地完成了镇委交给我的工作，得到了领导的充分肯定。

一年过去了，我在新岗位上做出了贡献，增长了知识，收获了友谊，同时借挂职锻炼的机会也搭建起东莞广电与镇街沟通、发展、友谊的桥梁，积极地向他们介绍东莞广电的基本情况，宣传东莞广电的发展情况，增进了凤岗镇干部对东莞广电的了解，以便他们在今后的工作中给予东莞广电更多的关注、支持和帮助。

在追梦的过程中，我对东莞广电、对个人的成长有了更深的理解和体会。我想起了2012年黄台长在东莞城市电视创新与发展论坛上讲的那段话。他提到两个“台”：第一个“台”是舞台的台，新闻媒体除了提供新闻之外还要提供娱乐节目，单位领导应该为全台员工创建贡献自己、展示自己的舞台，如果不提供这个舞台，就会到处都是矛盾，我们的事业又如何能得到发展呢？第二个“台”是后台的台，他指出从事媒体的人肯定会犯错误，包括他自己，当然我们不能犯政治错误，不能犯低级错误，不能犯重复错误。因为我们要鼓励创新，不犯错误又如何创新？

另外，他还提到两个“长”：首先，“长”是增长的长。他说，首先我们要做到事、帮到人、挣到钱。让单位挣到钱，让员工挣到钱，就是收入要增长。再者，“长”是成长的长，这么多年来大家一起努力做事，如果都没成长，他这台长就白当了。

黄台长是这样说的，也是这样做的。我就是在这种环境中追赶我的梦想，在追赶中不知不觉地成长。梦不远，只要相信并努力去做，必将追到。

（作者系东莞广播电视台台长助理）

阳光小站

我的人生方程式

周　莉/文

提笔写此文的这天清晨，一向乐观硬朗的老父亲突然与我感慨人生后半程的落寞——人究其一生到底为何而活？我明白父亲是在循循善诱，让正经历风雨的我厘清生命的方向。

我从小在军人家庭长大，姥爷是参加过淮海战役和平津战役的“老革命”，南下搞“土改”时，带着妈妈与其姐弟五人来到了韶关。爸爸于20世纪60年代入伍，后转业到地方，在改革开放大潮中曾带领所属的事业单位转制下海，闯出了一片天地。我确信，在我的血液里也充满着他们正直、勇敢、有为的血性。

东莞广播电视台，是我走出大学后迈进社会的第一家单位，也是迄今一直坚守、为之奋斗的唯一一家单位。回望2005—2014年这十年，在东莞广电大家庭的悉心培养下，我茁壮成长，走过了挥洒青春与激情的黄金十年。

我有幸亲历了电视节目集体休眠、大刀阔斧的改革期。黄永贵台长带领领导班子亲自进行了栏目竞标。在短短两个月的时间里，我和一群年轻人走上了竞标台，携手打造了一档在东莞本土有绝对收视率和市场份额的品牌栏目——《今日莞事》。刚交出第一份答卷不久，中层干部首次竞争上岗就席卷全台，让每个人的心脏都“噗噔噗噔”地狂跳起来，我抱着试试看的想法竞争上岗，幸运地成为“第一个吃螃蟹的人”。

从被管理者变成了管理者，我一路摸索，并时刻牢记黄台长的教诲——搞宣传要战战兢兢、兢兢业业。风风火火的我有种不做出成绩不罢休的韧劲儿。八年里，我在网络的蓝海里带团队、做策划、搞活动、树品牌。我们创下了阳光网日点击891万次的纪录，跻身全省十家重点新闻网站行列，一年里捧回了五个“东莞新闻奖”一等奖，获得“中国地方门户十大品牌奖”；《阳光问政》获得“中国网络问政突出贡献品牌奖”，《阳光周末》获得全省网络精品奖，影片《禾雀花开》获得伦敦首届华语微电影节最佳影片奖……

第一篇章·创新

时间在指尖流逝，蓦然回首，我不禁感慨：这是多好的黄金十年啊！

然而，时常有人问我：女人那么累干吗？这十年里，混迹在男人堆中，做着被戏谑为“女人当男人用”的职业为哪般？我陷入了沉思……

人生是一出戏，怎么编，怎么导，怎么演都由自己设想、执行。梦想，值得每个人倾其一生去奋斗。

2013年和2014年，我分别送走了两位至亲，一位是我亲自带来东莞生活和照顾的小姨，她只走过短暂的55年人生。她的一生是隐忍、贤惠、节俭的，她甘愿为丈夫、女儿、家庭服务一辈子，我们都将她的“甘愿”当作理所应当，以致忽略了她从不过生日背后的“重度抑郁与焦虑”。得知她患癌晚期的消息时，我正在加班筹备首部微电影《灯梦奇缘》的首映式。悲痛欲绝的我躲到了单位地下停车场的汽车里号啕大哭，因为她的主治医生告诉我，她最多只有六个月的时间。

无论我们如何奔走努力，最终小姨还是走了，不多一天，不少一天，正好六个月。我站在她的人生终点泪如泉涌，背后是她化作的袅袅白烟……

2014年10月，我做完微电影《禾雀花开》首映式不久，接到家公的病危通知。与病魔战斗三年的他走得很坦然，问他有什么未了的心愿，他说：“没有了，老婆好，子女尽孝。”

自然界的一切生物都活在规定的期限内。从生命降临开始，我们就要经受各种风浪，尝尽人间苦乐。一直到呼吸停止之前，我们都要坚持不懈地努力奋斗。人生的目的在于在生命的过程中不断提升心性，涵养精神，带着比降生时更高层次的灵魂离开人世。

正如日本四大“经营之圣”之一的稻盛和夫总结的人生方程式：人生 × 工作的结果 = 思维方式 × 热情 × 能力。

“稻盛哲学”被全球读者所推崇。在我看来，让自己拥有一颗纯洁美好的心灵，发挥自己的天赋与才能，倾注全部的热情，是人生获得成功的秘诀，也是人生幸福的源泉。根据人生方程式，“思维方式”是最重要的一个因素，因为它有正负之别，并决定了人生的结果。当“思维方式”积极正面时，我们的工作、人生即便处在低谷也会逐渐变好。

秋去冬来，当叶子褪去那一片绿，徐徐飘落，植入泥土，便意味着这段生命旅程的终结，新的生命循环又将开始。“让生命有如夏花之绚烂，死亡有如秋叶之静美。”

（作者系东莞广播电视台阳光网站副总监）

东莞阳光网记者采访

不忘初心

江　军（江　晓）/文

恰逢来莞十年，特作此文。

2015 年新年伊始，我所主持的《与法同行》栏目很荣幸地被授予了“广东省法治文化建设示范点”的称号，这对从事法制节目主持工作的我来说，是肯定，更是激励。

我所从事的工作，一直与法律同行，与温暖相伴。光阴荏苒，这个被称为“东莞市空中普法基地”的节目，至今也已近十年。这十年里，它记录着发生在这座城市的法律事件，守望着这座城市的法治印记。

中国梦，法治梦。我深知，在普法维法的进程中，不可能一蹴而就。成功离不开我们的坚守，更离不开公众的参与、理解和支持。电波普法，润物有声。普法是一项基础性工作，虽无法立竿见影，却可以水滴石穿。从这一点上来说，我所从事的工作很有意义。因此，无论梦想何时实现，它都值得我用心去追寻。

在我的主持人和记者生涯中，我经历过一些事，也遇到过一些人。我要特别感谢给予我支持和鼓励的听众、领导、同事和朋友，更要感谢曾经遇到的困难和挫折，因为这些经历让我得到了成长。

不知道当年从深圳赶来东莞找我的老人现在身体如何，不知道那位坚持法治梦想的工友现在过得怎样，还有远在江苏办厂还时常想起我们节目的那位听众，他们都是我的良师益友。从他们身上，我学到了执着和善良，更让我学到了作为一名新闻人应有的责任与担当。

追梦，享受的是一个过程。感谢东莞这座包容的城市，感谢东莞广播电视台这个温暖的集体，感谢办公室一帮有说有笑的兄弟姐妹。在东莞广播电视台的十年是我快乐的十年、难忘的十年，更是我成长的十年。

你对生活用心，生活就会给予你幸福。

某个早上，小区草地上的小白花开了，阳光斜射在花瓣上，很是漂亮。我赶紧掏出手机拍了下来，在朋友圈与大家分享。那一天，我过得很开心。

某个夜里，突然想听歌，于是躺在床上一遍又一遍地听着《云朵》。我仿佛看到了天空中绚烂的云彩，还有辽阔的草原。那天夜里，我睡得很香。

某个傍晚，下班回家，走着走着，路灯突然亮了，仿佛是有人特意为我点亮，心中一阵惊喜。我觉得，这就是我每天真实的生活。

喜欢一段文字，与大家分享：

沉淀后，去做一个温暖的人。有自己的喜好，有自己的原则，有自己的信仰，不急功近利，不浮夸轻薄，宠辱不惊，淡定安逸，心静如水。

不忘初心，方得始终。

（作者系东莞广播电视台《与法同行》主持人）

大舞台上成就梦想

范嘉楠/文

提笔之日，正值东莞降温。寒风细雨，似乎这样的日子更适合写点什么，我的“追梦”续集，也就这样开始了。

梦想在前　勇敢追逐

能在一个单位工作十四年，这对于性格有些不羁的我来说，实在难以想象，可它就这么发生了，而且还在继续着。前两天，在“东莞市机关大学堂专题讲座”上，我聆听了国家行政学院李清泉博士关于“国学智慧与和谐人生”的专题讲座，在李博士幽默的语言当中，我又得到了很多新的人生启示，也再次体会到梦想对一个人成长的重要性。李博士把中国的国学经典比作一棵大树，他认为，《诗经》是根，《易经》是干，诸子百家的思想与文化是冠。这些博大精深的中国传统文化，蕴藏着中国人独特的人文气质和浪漫情怀，作为华夏儿女，应该充分尊重并弘扬，做有根的中国人。而在当代，习总书记提出的“中国梦”，也蕴藏着中华传统文化的深刻内涵。我的理解是，有梦想的人，会让生命不断焕发新的光彩，而勇于追梦的人，他们必将在各自的舞台上创造出新的历史。

放大你的梦想

都说，心有多大，梦就有多大。在东莞广播电视台，只要你怀揣梦想，不仅可以精彩地追梦，你的梦想还会被无限放大。我在新闻中心工作了十四年，新闻中心的发展变迁可以说是东莞广电快速发展的一个缩影。置身于宽敞、气派的开放式演播室，听着导播间里“3、2、1”的倒数，顿时让人有了向前跑的冲动。如今新闻中心有多档新闻栏目实现了从录播到直播的转变，让我们这些新闻人倍感骄傲。

2013年汛期，当台风来临时，整个新闻中心严阵以待，记者被派往三防指挥中心等地采访。在台风最接近东莞的时候，在台领导的指挥下，新闻中心更是制作了台风特别节目，并实现信息的每小时更新，这次的直播特别节目最终得到了观众的认可。在“三防办”，做直播连线的记者欧阳玉明一直守到凌晨。台风过后，“三防办”还特地送来感谢信，表达了他们对东莞广电的感谢，对广电人敬业精神的钦佩。欧阳玉明告诉我，当天在前方直播，压力很大，但是当她接到黄永贵台长打来的电话时，她感受到不是她一个人在战斗，她的背后有东莞广电这个大家庭，大家都在为她鼓劲儿，与她齐心协力做好每一项任务。俗话说，一个好汉三个帮，在东莞广电，你只要有梦，大家就会助你实现；你只要有梦，在追逐的过程中，你就会发现，原来你的梦在不知不觉中已经被放大，然后会有许多人和你一起，真心去追逐。

因为我们是一家人

回首在东莞广电的时光，我们每天都在和时间赛跑，奔走在报道新闻的路上，努力为观众创造精彩、奉献精彩。十四年对于我的人生来说，不算长也不算短，我庆幸自己的选择和坚持，感恩一路走来有亲人的鼓励和关怀。家，对每个人来说，都是最温暖的地方，当我们结束了一天的战斗，耳旁回响起歌曲《相亲相爱一家人》的旋律时，总是涌起无限温暖，因为这首歌是我们东莞广电的真实写照。是的，“因为我们是一家人，相亲相爱的一家人，有福就该同享，有难必然同当，用相知相守换地久天长”。

（作者系东莞广播电视台新闻中心记者）

东莞广播电视台9周年台庆活动

我的一天

熊志琴/文

加入东莞广播电视台，成为一名记者，我开启了自己的职业生涯，拥有了人生的第一份工作。从23岁到34岁，我将一个女人最青春的年华、最热情的理想、最旺盛的精力都奉献给了这个我所挚爱的地方。此时，思绪翻飞，一幅幅画面在我脑海中闪过，我仿佛坐着时光车，进入炫目的空间，然后一站一站地停在那些瞬间。

时光车开动起来，不久后缓缓停下，我走下车，回到我当了七年时政记者的普通一天。早上，在打车到电视台的的士上，我一边啃着面包，一边快速喝着牛奶。八点到台里，和搭档在车队碰头，和司机一起上车，开始忙碌的一天。那时，每天写两条稿件是最基本的，我个人的最高纪录是一天采写七条：上午一个常委会、一个大会，中午三场政要会见，下午调研，晚上还有晚会，最关键的是，这些稿件全部要在当天播报。所以我不得不上车写稿，下车微笑前后跑，利用丁点儿空隙想尽一切办法传送稿件：蹭Wi-Fi、冲入办公室抢网线、发短信分段传送、手机口述编辑打字、电话录音，甚至为了跟上节奏还自己买了个打字本；至于画面也要通过送回去、叫司机来拿、半途接力、趁人吃饭飞车去临近乡镇传、用彩信发连贯图片；异地跟访更是辛苦，要舟车劳顿、马不停蹄，酒量不好醉倒时，也得三更半夜撑起来扶额写稿，搭档通宵剪、传画面也都只是为了能在当天播出。

我又坐上时光车，来到我当了三年的《今日莞事》制片人的普通一天。我一边审稿，一边接听电话——有发生突发事件的，有市民报料的，有记者打电话来报告前方采访进展的，我根据最新的情况调整排单，和编辑商量着修改稿件并安排新的记者到采访一线去采访。等到台里审完节目，离开电视台开车回家时，天上已是繁星密布了。

我再次坐上时光车，来到当了一年多的《东莞早早睇》栏目制片人的普通一天。早上五点多钟，我裹着厚厚的大衣驱车前往电视台。冬日清晨的天变得真快，走出家门时天还是全黑的，才过了一会儿已开始变灰、泛白，慢慢地露出一条红边。我边开车边看日出。清晨六点来到台里我成为全台上班最早的一个，一一打开演播室的灯，小伙伴们也都陆续走进来了。我将视频镜头对准了太阳照进来的方向，阳光洒在背景屏幕上，清晨的直播开始了，东莞电视台每天最早的一档节目的主持人开始向大家问好。

感恩我所经历的一切，感恩生命中的每一天。

（作者系东莞广播电视台新闻中心《东莞早早睇》制片人）

心若晴 便灿烂如我

张伟玲/文

“心中有太阳，生活就有阳光。”这是我在微信上不变的个性签名。在同事眼里，不管花开花谢，我都一样心境平和，性情爽直，总是散发着一身的正能量。那一头飘逸的长直发，总是流淌着朴实而不失柔情的年轻女性气息。虽然岁月的痕迹已深深地镌刻在我的脸上，但我仍怀着一颗质朴的赤子之心，去面对每一天的挑战。

两年前与叶子伦的第一次见面，是在国庆长假后的第一天，也是子伦来到阳光网上班的第一天。她被带到我面前，由我安排岗位工作。我眼前一亮，只见她一双水灵灵的大眼睛，含笑望着我，微微弯曲的黑发拢在脑后，轻柔地垂挂在两边，一身红格子短裙衬托出她白净柔美的脸庞，匀称而圆润的身段、炽热的目光、未言先笑的表情，这一切都让我记忆犹新。我被子伦身上洋溢着的青春气息深深感染了。

我问子伦：“你英语几级？”子伦面带笑容，像唱歌似的说了一串流利的英文。霎时，我无地自容。活了这么多年，自己却连一句像样的英语都说不出口。“台领导安排你在‘今日东莞’英文网工作。”子伦一听，连连鞠躬：“谢谢玲姐，多谢玲姐。”“多谢台领导！”我笑着说。

我见了子伦之后喜出望外，我知道子伦在爱尔兰有两年的留学经历。便首先问她：“未来你做英文网，有什么目标和规划吗？”子伦畅所欲言，说了一大通，最后她坚定地说：“给我五年时间，我要让英文网名声在外，让全世界的外国人都认识‘今日东莞’。”“你就嫁个外国人？”话音刚落，我们就四目相对，哈哈大笑起来。“我让你梦想成真，你的梦想就是我的梦想。”“不过，你要知道，你是临危受命的。一个月前，英文网主编生小孩了，现在英文网只有你一人担当。”我和子伦谈起“今日东莞”英文网未来的愿景，谈到如何利用东莞阳光网的社会影响力擦亮“英语口语大赛”这一品牌，以助推“今日东莞”英文网。我越说越起劲儿，仿佛已经完全沉浸在对英文网的美好憧憬中。突然，子伦“咚”的一声倒入我的怀抱，像受惊的小孩牢牢抓住妈妈不放。“玲姐，我怕，我很怕。”我方才意识到自己言语过重了，让子伦感到肩上的担子很重。我连忙安慰道：“你不会孤单，你有我们，有阳光网，有台里的兄弟姐妹大家庭，事业是需要大家一起拼搏的，梦想是需要大家一起去实现的，而且黄台长还嘉奖过英文网呢。”这时，子伦噙着泪花说：“玲姐，我懂的。”

子伦是幸运的，她在英文网工作了一年多，英文网就被上级领导批字表扬。

两年后，子伦已成为英文网的“顶梁柱”以及英语口语大赛的“领军人物”。“第六届英语口语大赛”决赛前十天，是我 2013 年最难忘的日子。有天上午我约了总导演周方和我们一起研讨方案，子伦却一上午“失联”，这可把我吓坏了。我心想，是子伦连日加班身体出了问题，还是发生了事故？我赶紧叫同事到宿舍找子伦，却不见她踪影，打电话也是关机。

盼着盼着，十二点到了。这时电话铃突然响起来了，是子伦打过来的。“玲姐，不好意思，昨晚三点回到爷爷家，头晕晕的，像发烧，吃了两片药，一睡就是一上午，手机没电自动关机了。”“没事就好，赶快吃午饭吧。”我心里的石头方才落地。过了半个小时，子伦回来了，见我没有一点责备的语气，反而愧疚起来。“多谢玲姐理解包容。我按你的要求，完善了比赛规则，把决赛导播表做到最细、最具体。我已经连续四晚做到凌晨两三点钟了，所以醒不过来。以后我会调整好作息时间，不耽误第二天的工作。”子伦的一番话，反倒让我有些内疚和心疼了。我安慰道：“一切辛苦都是值得的。”

正如大家所愿，决赛完美落幕。虽然已经是第六届了，但决赛那天 1 000 平方米的演播厅连带加位均座无虚席。从参赛的 20 000 人里挑选出最顶尖的 40 名选手，在台上妙语连珠，博得全场的阵阵掌声。毋庸置疑，这是最成功的一届。评委不仅是参赛人数突破 20 000，创历届最高，而且现场顺顺当当，毫无差错。

当晚的小结会上，英语口语大赛获得各路评委的盛赞，评委不仅大赞导演现场把控得当，也没有忘记子伦为英语口语大赛所付出的辛劳。“周导是中央电视台调过来的，子伦与周导超配!”随即大家纷纷把目光投向子伦。此时的子伦脸上浮起了红晕，含羞地低下了头。

我还没回过神来，“明年口语大赛如何融入新的亮点?”副台长刘全凤又抛出了新的话题。子伦带着浅笑，略带无奈地说：“现在刚结束，又想到明年了。”“我台手机网、微信、APP 客户端的发展突飞猛进。明年，我们英语口语大赛要争取有新的突破，融入新媒体，绽放新精彩。”“让英语口语大赛乘着网络媒体和新媒体的翅膀，飞出新高度。”我赶紧表态。

子伦又朝我微笑，对我说：“我感到自己肩上的担子沉甸甸的。何时才能放下来?”“你的职业生涯才走出第一步，在自己最能吃苦的时候去吃苦，这是福气啊！我们要感谢电视台，感谢领导搭建这么好的平台让你施展才华。这两年来，你已经学到了许多，受益匪浅。”

我感到既兴奋又欣慰，兴奋的是筹备已久的英语大赛终于完美地落下帷幕，欣慰的是我们心中都怀揣着梦想，在希望的田野上尽情地奔跑。不管未来要去迎接多少挑战，我们都学会了用晴朗的心去预见未来的自己。今晚，月色皎洁依旧。

（作者系东莞广播电视台阳光网站新闻总监）

坚守，无怨无悔

谢　钰/文

对现在的年轻人来说，一生只从事一种职业恐怕是难以想象的事情，可我却坚守着记者这个职业三十多年，无怨无悔。因为它给了我太多的惊喜，也给了我值得回味的人生。

坚守与回馈

2012 年夏末初秋，为参加 2012 中国（广州）国际纪录片节“发现广东——广东非物质文化遗产系列电视纪录片”的创作活动，我与电视台资深记者崔章硕策划拍摄了一部纪录片——《400 年牛墟》。去横沥牛行拍摄牛墟时，横沥镇的同行不禁问道：“怎么你俩还亲自来采访、拍摄？”

在他们眼中，像我们这样年纪的人应该是坐在办公室里“遥控”全局，或是在台里当当顾问，怎么还用亲自上战场呢？

其实他们哪里知道，我和老崔有一个共性，那就是对记者这份职业的执着，尤其是碰到具有挑战性的题材时，便有一股挡都挡不住的创作冲动。

当记者并没有年龄限制，从事的都是创造性的劳动，不可复制，不可重复，更不可抄袭。作为电视记者，不仅要挑战自己的体力，更要挑战自己的智力。许正是这一点，让我对这个职业从未产生过厌倦感。

电视节目是集体创作，它凝聚着许多人的智慧，所以任何时候你都不会感到孤独，这或许就是电视记者的魅力。

拍摄《400 年牛墟》时，我们将身强力壮的记者叶伟伦、卢浩和分成两个摄制组，从凌晨 4 点开拍至晚上 10 点收工，周六、周日也不休息，赶着在现场拍摄。在此过程中，我们采访了一批在牛行干了一辈子的牛经纪，记录了他们对这个职业的坚守与传承，也记录了牛墟 400 年的变迁与兴衰。

虽然辛苦，但终有回报。在“发现广东——广东非物质文化遗产系列电视纪录片”评选中，我们的节目——《400 年牛墟》获得了唯一的一等奖。

这便是记者这个职业带给我的惊喜与回馈。

坚守与幸福

作为一名老记者，仍持有这种创作的热情，其实与东莞广播电视台提供的平台和形成的创作氛围是分不开的。在这里，你不会有“廉颇老矣”的恐惧，反倒有一种青春的萌动，这或许是电视记者这个职业的独特之处。

东莞广播电视台成立十年，在广东省乃至全国的影响力越来越大。2014 年，东莞电视台入选“全国城市电视台满意度前十名”，东莞电台获得“全国最具特色市级广播电台”称号，东莞阳光网也获得了“2014 年度最具影响力品牌奖”。正是这样一个充满活力的地方，才为我们的职业坚守提供了源源不断的动力，才让我们拥有了一种职业坚守的幸福。

我不会忘记，2012 年 10 月 30 日，那一天这种幸福感达到了顶峰。那一天是广东新闻界的隆重集会，共同庆祝即将来临的第 13 个记者节，就在那天的大会上，我与《南方日报》的记者胡键等共15人获得了“第十届广东新闻金枪奖”，并得到了委员会的表彰。捧着“金枪奖”的奖杯，我思绪万千，这个奖与东莞广播电视台分不开，也与东莞广播电视台的影响力分不开。因为“金枪奖”评选每两年才举办一次，全省有二三十家地级市广播电视台，还有几十家报社，所以记者数量多，而在东莞广播电视台成立至今的六年里，就先后有李志良获得“金梭奖”、崔章硕获得“金枪奖”，到我已是第三个获此殊荣，这在全省地级市广播电视台中也是少有的。

俗话说：“枪不擦会锈，笔不练会拙。”作为记者，若没有创作的热情，其生涯就难以长久，所以记者必须学会坚守，且对工作无怨无悔。

记得20世纪90年代，东莞市委宣传部组织《东莞日报》、东莞电视台、东莞电台记者赴湖南湘西采访东莞好人捐资助学的事迹，我有幸参加了这次采访活动。我们拜谒了沈从文的墓，墓碑上镌刻着黄永玉的手书铭文：“一个士兵要不战死沙场，便是回到故乡。”我当时特别震撼，记者何尝不是士兵？

尽管我已到解甲归田的年龄，但记者这份职业仍然吸引着我。我与崔章硕等一同创作了纪录片《小张卓与老芬姨》、《鸟叔》、《农民工人大代表》、《爱国心·拥军志·莞乡情》等。

作为记者，能坚守到最后，何尝不是一种幸福呢？

（作者系东莞广播电视台资深记者）

追梦

刘淑仪/文

我能想到的关于梦想的解释就是“做最好的自己”。这更像是一个终极目标，无限趋近，永难触达。

做最好的自己，和自己所处的环境息息相关。要发挥自己的才能，实现自己的理想和人生价值，平台很重要。很感激东莞广播电视台给了我最好的平台。回想广电十年，浮现在眼前的是一幅幅蓬勃奋进的画面。东莞广电十年风雨兼程，创造了辉煌的业绩，我们都为之付出了努力和汗水。是东莞广电给了我们一个广阔而坚实的平台，让我们相信，只要我们努力拼搏，总有一个岗位，能让我们发挥优势，展现才华，成为更好的自己。

广电的未来，是我梦想的承载，我们是注定要一起成长的。未来的日子里，我会倍加珍惜。优秀的领导团队、人性化的管理措施、良好的工作氛围、精湛的业务技能、友好的前辈同事，东莞广电带给我的已不仅仅是作为一名员工需要具备的业务知识和工作技能，更是一种深刻的归属感和责任感。媒体的发展受到方方面面因素的影响，媒体人会遇到各种机遇与挑战。无论是从社会大环境，还是从我们的“喉舌”性质与单位内部发展来看，我们都要履行好自己的职责。因此我们要珍惜眼前的平台，依托现有平台，在新的媒体环境中不断学习、调整并超越自己，获得新的竞争优势。广电十年，我们更需要让自己沉淀再沉淀，倒空再倒空，归零再归零。在提高工作技能的同时，更要养成细心、耐心、严谨的工作作风，对自己做到高标准、严要求。

一滴水只有融入大海才能永不枯竭，一个人只有投入集体才能迸发出勃勃生机。梦想可能是遥远的，但只要我们每天前进一小步，我们的事业和人生都将不断与梦想趋近。

（作者系东莞广播电视台松山湖办事处主任）

员工拓展活动

梦，一定要"做"

李艳华（凌　燕）/文

精美的贺卡、漂亮可口的蛋糕、充满希望的烛光，在这个专属于我的特定日子里，我的同事们为我唱起了生日歌……

作为一名东莞广电人，每年的生日，我都会如期收到一张来自东莞广播电视台的生日贺卡，还有一个美味的生日蛋糕。这一天也许只是无数个普通日子中的一天，但对于我来说却又是那么有情有义的印记……因为每个人的生辰，都会有美好的祝愿和期盼，在充满希望的烛光中，我虔诚地许下了自己的生日愿望……

曲终人散后，我沉浸在无限的遐思中，刚才在吹生日蜡烛许愿的那一刻，我的脑袋里竟然一片空白。随着年龄的增长、岁月的磨砺，我收获了许多，也变得越来越成熟了，然而却越来越为青葱岁月时的梦想而感到迷惘。现在我的梦想是什么？梦想是帆，带领着船驶向远方；梦想是前进的动力，让人生更加璀璨。只有拥有了梦想，才能不断促人前进，让生活更加精彩。可现在为什么我好像没有梦想了呢？

我该许个什么样的愿望才能真的实现？没有行动的梦想，遥不可及的事，那真的就只是一个梦。就在那一刻，我给自己又许了一个愿，就是每年在我生日前，我都要有一个可以实现的目标，不可太远，一定要可以实现。我一定要把自己的梦“做”起来，我要真实地感受到它的存在。

于是，我开始行动了。2014 年，我代表东莞电视台参加了广东南方卫视举办的《谁语争锋》节目。这档节目是一档向全球华人展示广东各地方言魅力的上星节目，为配合该档节目的录制，我利用将近三个多月周六日的休息时间到广州进行节目录制；同时为了保证资料的准确性，我翻查了大量相关图书并请教了不少语言类的相关专家。这不仅使我对东莞的本土文化有了较深的认识，而且使我的东莞方言的表达能力得到了很大的提升。随着《谁语争锋》节目在全球华人地区的播出，粤方言的学习热潮随之被掀起。本节目在全球使用粤方言的地区反响相当不错，并由广东广播电视台制成 DVD 出版发行。而我也不负台里的期望，顺利完成了节目的录制，并不时在节目中宣讲东莞这座城市的风土人情。南方卫视栏目组也因为节目的成功举办向东莞电视台发来了感谢函。

2014 年，我尝试完成了原创歌曲《这里·东莞》的作词。歌词中融合了大量的东莞元素，宣传和赞颂了东莞这座美丽的城市，同时反映了东莞人敢为天下先的创业精神。歌曲由广东资深歌手叶海茵谱曲，一群热爱歌唱的东莞音乐人自编自演，并拍成 MTV 在东莞电视台《芳菲文化馆》节目中播放。接下来，我仍将继续尝试，尝试自己写、自己唱，在东莞广电这方舞台上，我还要继续“做”梦。

人生中，很多东西在失去的同时，也在得到。梦想，尽管有时遥不可及，但只要有梦，就会有前行的动力；尽管经历嘲笑，经历质疑，但只要有心，风雨就是洗礼；尽管有时会遍体鳞伤，痛彻心扉，但只要有梦和爱，一切皆有可能。珍惜拥有，用心生活，坦然无悔，超越自己，让我们和生命一起精彩！

（作者系东莞广播电视台专题部副主任）

寻找身边的感动

刘　艳/文

有人曾经这样说过，记者是一群行走在路上的人。一直以来，我都喜欢这种在路上的感觉。在路上，我们用脚步丈量祖国的山山水水，将镜头对准百姓，将关切留给社会；在路上，我们捕捉生动的场景，挖掘感人的故事，为人们传递喜怒哀乐；在路上，我们发现突出典型，揭示事件背后的真相，最大限度地还原事件。在全民谈论“中国梦”的今天，作为记者，我也有“中国梦”，一个东莞广播电视台为我圆的梦，那就是寻找身边的感动，传播正能量。

2011 年，我大学毕业后来到了这里，从一个大学生变成一名记者，并慢慢地爱上了这份职业，爱上了东莞广播电视台这个大家庭。在我们台有各种新闻节目，我尤其喜欢收看民生节目，对我自己而言，也喜欢做民生类新闻。有人是这样评价记者的：“铁肩担道义，妙手著文章。”每当我深入倾听百姓的心声，从他们的视角去观察生活、感知变化时，往往就会赋予新闻更多的亲和力。

在这几年里，我记忆特别深刻、对我影响最深的一个事件，发生在 2012 年秋天。当时我加入东莞广电台才一年多，正是迷茫不知所措的时候，有一位市民跟我们报料，说自家的孩子在家附近的水塘溺水了，幸运的是被一个在附近捡垃圾的大叔救了。这是一条助人为乐的新闻，为了深入挖掘新闻背后的故事，我们马上赶到报料人的孩子溺水的地点。经过一番了解后，报料人带我们去寻找那位好心大叔。随后，我们在一个破旧的、不足 10 平方米的出租屋里，找到了好心大叔谭辉与他的妻子。为了进一步策划这个新闻，我们与他拉家常，听他讲述了自己的故事。他原本是一个退伍军人，做过各种工作，最后成了收废品的无业游民。虽然日子过得有些窘迫，但他并没有对生活失去信心，反而在两年时间里救了 5 名溺水小孩。这样的故事让我们十分感动，于是我写下了《好心大叔两年勇救 5 名溺水小孩》这篇新闻，通过《万江新闻》把谭辉的事迹传播出去，也让更多的市民被其中的正能量所感动、所带动。

除了传递正能量，我们还想到溺水事件背后隐藏的安全问题，为何三番五次有小孩溺水，除了家长的监管问题外，水塘的管理问题也不容忽视。于是我和同事们继续追踪事件背后的线索，通过对周边居民的现身说法、政府相关的回应等进行跟踪报道，最终引起了多方的关注，并完善了水塘周边的安全设施。正是因为有众多同事、领导的不断鼓励，我们才能成功地解决池塘的安全隐患，这是我第一次感受到东莞广播电视台这个大平台让我实现了自己的价值，也让我坚定了当一名记者的决心。感谢东莞广播电视台这个大家庭，让我追随自己的理想，成为一名传播正能量的记者。

从那以后，我将镜头更多地对准弱势群体，了解他们的疾苦，反映他们的诉求。并将这些事件及时传播出去，让更多的人来关注他们，帮助他们，让我们的社会处处传递着爱的信息。在平时的采访中，我也更加关注国家出台的有关养老、医疗等的惠民政策。

这些故事都是我这个平凡的职业让我所经历的，它让我体会到快乐，也感受到爱。“累并快乐着”，我时常这样描述我的职业。我喜欢记者这个职业，更喜欢东莞广播电视台这个大家庭，因为它带给我忙碌而充实、平淡而有意义的生活。梦想在，希望在。

在新的一年里，我将怀揣着我的记者梦，怀揣着我的“中国梦”，继续行走在路上。

（作者系东莞广播电视台新闻中心记者）

家，幸福

陈琼山／文

早晨，像往常一样，我总是会被一点儿光或者一点儿动静弄醒，然后望着窗帘后面微弱的亮光。不过几秒的时间，就完全醒了。简单洗漱，换上运动服，喝一大杯水，穿上跑鞋，出门跑步。新的一天就这样开始了。

时光流逝，虽然不想去细数那业已逝去的很多很多个“新的一天”，但永远都会记得，离开家的怀抱，走出象牙塔，融入这个复杂的社会，以及拥有的第一份工作。2005 年 12 月 21 日，就是在那一天，我有了一个新的身份，东莞广电人。

成为东莞广电人，已差不多十年了。回想这十年东莞广播电视台的变化和成长，像幻灯片一样，一张张闪过，在我脑海里形成一道道鲜活的记忆。

回想起我刚来东莞广播电视台，带着懵懂和迷茫，加入这个大家庭时的景况。那是 2005 年，正值东莞广播电视台成立之初，台内进行人事改革。大胆创新之际，我成为正式员工，也成为在这次改革的潮流中贡献微薄力量的一员。在技术中心，我从媒体资产部到播控部，从自己的视角出发见证了东莞广播电视台的巨大变化。从传统的音像存储到媒体资产管理化存储，从手动播出到半硬盘播出，再到实现全硬盘播出，从模拟电视时代到现在的全高清数字时代，从那栋旧楼房到如今高耸的新广电中心大楼……凭着各种先进的设备仪器和自动化的播出系统，我们正以一个目光远大、阔步向前的姿态前进着。

这一切的变化，都离不开广电人的努力拼搏，正是这种坚韧不拔的拼搏精神，让我深深地喜欢上了这个大家庭，这也是我对东莞广电事业最初的眷恋。我因在这样的氛围中工作而感到幸福。

我喜欢踏实的感觉，从毕业后来到东莞开始，独自一人奔波在离家几百里之外的城市，这种感觉就越发强烈。我很幸运，在东莞广播电视台这个大家庭里，我收获了美满的爱情，组建了温馨的家庭，有了可爱的女儿。小家，能给我带来踏实感，能带给我生活上的关爱与依赖。我珍惜东莞广播电视台这个“大家”，珍惜这个集体带给我的一切温暖，也珍惜我为这个集体付出过的青春和努力。

能在这里感觉到“家”的温暖，离不开同事们的和谐相处与互相帮助，大家齐心营造一股大家庭的氛围，这是一种集体的凝聚力。在播控部，节目要全天24小时播出，设备也要全天24小时运行，因此注定了要轮值夜班，牺牲周末和法定节假日，和家人朋友们相处的时间变得很少，和同事们相处的时间变得很多。每当节日，留下来坚守岗位的小伙伴都会带些好吃的回来，一起过节，一起在机房庆祝，聊以安慰。

工作之余，我们也经常组织各种集体活动。男同事们经常相约去打篮球，女同事们会相约去喝下午茶，聊育儿经。集体活动能让大家更好地放松心情，激发活力，迎接接下来的工作和生活。

未来没有人能够预知。就如黄永贵台长所说：“我们要活在当下”，让现状往更好的方向发展。幸福是什么？我认为幸福就是有工作，有爱，有所期待。假日的某天，两岁的女儿绕在我的脖子上嬉戏，她在唱歌，老公在旁边随着节拍一起拍手，我们在露天的阳光下玩耍——这就是幸福。

（作者系东莞广播电视台技术中心员工）

梦想的初心

毕媛媛/文

很多年前我采访过一个女孩儿，跟我同一年出生，但由于出生时发生意外造成了脑瘫。女孩儿长期生活在相对封闭的家庭环境中，以致她的心智始终像个不成熟的小女孩，简单纯真而又幼稚任性。

和严重的脑瘫患者不同，她的残疾只影响到肢体运动和语言发展，并没有影响到智力发展。所以，尽管她走路时看起来有些跛脚，说话时含糊不清，但她也有着比较好的学习成绩，有着较好的文字功底，常常写些小文章，偶尔也会发表。但这水平在我看来，很一般。

很一般，我是指，以最客观的眼光，毫无刻薄的挑剔之心而言，她的才华很一般。尽管对于一个天生脑瘫患者来说，这女孩儿的一切才华都已经算是奇迹了，可是在这个从不相信奇迹的世界里，才华分大小高低，却不分是否来之不易。所以我说她的水平，真的很一般。我甚至觉得她有点儿烦，因为我与采访对象大都在访问结束之后各自回归各自的轨迹，不再过多联系，更极少变成朋友。可是这个女孩儿，她会常常给我打电话，让我通过我在媒体圈子里的关系帮她发表文章。先别说我有没有这么广的人脉、这么大的能力，光是对于一个很忙很挑剔，每天的邮箱里都塞满上百篇文章，看一眼标题就知道全文好不好的编辑来说，这女孩子的小文章，实在是太拿不出手了。

出于同情也好，尊重也罢，我帮这女孩儿联系过报社的编辑。她的作品也仅仅发表过一次。后来，这孩子（因为她的单纯不成熟，所以我叫她孩子）就跳过我，直接去联系那些编辑，甚至是催促人家发稿。这么做显然是不懂行规！于是我的编辑朋友开始在我面前报怨。我还得像保护我的老熟人一样保护她，说这孩子还小。其实当时我心里也烦透了，说到底我也不是什么高尚、有耐心的人。但是我有教养呀！我想这是我对她唯一没有做错的事。

无论我多忙，无论我处于何种情况，我都会接听她的电话，倾听她的诉求。尽管我啥也做不了，我也听着，不想让她觉得我怠慢她是因为她是残疾人，进而将这种误解扩大到全社会。我就是这么敏感又多心的处女座，这样显得我还挺高尚的。

而这姑娘，根本没把什么怠慢和误解放在眼里，她一心想着她的每一篇小文章的发表，一心想着进作协，一心想着她的创作，我们这些俗人的各种不耐烦和顾虑，她根本就没有放在眼里。一晃好几年过去了，这姑娘还会时不时联系我，有时候给我发篇文章让我当她的读者，有时候还让我帮她推荐发表，当然，我大都还是无能为力。渐渐地，我看到了她的进步，看到了她不断提高的写作水平和越来越新鲜的写作视角，更让我佩服的，是她的坚持。再后来，我在她的微信朋友圈里看到她更多的动态，她真的进入了作协，成了残联的固定作者，还偶尔代表残联去参加国际交流活动，最近还成了“喜羊羊”团队的编剧之一。傻眼了吧，你们这帮俗人都傻眼了吧！

是呀，我们，我们这帮俗人，起初对她的不耐烦，对她的不看好甚至轻视，如今回想起来觉得是那么的愚昧可笑。几年的时间，大多数人都在干什么，都干了什么呢？但一个看起来那么普通甚至不够体面的脑瘫女孩儿，她的简单固执与不顾一切，就这样，慢慢地，慢慢地，使她靠近她的梦想。让你和我，都觉得汗颜。

这是一个关于追求梦想的真人真事，我想说的就到这儿了，我们不需要太多心灵鸡汤和羊皮卷，我们需要的只是偶尔敲打敲打自己，别忘了梦想的初心，更别忘了坚持。

（作者系东莞广播电视台新闻中心记者）

新闻中心的小伙伴们

一样的梦

尹晓芬/文

不知是怎么泄露了“机密”，儿子的同学竟然获知我在东莞广播电视台工作，于是，班干部组织了十多名同学，请我帮忙安排他们参观广播电视中心。

儿子高三了，功课很紧，每星期只有星期天下午这半天时间可以离校，但能来参观广电中心却让这帮孩子宁愿牺牲这难得的假期。他们吃过午饭后就迫不及待地来了……

由于参观的人数不算太多，我上报台办公室，办公室领导说就不专门安排专业讲解员，让我自己来带领参观。呵呵！好吧！Come on，baby！

“欢迎来到设计现代、设施先进的东莞广播电视中心，新广电大楼由综合楼、演播楼、生活楼三个部分组成，投资超六亿元，于2012年1月正式全面启用，到现在刚好满三个年头……”我领着同学们从综合楼的大门进入。宽敞的大厅和明亮、整齐、干净的内部环境让同学们感觉眼前一亮。两部大屏幕电视机正播放着我台两套电视频道的节目，彰显着广电的特色。

乘电梯到达四楼，可同时容纳140多人的新闻中心办公室让同学们顿时瞪大了眼睛，他们纷纷表示：“办公室见多了，但像这么‘壮观’的办公室还是头一次见。”办公室内正中位置贴的“有规有矩、有分有寸、有始有终、有情有义”16 个醒目的红色大字引起了同学们的注意。“这是我们黄永贵台长制定的‘八有’精神，是我们的台训。”我向同学们介绍说，“别看这么简单的 16 个字，要真正做好，必须有良好的自律能力、持久的耐力和高尚的个人情操。你们看，有些记者还窝在小沙发里或在办公位上支起的折叠帆布床上打着小盹呢，我们声音小点儿，别影响他们难得的午间小憩。虽然是星期天，但广播电视工作是每天都要运作，甚至节假日更忙，干我们这行是很辛苦的。”同学们一看，不禁伸着舌头、踮着脚轻轻地退出了办公室。

紧接着，我领着同学们穿过连接演播楼的“莞视桥”，来到了 550 平方米的新闻中心演播厅：“这里是采用高清摄录设备的开放式演播厅，其采用的复式不规则回廊型结构，可通过不同机位拍摄不同背景，并根据栏目需要设置不同的虚拟背景，集多景区、多用途和高效能于一体，这里每天都承担着我台重大新闻节目的直播和制作任务，备有录音区、编辑区、演出区和导播区，可以容纳 60 个编辑站点。直播节目期间是不允许参观的，主持、摄像、导播……各个环节都必须配合到位，才能保证节目的正常播出。”同学们好奇地打量着眼前先进的摄录设备。在他们的眼里，一切都是新鲜的，他们还兴奋地坐上主持台拍照，过一把当新闻主播的瘾。

“阿姨，你们的工作压力是不是特别大？”有同学问道。

“那是当然啊！广播电视工作接受的是几百万甚至上千万观众的检阅和审视，在工作中我们生怕打错一个字、说错一句话、排乱一条节目或弄错影视剧的集数等，所以都得谨慎细致、认真负责地对待我们的每一项工作。”

“阿姨，你在电视台负责什么工作？”

“我在总编室负责节目编排，把全台各部门生产出来的节目进行串联，而且我台所有播出的电视剧的审查和编排都是我们部门负责的！”

“东莞电视台的电视剧可好看了，我奶奶和妈妈都是你们的忠实粉丝，每次放假回家，晚上吃饭的时候，家人都会看公共频道的《都市剧场》！”好几个同学也附和着。

“观众的支持就是对我们工作最大的肯定和鼓励。东莞电视台两个频道的收视率、收视份额长期位居东莞地区160多个电视频道前列；东莞电台占据东莞地区近七成的收听市场份额；东莞阳光网跻身全国重点新闻网站行列。在‘2013传媒中国年度盛典暨百强发布会’上东莞广播电视台被授予‘年度十大广播电视台’称号，这是唯一获此荣誉的地级市台。东莞阳光网获得‘中国地方门户十大品牌奖’和‘中国网络问政突出贡献品牌奖’，成为唯一一家跻身中国十大地方门户的地级市网站……”我一边给同学们讲解，一边领着他们一路参观：东莞阳光网、东莞电台直播室、非编制作区、空中花园……

最后一站，我带着同学们来到了1 000平方米的演播厅。当天演播厅内正在进行中央电视台《正大综艺·宝宝来了》的节目录制。看着眼前漂亮的舞台、绚丽五彩的灯光，同学们惊叹：“瞬间理解了什么叫‘高大上’！”看着一大帮工作人员忙碌的身影，主持、嘉宾、摄像、调臂、导演、音响、灯光……各就各位，一声“开始”，各环节动起来，然而过程并不够流畅，于是NG重来，再NG再重来……如此反复多次，才录那么一小段的节目。同学们不禁感慨：“难怪说‘台上一分钟，台下十年功’，今天是真正体会到了！阿姨，做你们这行是真辛苦啊！录制一档节目，如果不顺利，就根本不知道什么时候可以下班。”我为同学们对广电工作的理解也深为感动：“是苦是累！只要能给观众带来及时的资讯和更多的娱乐，我们就感到自己的工作很有意义，很有成就感。阿姨在电视岗位上工作已经有20多个年头了，但我依然热爱着我的工作！”同学们用既钦佩又羡慕的眼光看着我。

这次参观，同学们觉得收获很大，特别有意义。他们说要把参观的过程和相片发到微信朋友圈里，让没有来的同学羡慕妒忌恨。哈哈！看着他们青春焕发、朝气蓬勃的脸，我在他们身上仿佛看到

了当初那个刚进入东莞电视台的我，那时的电视台办公条件、设备都很简陋，经过这么多年的发展和壮大，我很庆幸我见证了东莞广播电视台的整个发展历程。在台领导的正确领导和不懈努力下，才有了今天让我们每个广电人都足以自豪的新广电中心，我的梦想在这里得到了实现。

他们，我们的新一代，在他们的眼睛里，我看到他们也有一样的梦！祝福你们！加油！我亲爱的孩子们！

（作者系东莞广播电视台总编室员工）

演播室工作现场

第二篇章

创业

TH
2005—2015
缤纷十载
播放精彩

一座城 一个梦 一段美好

肖　宁/文

东莞的工资高不高呀?
听说厚街有很多鞋厂。
今年你还去东莞吗?
东莞……

东莞，这个城市的名字第一次出现在脑海里，大概是在20年前。20世纪90年代初期的中国，贫穷依然普遍，农村青年不得不做出生存的新选择——进城打工。在他们看来，那绝对是一场生命的解放运动，很多年以后，我从书本上得知，那就是城市工业化带来的新希望。

春节前夕，我最盼望的就是村子里的哥哥姐姐背着大包小包回到故乡，掏出一颗颗糖果分发给围观的孩子们，里面必然有东莞特产，整个春节假期，村子里听到最多的就是他们和乡亲们分享着一个个关于东莞的故事，其中有对这座城市的奇谈怪论，有对这座城市的包容感激，但无论怎样，他们的梦在那里发芽，他们的青春岁月在那里奋发。春节过后，我依然来到村口，看着他们朝南方远去，一阵阵送行的鞭炮声回荡在山村，我知道，他们又去了东莞，那是一个追梦的地方。

写这段话的时候，我想起了儿时用过的那支黑色钢笔、印有牛仔图案的文具盒，还有一张放在老家爷爷房子里墙上的老照片。那老照片是叔叔和姑姑当年在东莞打工留下的合影；钢笔和文具盒是姑姑在那个年代从东莞给我带回的最好礼物，至今仍无可替代。

就这样，我与东莞结下了不解之缘。

东莞，我们终将浑然难分

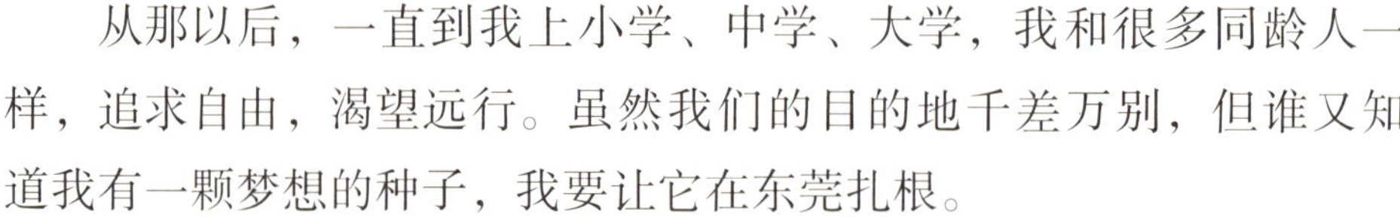

从那以后，一直到我上小学、中学、大学，我和很多同龄人一样，追求自由，渴望远行。虽然我们的目的地千差万别，但谁又知道我有一颗梦想的种子，我要让它在东莞扎根。

2007 年，我大学毕业，如愿以偿地留在江西一家电视台，当时我仍然是一名懵懂的大学生，跟着一群资深记者摸索前行。快乐、纠结、困惑、痛苦，各种错综复杂的情绪夹杂在不同的采访任务中，鞭打着一个年轻人的肉体与心灵，也正是那些年我真实地与广播电视行业接触，儿时的梦想才渐渐清晰。

2009 年，经历了中国经济的阵痛后，楼市、车市一片低迷，我所在的车房栏目的经营状况急剧恶化。作为一个经济类栏目，它的生存完全与市场绑定，那么问题来了：下一步该怎么走呢？人生规划在哪里呢？窘迫的现实让我开始思考人生，寻找出路。

凭着仅仅两年多的工作经验和对新闻类专业知识的学习，我在人才市场几乎无人问津，明知道投出的简历会石沉大海，但我依然不断地投放，渴望会有上帝的眷顾。我人生的第一个十字路口就这样出现了，迷茫中伴随着无力感，日复一日地重复着机械的脚步……

2009 年 9 月的一天，秋意正浓的傍晚，我坐在窗前敲打着生硬的键盘，玩着已经玩得想要吐的卡丁车游戏。突然，电脑屏幕角落里弹出一条与“世界工厂”东莞相关的新闻，那一刻，我也不知道是怎么了，只觉得身体热得像被火烧一样，那是血液沸腾的感觉，

它在撕扯着一个24岁年轻人的心。我对自己说，我想去东莞，哪怕看一看那个遥远的南方城市。

你相信命中注定吗？在2009年9月15日之前我不信，但那天我信了。想去东莞的念头迸发后，我第一时间在百度搜索框中输入了“东莞广播电视台招聘”，立即出现一条招聘信息，我欣喜若狂，仿佛已经忘记自己的水平，握紧拳头做了个必胜的姿势，我知道这是个机会，必须抓住。匆忙的几天里，我开始整理个人简历，搜集获奖资料。为了祝福自己，还特意挑选了一张红色纸打印个人简历，在报名截止的那天把资料投递了出去。据说，这张简历此后被人力资源部的轩哥认为是最特别的简历，他说：“在那些堆积如山的简历中，就你那张是红色的，非常显眼。”难道红色是我的幸运色？谢谢轩哥替我发现。

2009年10月，我来到东莞参加了东莞广播电视台的笔试和面试，那两天我经历了坐公交车被骗、打出租车被坑、走路踢到脚、买东西被换假钱等不顺。总之，东莞就这样鲜活地摆在我面前，鲜活到足以考验你全部的接受能力。

回江西的途中，空气里夹杂着浓浓的金属味，使我有窒息感，我微闭着双眼坐在火车的角落，看着工业区飘出的滚滚浓烟以及街道上行色匆匆的人群。我提醒自己，这不是全部的东莞，我要回来，也一定会回来的，想着想着，我双手合十祈祷。

凯哥，你胆儿也太大了

正如大家看到的，东莞，我真的回来了。

2010年3月，元宵节刚过，接到被录取的消息后，我就拖着箱子出发，直到在东莞火车东站下了车。我辗转进入东城南路的广播电视大楼，见完新闻部主任后，温秋明师兄就领着我安排宿舍，办理入职手续，3月1日就算是我在东莞广播电视台工作的开始，这个日子我将铭记一生。

在这里，一次次的学习会、讨论会、总结会、看片会让我的生活变得充实起来，我也在迅速成长着。当然，成长的同时也伴随着不断的犯错。

入台第二周，我被当时的记者组组长邓凯派去进行独立采访。那是东莞市旅游局召开的科技馆旅游项目推介会，也许是做惯了非新闻的节目，我对于时效性的理解产生严重偏差。会议在下午五点半结束，我竟然直接下班跑回了宿舍，傍晚6点，编辑打来电话催稿。

“肖宁，你的稿子怎么不交?”

“我不知道要今天发。”

“我有说今天不发吗?”

“对不起，我马上回去赶稿。”

“来不及了，马上播出了，明天再交吧，下次别这样了!”

挂完电话，我觉得无地自容，是啊，新闻不就是要新吗?犯这样的低级错误简直是愚蠢至极，幸好当时没有市主要领导出席，否则不把我叫去面壁思过才怪。

从那以后，我渐渐学会了“抢”新闻，无论压力有多大，能当天赶播的绝不拖延到第二天，能第二天出稿的绝不拖延到第三天，这个习惯我仍保持至今。

2010年8月1日也是一个值得铭记的日子，经历了五个月的试用期后，我成功转正。回想那五个月，就犹如一个世纪那么长，我被怀疑过，受鼓励过，自责过，伤心过，初到一座城市，新进一个单位，该有的感觉全都有了。依稀记得，转正后请各位同事小聚的那天晚上，我烂醉如泥，那六杯该死的红酒我不会忘记，据说这个“六杯红酒”的故事仍流传至今。

2010年9月，中心对记者进行分线，我被划分到了时政小组。出人意料的是，邓凯竟然要我挑起人大线的重任，要知道这可是重中之重的线呀，我能行吗?但想到既然领导信任，我没有理由不接受挑战，就这样，我开始了一次次的人大调研采访，开始出现在每一次的人大常委会中。不清楚领导排序，就问；不清楚稿件时间发多长，就问。

感谢各位编辑大神对我不厌其烦的指导和纠正，依然记得你们等稿等到抓狂的表情，现在想起觉得很是怀念。尽管我现在也做编辑，也有抓狂的时候，但都是突发新闻居多，能够坐在编辑机房等人大新闻等得抓狂，应该也是别有一番心情吧！

2011 年的“两会”报道，我和温秋明、林泽珊等几位资深时政大咖合作完美——与其说是合作，不如说是跟班学习——我们的配合让所有人大新闻报道安全落地。2011 年，我还获得了一个“人大新闻奖”二等奖，尽管是“二”，但已然满足，这也是收获啊！

现在想想，一个从来没有碰过时政新闻的记者突然接下“人大线”，这是多么大的挑战，邓凯哥你是有多“大胆”，就不怕我这新人砸了招牌呀？但这就是东莞广播电视台，它永远给新人机会，永远让新人尝试，做不好有同事帮你，完成不了有同事助你，在互帮互助中，你的紧张感消除了，你的压力稀释了，在不知不觉中你成长了。

是梦，就去追吧

2012 年记者组打散，我被分到了《今日莞事》栏目，也是我现在的“东家”。离开了会议桌，走到大街小巷与突发事件对话，与街坊群众为伴，让我看遍人间百态。这一刻也许你还跟着他们笑，下一刻你就跟着他们哭。死亡、恐惧、危险、意外等场景会时常走入我的生活，前几个月，我甚至会经常因看过车祸现场的惨烈情况而从梦中惊醒，但我从不抱怨，甚至开始享受这样的生活。

不知从什么时候开始，越来越多的暗访类报道开始出现在我的笔下——老虎机、黑网吧、私宰肉——逐渐有很多同事跟我见面打招呼的问候语变成了“又去哪里暗访了”。看到我放在桌子上的早餐，他们会问：“你这个能吃吗？不是暗访的有毒食品吧！”对此，我只是一笑而过。

当暗访进入一种常态的时候，你会发现记者必须具备一种能力，那就是做演员的能力。同事们不止一次地笑我：“看你这个人斯斯文文的，暗访肯定露馅，不像坏人。”但他们不知道我有一套“民工”行头，就放在办公室的座位底下，有需要时就立即穿上。

“那家卫生站非法鉴定胎儿性别，我老婆怀的明明是男孩，却硬说是女孩，结果在那里引产了，很可恶!”这是一位常平的街坊发来的报料信息。为了做好暗访，我换上 T 恤，穿上拖鞋，摘下眼镜，手拿孕妇奶粉罐走进了卫生站。我蹑手蹑脚地伪装成一个准爸爸，开始询问胎儿性别鉴定的事项，医生起初很警惕，但最后还是道出了诸多细节，从鉴定性别的价格，到最佳月份，再到如何引产处理，听上去简直是一次生动的医学培训课。从卫生站出来后，我的手心里和额头上全是冷汗，感叹一个未婚青年的演技竟然骗过了一个行医多年的“老中医”，谁说姜还是老的辣呀?

当然，这招也不是每次都管用的。

2012 年 5 月，据下桥水果批发市场一群水果搬运工反映，他们被人克扣工资，市场不与他们签订劳动合同，入职后被收取高额押金，这些情况多次向劳动部门举报都不予以处理。显然，这个暗访任务更加艰巨，陪着搬运工去劳动部门咨询，自然要像个劳动人民。于是，我挖空心思地把行头弄得尽可能脏一点。摄像搭档说，你的衣服脏了，可是白白胖胖的也不像，于是，我二话不说地从超市买了根黑色蜡笔，硬是在脸上打了一层黑粉，勉强算过吧！遗憾的是，暗访并没有想象中的顺利，劳动部门的“反暗访”意识太强了，依然是书面登记等答复，一问三不知，礼貌好到你没脾气。

“演员”做久了，也有出状况的时候。曾试过在横沥暗访老虎机时露馅，被对方多人骑摩托车狂追，险些落在他们手里。周末在菜市场买菜被暗访对象认出，直接大喊：“记者先生你好，今天又来菜市场暗访呀?”对面卖牛肉的档主盯着我看了 3 秒钟，说了句“这个牛肉保证没注水，你怎么暗访都可以”。

如果说，这些都是直接“过招”，那么当半夜你的电话不断响起，拿起电话但对方又不说话时你会是什么感受？当收到“你让我没饭吃，你也别想好过”这样的恐吓短信时你会害怕吗？最近的一次发生在几周前的一个晚上，我的手机短信突然不停地来，三分钟

内收到上百条验证码信息，这又是唱的哪一出呢？同事也偶尔会在我面前说：“有人向我打听你，是不是你曝光了什么？”“没事，谁打听我你让他直接来单位找我。”坦白讲，我的回答很淡定。

我一直坚信，作为一名记者，只要你触碰到了他人的利益，这样的状况迟早会来的，但我从来没有真正害怕过，更没有想过放弃和退缩，为了正义，为了让很多人更好地生活，我做的这一切都值得。

想想看，这不也正是自己当初选择出发的原因吗？既然是梦，就一直去追吧，我这不还活得好好的吗？

这段美好，感谢有你们

2010 年到 2014 年这人生的四年，准确说是快五年了，我和东莞广播电视台绑在了一起，感谢各位伙伴的一路同行，你们犹如坚强的后盾，让我每每拿着话筒时都底气十足，让我有了面对一切的勇气。虽然我们之间有过抱怨，有过指责，有过纷争，但从来没有失去过的就是彼此间的信任。打开相册，我们一起吃过饭，唱过歌，握过手，拥抱过，欢呼过。还记得节目改版时大家一起加班的场景吗，那是多么“惨烈”；还记得大年初一围着台领导讨红包的情形吗，那是多么“凶猛”；还记得吃团年饭时上台唱“三句半”吗，那是多么“勇敢”。每天，耳边响起的这些话，或许将伴随我们很多年。

“我发给你了，在 17（稿件上传平台）。”

“卉玲，今天谁编辑？”

“可以审片了，做提要，做排单。”

“快点，都 5 点了，稿子好了没有？”

“这条谁剪？”

当然，最最动听的一句话莫过于手机铃声响起，然后看到短信：“请速到陈秀娟处出签本月工资。”

掐指算来，四年多的时间里，采访的新闻超过 2 000 条，我很骄傲的是我和我的同事们的足迹踏遍了东莞的几乎每一个角落，从海上行船到银屏山望远，从山野乡村到政府大院，但不管到哪里，我们都没有忘记我们是记者，是东莞广播电视台的记者，而话筒和摄像机就是我们的耳朵和眼睛。

四年，人生有很多个，这个四年，感谢东莞，感谢东莞广播电视台，让我梦圆。

四年前，我一个人，一个包，来到这里；

四年后，我们四个人，一个家，住在这里。

四年前，我住的是宿舍；

四年后，我住的是商品房。

四年前，我每顿饭几乎都在饭堂解决；四年后，我下班回家，可以时刻品尝到妈妈做的饭菜的味道。

四年前，我 25 岁，她 22 岁，我们尚未认识；四年后，我 29 岁，她 26 岁，我们相约要相守一辈子！2014 年 12 月 13 日，我成了丈夫，她成了妻子，我们的爱从东莞出发。

东莞广电，是我梦开始的地方。

（作者系东莞广播电视台新闻中心记者）

“苏迪曼杯”宣传片拍摄现场

我的梦中有个你

莫少青／文

时间：2013年11月8日（第十四个记者节）

地点：东莞广播电视台一号演播厅

事件：第六届东莞优秀新闻工作者颁奖典礼

颁奖词："第六届东莞优秀新闻工作者"获奖者：莫少青。她曾用声音为听众奉上一份份鲜活的新闻早点；她现在是动听电波后的无名英雄——声音彰显力量，电波传递真情，二十年如一日，秉承着对新闻事业的忠诚，对东莞这一方热土的深情，她默默耕耘，阔步前行！

听着这段颁奖词，我的内心久久不能平静……它既是对我二十年从业生涯的一个小结，也是我职业生涯中的一个新的起点。1994年，我怀揣着一分"铁肩担道义，妙手著文章"的侠气，带着一分新奇、一分任性，以无所畏的勇气，义无反顾地投身于广播媒体，从一名人民教师转行为一名新闻工作者，这么重大的决定甚至都没有跟父母商量。正式调动后，当我把消息告诉父母时，一向老实巴交的父母的眼神中充满了不解，在他们眼中，我考上师范学校，成为一名光荣的人民教师，不用当农民已是莫大的幸运，而且女儿一直在教师的岗位上工作出色，前不久才拿到“南粤优秀教师”的称号，为什么偏偏在这个时候做出这个决定？父母的担心不无道理。因为广播媒体于我而言是一个完全未知的世界，又非本专业，起步本来就比别人难，以后的路会走得很艰辛。哪个父母不希望儿女的人生之路平坦顺利？但是父母也知道女儿倔强的性格，因此并没有提出过多的意见，只是用最朴实的话语给予我鼓励。爸爸说：“既然决定要做，就要把事情做好，证明你的选择没错。”妈妈说：“以后工作要少说多做，‘口贱得人憎，力贱得人敬’（‘敬’，广东方言：喜欢的意思）。”这二十年来，我经历过很多的风风雨雨，从一无所知的摸索，到事业瓶颈的制约，一次又一次想过退缩、想过放弃，但是父母的话语始终萦绕耳边，身边的领导、同事更是不遗余力地帮助我，成为我前行的力量。他们从新闻写作的基本要求、新闻采访应把握的原则、新闻播音的情绪把控等方面不厌其烦地、手把手地教导我。而十年前与黄永贵台长的一席谈话更是成为我坚定地走上新闻从业者道路的助推力。当时黄台长刚到广播电视台，他找了很多员工谈话沟通，我就是其中的一个。一见面，黄台长的谈话就从我们的共同点开始，他说：“我们两个原来都是教师，后来都转行了，没想到现在又成了同一个系统的战友啦……”这轻松的话语一下子拉近了我们之间的距离，紧张感马上就消失了，谈话内容也是海阔天空，个人兴趣、入行经历、工作状态……就像是与一位兄长聊家常，不知不觉间，我也把自己工作中的困惑说了出来：我感觉入行十年，仿佛遇到了工作的瓶颈，日复一日的工作，使我感觉当初的激情和热情都在消退，工作上仿佛也未能更上一层楼，挺郁闷的，甚至怀疑当初的转行是不是一个错误的选择。黄台长认真地听完后，对我说：“我觉得其他的都不重要，最重要的是你要想想，你心中的那团火还有吗？”我说：“有，我十年来一直从事广播的采、编、播工作，在多年的工作中我一直坚信，声音能够彰显力量，电波可以传递真情。”黄台长说：“有这团火就可以，但也不能仅仅依靠一团火，你需要做有温度的新闻节目。有温度的新闻节目就是我们不但要报道新闻事实，在这一过程中还要体现人文关怀。你是做

广播新闻节目《东莞早晨》的，节目除了可以借你们的声音报道事实之真相外，新闻专题在选题上能否体现新闻人的情怀，做到有情有义？希望这对你有所启发。”

“体现新闻人的情怀，有情有义？”我默默地念叨着，若有所思，又感觉有点豁然开朗。之后的十年新闻职业生涯中，我谨记着黄台长的这一提示，仿佛是“柳暗花明又一村”，我的职业生涯进入了一个全新的阶段，主持的栏目深受听众欢迎，多年被评为本台的优秀栏目，我参与策划、制作的新闻作品也多次在国家、省、市获奖，如台港澳广播创优一等奖、第三届东莞新闻奖年度策划一等奖、广东新闻奖广播新闻类一等奖、广东省广播影视奖广播新闻一等奖等，收获颇丰……也是基于这些成绩，2013 年，我终于登上了个人职业生涯的一个新高峰，获得了“东莞市优秀新闻工作者”这一荣誉称号。如果说入行的前十年是职业生涯的摸索和积累的阶段，那么入行的后十年就是一种厚积薄发，不断体现自我价值和实现人生梦想的阶段。

追梦路上有你相伴，圆梦喜悦有你分享……感谢你，东莞广电这一方舞台；感谢你，伴我一起成长的同事、领导。衷心地说声“谢谢”，谢谢我的梦中有个你！

（作者系东莞广播电视台广播中心副主任）

那些时光 那些青春 那些梦

周　梅／文

写下这些文字的时候，我刚好 29 岁。而我家乡的老人们总是这样说，人要长着活，所以我应该是 30 岁，虚岁 30 岁。对大多数女性来说，年龄是敏感、隐晦且是不愿意提及的，但我从不畏惧。三十而立的年纪，时光正好，而那些过去的时光都是青春。

匆匆那年

时光回溯到 2007 年，那是一个特别的时间。当年的我是一名大三的学生。抱着青春理想，怀着一腔热血，渴望实践见真知的我，一股脑儿热从成都飞到东莞，报名参加了东莞广播电视台“第一届魅力之星”选拔赛。简单长发、单眼皮小眼、中等身材，再普通不过的我如期地止步于 20 强晋级赛。塞翁失马，焉知非福。落选的我接到了一份实习工作的邀约，第二天，我便加入《十全十美》团队，负责协助活动开展的任务。

第一场活动就让我印象深刻。当时在塘厦举行 20 晋 12 的最后一轮淘汰赛，在比赛即将进入关键的PK赛时，道具组突然发现原本用于投票的玫瑰并未准备，于是我被通知立刻外出购买。当时人生地不熟的我，找了很多条街很多个市场都未找到花店。但是为了节目播出时制造出难以抉择、左右为难等紧张效果，一定要有道具才能凸显气氛。眼看时间越来越紧迫，我灵机一动，冲进路旁的广告装饰公司，叫店家帮我制作心形标贴来代替玫瑰。可是特殊模型需要提前定做、成批生产。迫于时间，我决定自己动手制作，在店主、店员、司机的帮助下，终于赶在最后紧张的PK环节开始前到达现场，心形标贴被观众一个个地贴到了选手身上，效果非常好，而站在台下的我也松了一口气。

从那时起，我便加入东莞广播电视台文艺中心，跟随着东莞广播电视台的梦想开始广电人的征途。

那时的东莞广播电视台正青春、正成长，每年“3·28台庆日”是东莞广播电视台的粉丝节，你会惊讶于一个城市台竟然拥有如此庞大的粉丝群和主持人强大的号召力；那时东莞广播电视台正蓬勃、正神奇，你会感叹五层高的小楼竟然创造出“百万年薪主持”的故事和“竞争上岗”的新体制标杆。

小小的我，大大的舞台，只要努力就会有回报，我庆幸在那个不懂无为的年纪，最努力的自己遇到了最开放的团队。从那时起，我便在自己心里种下了一颗小小的梦想种子：爱岗敬业，成家立业。

这是故事的开始，只是短短的曾经，我叫它“匆匆那年”。

那些年，我们一起熬过夜

就这样，我在东莞广播电视台一待就是八年。理所当然地，我是一名老员工了，一名有经验的编导。“魅力之星”一做就是四届，道具、服装、策划、节目制作，什么都得做；《十全十美》一做就是五年，美食、时尚、经济、娱乐、情感，样样都得懂。这么多年来，在溜走的岁月里，我累积的不仅是经验，更是丰富多彩的生活，也似乎在不知不觉间成了全能电视策划人。

可是，那些年我们真是铁打的兵。

那些年，我们既做节目又做活动。因此白天忙着活动策划执行，晚上忙着节目制作播出。一天活成三天，一人当两人用。当然“魅力之星”大赛，呈现出的永远是选手光鲜亮丽的一面，殊不知工作人员就只有三四个。导演也是道具准备人员，策划也是舞蹈编排人员，大家就这样共同分担着、相互支撑着，全身心地努力工作。曾经几宿未休息的同事差点在去借服装的路上发生车祸；曾经腰疼到无法站立的同事依旧坚持在总决赛活动现场；曾经家人去世也未能及时陪伴的同事坚守在编辑房赶制播出节目……想想这些坚强从何而来？我想，只有四个字：梦想、责任。

那些年，我们拥有太多的曾经：曾经在烈日艳阳下拍摄节目；曾经在夜深人静时开策划会，曾经在编辑线上一待就是三天，曾经在最美好的时光里暴走青春……那些曾经里，有我们熬过太多的深夜。

虽然现在我依旧会每周六在编辑室加班到凌晨，但这无数个夜晚凑在一起就是时光，就是青春。不悔梦归处，只恨太匆匆。我们依旧带着红肿的双眼，希望在明天做个有理想的广电人。

致我们伟大的广电青春

时至今年，八年光阴，我依旧在这儿。

我记得《十全十美》第1 000期的新旧同事聚在一起庆祝时的开心时刻，我记得“魅力之星”总决赛上礼花绽放的绚烂时刻，我记得各场活动结束时深深呼吸的放心时刻，我记得剪辑的每一帧画面，我记得采访过的每一位嘉宾，我记得这些年来经历的每时每刻。

时间不会辜负你的，就只有勤奋。我获过“优秀员工奖”，我制作的栏目获得过“广东省广播影视文艺奖”一等奖，我学习篆刻并加入了广东省书法协会……

这时的东莞广播电视台，已经搬了新大楼，有了新设备；这时的东莞广播电视台，机会越来越多，节目越来越精彩；这时的东莞广播电视台，发展新产业，打造新事业；这时的东莞广播电视台，正大踏步向前……

广电十载，精彩仍在。我的青春，不是一场独白。在这场戏剧里，有很多人和我一起奋斗，有很多故事在继续上演，有很多梦想仍在发生，还有很多很多……所谓青春如梦，无非流年匆匆，不如让一切都掩于岁月、归于无声。而我只愿在那个最美的年华里，记住这一切与梦想有关的岁月。

致我们永远无悔的广电青春！

（作者系东莞广播电视台《芳菲文化馆》制片人）

文艺中心的小伙伴们

最初的梦想

梁少华（小　璐）/ 文

2010 年的冬天，一个普通的工作日，我开着车行驶在四环路上，汽车仪表盘上显示的时间是 7 点 45 分，收音机里响起了范玮琪的《最初的梦想》，这是我最喜欢的一首歌。路上的行人和汽车越来越多，他们应该也都是刚起床晨运或赶着去上班的人，而此时的我却是刚刚下班，非常轻松地开着车，听着音乐回家，与那些脚步匆忙的人形成很大的反差，但是四个小时前的我和他们一样，一样的匆忙。

凌晨 5 点 10 分，闹钟准时响起。我知道该起床上班了，无论我如何恋床，无论外面有多冷，无论外面下多大的雨，我知道我必须起床，并且必须在 5 点 55 分之前到达直播室，从事广播这行这么多年，我早已习惯了。我很不情愿地离开了床，打了一个冷战。今天又降温了，刚刚还做了一个梦，梦见自己在直播时所有的机器都失灵了：电脑死机、音乐播不出来、麦克风失灵……我相信所有广播的主持人都曾经做过这样的梦，如遇到自己迟到、节目停播等，而这样的梦已经不止一次出现。

凌晨 5 点 35 分，我到达导播间，今天来早了一点儿，还可以在导播间休息一会儿，幸好家离电台比较近，对于上早班的人来说，早上争取多一秒钟休息的时间都是奢侈的。从2001年进台，到2010年，不知不觉来电台都十个年头了，而上早班也有五年了，虽然累，但是出于对广播的热爱，我一直都在坚持着。

早上6点30分，节目准时开播。“欢迎大家收听今天的《音乐早上好》，我是小璐……”

许多人都对广播感到好奇，好奇我们做直播的状态是怎么样的。其实主持人做节目就像在打仗，要眼观六路，耳听八方，嘴巴说着话，一手将CD放进播放器，另一手准备按下播放键，眼睛要盯着电脑上显示的时间，还要注意主持的语言不能和歌手的声音重叠在一起，这些都是非常讲究的。

对于大多数出生于20世纪90年代以后的人来说，“广播”或许只是大脑词库中众多词汇里的一个；而对于那些出生于20世纪80年代、听着广播长大的孩子们而言，“广播”所传达的不仅仅是声音，更是一个梦想。

前不久整理旧物，我翻出几盒早年做节目的磁带，听了之后，大吃一惊。啊！原来我以前做节目是这样的啊！幼稚、浮躁、形式大过内容。就连当时的声音，如今听起来也是怪怪的。回忆起刚进台的时候，开始有听众给我写信了，开始有人给我送礼物了，开始有人向我索要签名照了……于是，也开始觉得自己已经很强了。后来，一位前辈的话点醒了我，她说：“不管是谁，也不管他有多差，只要他有机会坐在这个话筒前说话，就一定会有人喜欢他，没什么稀奇的。”这句话我一直铭记到现在。

如今的我，终于得以在这个梦寐以求的地方通过电波用我的声音向听众朋友们传递快乐的讯息。很多人说我是幸运的，但我想，梦想的实现并不只是凭机遇和运气这么简单，更多的应该是一种持之以恒的追求。

上午7点50分，太阳照在人身上暖洋洋的，路上的车和行人比之前多了许多，他们也和我一样在追寻着自己的梦想吧，而我该回去好好地睡一觉，养精蓄锐准备下午的节目了……

（作者系东莞广播电视台《莞饮莞食》主持人）

在追梦的路上

梁汉君 / 文

在东莞广播电视台的新闻中心，有着一群可爱的年轻人，他们思想活跃，个性鲜明，敢拼敢闯，团结且富正义感。作为摄像记者的我就是其中之一。

我是新闻中心的“高产专业户”

我为何会被同事称为新闻中心的“高产专业户”呢？因为在东莞广播电视台新闻中心，我经常创下高产纪录。我可以一个月工作29天，每天早上7点钟左右起床开始忙，白天拍摄，晚上剪片，一直忙到凌晨一二点；也可以在一个月内完成30条新闻和12条专题片的拍摄和剪辑工作。这意味着什么呢？意味着我一个人差不多可以完成两个人的工作量。

与我合作过的文字记者都知道，我很少双休，平时基本不休。节假日有采访任务找我准没错。我每个月的工作时间都在27天左右。

我的工作量长年在新闻中心蝉联榜首，要保持这样优异的业绩，除了需要吃苦耐劳、特别勤奋外，还需要有很强的团队合作性，在高产的同时必须保证高质量。我们新闻中心实行的是点钟制，我做得好，文字记者接到采访任务就会打电话找我去拍摄；如果我做得不好，拍摄、剪辑粗糙，下次人家肯定就不会再跟我合作，所以我要用心去把片子拍好，在剪辑和制作上精益求精，让大家满意。

在新闻中心与我共过事的人，许多人都佩服我对工作的热情。《平安东莞》栏目制片人赵俊杰是这样评价我的："我跟梁汉君一起搭档快九年了，同事们给他两个绰号，一个是'小天使'，另一个就是'拼命三郎'。大家说他是'小天使'，因为他不管是在工作中还是在生活中，始终豁达开朗，是大家的快乐天使；说他是'拼命三郎'，是因为他在业务钻研上很拼命，勇挑重担，任劳任怨，从不讨价还价。"

新闻中心摄像组组长魏淦棠这样评价我："'拼命三郎'梁汉君是我们新闻中心的'高产专业户'。他的悟性很高，而且在工作中注重方式方法，善于学习，所以无论是新闻栏目还是专题栏目他都做得很好，大家都愿意和他搭档。"

《新闻午餐》编辑记者冯旭说："梁汉君在工作上不怕苦不嫌累，是一个悉心钻研业务、工作很负责任的人。做人做事，最难的是能过自己这一关的同时也能过别人那一关，而对梁汉君来说，他无疑是做到了。"

采访一线屡次涉险　不畏艰难爱岗敬业

新闻记者是一个高风险职业，从 2005 年入台以来，我也曾经历过很多惊心动魄的时刻。

有一回，我去东莞企石采访倒闭企业欠款未还的事件，刚到现场没几分钟，我就被几十个人团团围住。他们说，今天一个都不许走！接着就开始打人，抢我的摄像机。我和我的搭档赶紧打电话回台，后来台里出面帮忙协调，村委会过来处理，他们才放了我们。

2012 年 9 月 16 日，我在东莞南城拍摄《御泉山庄业主维权记》

专题片，突然，两个身材高大、画有文身的大汉走了过来。他们凶狠地瞪着我，伸手就要强行抢走我手上的摄像机。我第一时间向台里报告了这件事，台领导马上与东莞市南城区宣传办领导一起赶赴现场解决了这件事情。每次只要我们在外面遇到危险，台里都会尽全力保护我们，因为有台领导做后盾，我们才能保持一身正气，才能有底气去曝光那些社会上的丑恶现象。

屡次涉险拍摄的经历并没有让我产生畏难情绪，因为我热爱这份职业，我坚信：东莞广播电视台不仅是我在工作上展现自我的舞台，更是在我身临险境时最坚实可靠的后台。

（作者系东莞广播电视台新闻中心摄像）

梁汉君在采访现场

一路上有我的陪伴不孤单

孙曼曼（曼　曼）/文

“欢迎大家在早上 7 点打开广播锁定畅想 107.5——东莞电台交通广播，这里是由张卡、曼曼为您主持的《新新生活》，我是曼曼。”“以上就是这个时间的最新路面通行情况，在路上看到最及时的路况消息都可以拨打 22221075 报料。”这两句话是 2014 年我在节目中说得最多的开场白和结束语。

早上 7 点到 9 点这两个小时陪伴大家上班的《新新生活》、下午 4 点 30 分到 6 点 30 分陪大家下班回家的路况播报，“主持人”和“路况编辑”是我在 2014 年最重要的两个角色，也是 2015 年最重要的工作。

同事们都开玩笑说我是广播中心起得最早的主持人，事实上这话一点都不假。为了做早上 7 点钟的节目，最迟 6 点钟就要起床，为了保证充足的睡眠使得做节目时有最佳的精神状态，我每天早上都省去了梳妆打扮的时间，以最简单的方式洗漱就出门了，所以上午你看到的我往往是“蓬头垢面”的。对此，搭档习惯了，同事们习惯了，连门口的保安大哥也看习惯了，不管我多邋遢，保安大哥都能一眼认出我，可能真的是看多了也看习惯了，想想也觉得很好笑。

谁都希望每天早上出门把自己打扮得漂漂亮亮的，化着精致的妆容，穿着精心搭配的服饰，可是如果让我选，我还是会把早上所有这些时间用来准备节目。你每天听到的是 2 个小时的早高峰资讯栏目，但话筒下，我每天至少付出双倍的时间来做准备工作。哪首歌曲更适合今天的节目，哪些新闻是最新、最快、大家最想听的，这些新闻该如何编排，在主持时如何跟搭档更好地配合以让每条资讯无缝衔接……这些都是每天早上我一睁开眼睛就要立刻思考的问题。对自己要求严格，对节目要求严格，是对听众最大的负责。

每天早上，我都是在直播间迎接东莞的第一缕阳光，看着阳光洒在东莞大道上，想着这时在车厢中正在收听节目的听众，这种满足感无法用语言形容，只希望我的每一句话都能够在早上给大家带去正能量。2015 年，《新新生活》会一如既往地陪伴大家，成为您上班路上的第一选择。

如果说早上的《新新生活》是迎接东莞的第一缕阳光，那么傍晚高峰的路况播报就是送走东莞的最后一抹晚霞。担任路况播报员已经有一年半的时间，作为一个从外地来东莞不到三年的姑娘，我从一开始连黄旗路口都对不上号，到现在可以清楚地告诉你东莞任何一条主干道、环城路，这样的进步不是一朝一夕可以达到的，而是经过日积月累的学习累积而来的。通过对着地图一个地点一个地点地看，拿着笔记本一个路口一个路口地画，追着东莞本地人一个街道一个街道地问，慢慢地，我发现自己对路越来越熟了，路况播报也越来越准了。一开始我要在每次播报前在电脑上把自己要报的路况写下来，现在终于可以做到实时播报，监控调到哪儿我就能说到哪儿。很多新来的路况播报员在跟班学习的过程中都惊讶于我是如何做到不打草稿实时播报的，我说“笨鸟先飞”，不会的去学，不懂的去问，总有一天你会成为更加优秀的自己。

对于在路上开车的司机来说，路面的通行状况是他们最关心的，所以路况编辑责任重大，司机对你的信任超过你的想象，你说这条路堵，司机就会立刻绕道行驶，所以路况播报马虎不得，必须精确无误。

大家都说我起早摸黑地工作很辛苦，可是我觉得自己很幸运，早高峰和晚高峰是交通广播最重要的两个时间段，而我有幸能够同时出现在两个时间段陪伴大家，不管是主持还是播报路况。这一年，我的辛勤付出真的让很多人认识了我——曼曼。最先感受到变化的不是我，而是我的家人。爸爸出去和朋友吃饭，不再敢轻易说他女儿在东莞电台工作了，因为如果让别人知道曼曼是他女儿，酒桌上就一定免不了要多喝两杯酒。至于妈妈，就遇到过出门打车而出租车司机不收她车费的情况。

认可也好，批评也罢，我一概全收。2015 年，我会继续一如既往地在早高峰、晚高峰陪伴大家上下班，迎朝阳、送晚霞，希望有我的陪伴，您的出行不孤单！

（作者系东莞广播电视台《东莞早晨》主持人）

户外现场直播

春风大雅能容物
秋水文章不染尘

赵　阳／文

“春风大雅能容物，秋水文章不染尘 。”这是我的座右铭，也是我在东莞生活多年的小小缩影。

东莞这座城市给予我如春风一般能容万物的感觉，而东莞电视台给予我的则是润物细无声的精神滋养，让我可以专心、积极、幸福地追逐自己的梦想。

在感恩节那天，很多人都通过短信、微信感谢家人的关心照料、朋友的帮助关怀、老婆的辛苦操劳、老公的悉心呵护。同样，坐在电脑前的我，怀着感恩的心，梳理自己十年来的心路历程。感恩在东莞的十年，和在我生命里留下痕迹的每个人。

十年磨一剑，在东莞的十年正如一场美丽的追逐之梦。依稀记得 2005 年的年末，东莞广播电视台进行全国招聘，我抓住了难得的机遇。前来应聘的是来自全国各地的同行们，湖南、江西、辽宁、湖北、云南……可谓高手如云、竞争激烈。幸运的是我在一轮轮的考试过后，终于加入了东莞广播电视台这个幸福的大家庭。

刚加入时，我是《东莞新闻》的一名记者。那时经常一天要写三篇稿件，晚上也要加班写稿，还时常为第二天的选题感到头痛。刚刚实习的时候我完全不适应高强度的工作，半夜常梦到自己在火灾现场做报道。回想起那段日子，觉得的确很辛苦，我曾经因为一篇稿件写得不好而满心愧疚，又加上工作太累，回到宿舍狠狠地大哭了一场。也正是那次身心的疲惫让我肆意地宣泄了自己的情绪，调整了自己的心态。渐渐地，我开始适应，融入，习惯了新闻工作的节奏，也正是这些身心的磨砺，让我进步，促我成长。当时我主要负责的是文化线，玉兰大剧院、科技馆、展览馆的项目，只要和文化有关的活动我都不会错过。虽然我没有写日记的习惯，但只要打开稿件，看到那一篇篇文章，我每一天的生活轨迹便如日记般呈现无遗。

记者，无冕之王，但常常心力交瘁。作为一名女记者就更加不易了。今天深入火灾现场，明天去车祸现场，后天突击检查制假、售假窝点，起早贪黑、加班熬夜是常有的事情，生活简单的我经常是晚上 11 点才离开新闻中心。记者的工作就是体力与脑力的结合，正是这些日复一日的工作，让我迅速完成了从文弱的女学生到“女汉子”的蜕变，练就了一身不怕风吹日晒的钢筋铁骨。一年一度的龙舟赛、东坑卖身节、桥头荷花节，都有我忙碌的身影。高强度的采访工作归来，都要用半年的时间来恢复晒伤的小脸蛋。每当看见我的同事们扛着摄像机跑来跑去，在炎热的夏天连续奋战，闻着他们湿透的衣衫散发出的酸味时，我的心里既心疼又敬佩。正是由于我们的共同配合，才用手中的纸笔描绘了东莞的变化，记录了东莞的华丽转身。

2006 年二月初二，东坑卖身节，大街小巷上演射水大战。身着战袍的人们手拿水枪，准备一场大战。作为现场记者的我，进入了一个几近失控的现场。人们用水枪喷水，甚至是用水桶相互泼水，大家兴奋不已，一个个都成了落汤鸡。当我准备做现场报道的时候，被一群人团团围住，有发问的，也有看热闹的，每个人的手里都拿着水枪，现场的气氛忽然紧张而宁静，当时我的身上没有任何的防护雨具，拿起麦克风刚刚开口，一股水柱已经喷到脸上。此时，人群里传来了讥笑声，人们嘲笑着我的狼狈。我擦干净脸上的水，示意摄像再录一遍，可是刚刚准备说话，一股水柱再次淋在我的衣服上

和嘴上，我请求大家不要再弄湿我们的设备，并紧紧地护住麦克风，生怕进水。我再次调整好情绪，就这样反反复复了多次，终于完成了现场的报道，此时我的衣服也已湿透。掩盖住心里的委屈，我没有让不良的情绪继续蔓延。

如果说一年多的记者生涯让我迅速成长，那么进入播音组则是我人生中的又一次转折，毕业于播音主持专业的我非常荣幸可以和一群有朝气、有能力、有才华的同事一起学习。从小到大我都是班级的语文课代表，爱好文言文和唐诗宋词的我对于语言有很好的把控能力，这也让我在工作中游刃有余。从 2007 年的主持人见面会，到历年的东莞春晚，到如今的完美大舞台，从《新闻早点》到《莞邑联播》，从《新闻夜总汇》到《路况直播》，我们和观众朋友们通过荧屏以及现实生活中的舞台紧紧地系在了一起。可以说对于东莞的每一天的变化我都了如指掌，从“四清理”到“三打两建”，从“建设全国文明城市”到“转型升级”，一条条稿件从这里输出，一篇篇报道从这里发布。我们是历史的记录者，亦是时代的见证者。在东莞的十年里，我感谢领导给予我每一次的珍贵机会，亦感谢一路上，同事、家人的理解和关怀，每逢佳节千家万户红灯高挂，鞭炮齐鸣，我们广电人依然坚守在自己的岗位上，虽然错过了很多与家人共享团圆的美好时光，但肩上担负的是领导的信任和观众的认可，这一切都值得我们去坚守。

就在几天前的一个夜晚，我走在昏暗的灯光下，一个小女孩兴奋地跑过来说，我认识你，你是东莞电视台的主持人，我经常看你的节目。这个时候我的幸福感油然而生。我想说，谢谢你的肯定和支持，其实我和你一样，只是一个普通的外来妹，只是因为我的职业而得到了大家的厚爱而已。我的工作既琐碎又平凡，既平凡又高尚。正如那句美丽得让人心醉的话语一样，“秋水文章不染尘”，我的文辞笔墨也如这秋水一般，不沾染半点尘埃，只是用心轻轻地，淡淡地，真实地记录着莞邑大地的春去秋来和时代的变迁脚步而已！

（作者系东莞广播电视台新闻中心主持人）

追梦旅程

马一鸣（一　鸣）/ 文

如果骄傲没被现实大海冷冷拍下/又怎会懂得要多努力/才走得到远方/如果梦想不曾坠落悬崖/千钧一发/又怎会晓得执着的人/拥有隐形翅膀……

2006 年的春天，我在一篇命题作文中引用了这段歌词，作文的名字叫“给十年后的自己的一封信”。记得我在那封寄不出去的信中写道：“也许此刻，你正在上班途中，思考着今天的节目内容，迈进大门，看着眼前二十多层的电视台大楼，忽然热泪盈眶。”作文被刊登在了当时的校报上。

也许当年大家只当这是一个女中学生的天真幻想，而如今，这却成为我每一天实实在在的生活的一部分。追梦、圆梦，是东莞广播电视台让我的梦想照进了现实。

生于 20 世纪 80 年代末，我曾一度感到，这是一个漠视梦想甚至羞于谈梦的年代。人们忙于应付快节奏的都市生活并承受着巨大的生活压力，仿佛“谈梦”就是不切实际，“追梦”不过是痴心妄想。而“中国梦”中“每个人都有理想和追求，都有自己的梦想”，青少年要“敢于有梦、勇于追梦、勤于圆梦”的适时提出，成为屡屡为“梦想”正名的正能量，让存梦之人内心澎湃。

如果说21岁前是“做梦”的年龄，那么自我21岁步入东莞广播电视台大门的那一刻起，便开始了“追梦”的旅程。

来策划营销中心四年，我的职位是大型活动和晚会的策划、编导。担任大型活动的策划、编导，要求博古通今、见多识广，“文”能洋洋洒洒地撰写活动方案，“舞”要编排演说唱跳各种节目，我只是一个初入社会的新手，可是领导和同事们并没有轻视青涩懵懂的我，而是给予我充分的信任，让我得以长期在各类大型活动和晚会的最前线锻炼、成长。期间，我更是得到了众多领导、前辈和同事的支持和帮助，在发挥自己舞台编演优势的同时，更加熟练地运用各类电视手法，更加全面地整合台内软、硬件资源，为广大市民和观众朋友们送上丰富又精彩的节目。

四年来，200多场活动，有在剧场、演播厅举行的，更有在户外刮风下雨或烈日炎炎的环境下进行的。统筹、策划、执行导演、总导演助理、节目编导、舞台监督、艺人统筹、后台管理、各类场务……除了直播车上的技术岗位，我几乎做遍了电视晚会现场的所有工种。

如果你说这就是“追梦”的代价，我会说这是追梦的骄傲。而鼓起勇气报名参加年初台内发起的岗位内部调配，并顺利通过专业考核，借调广播中心成为一名广播节目主持人，使我再次站在了追梦的新起点。我知道这绝不仅是自己不忘初心、努力奋斗的结果，更是因为自己选择了一个优秀的平台，选择了东莞广电这个尊重员工梦想、鼓励员工追梦、乐见员工圆梦，谋求每个成员的个人职业梦想和东莞广播电视事业共同发展的大家庭。

记得2011年9月28日，东莞广播电视中心正式落成启用，我有幸担任了落成仪式的现场执行导演。那是一个激动人心的日子，老天似乎也格外眷顾我们，连续的阴雨天气忽然放晴，现场风和日丽、彩旗飘扬，各级领导、嘉宾和所有的东莞广电人欢声笑语的热闹场面依然历历在目。抬头仰望阳光下挺拔、耀眼的新办公楼，我忽然感慨

万千。那个冒着傻气却执着的女中学生，正是在梦想的无形指引下，守护着心中的小小火苗，穿越漫长的时光隧道，终于来到了梦想之前。而东莞广播电视台就是我放飞梦想、追寻梦想、实现梦想的那片蓝天。

美梦是个气球/牵在手上/向往蓝天/不管高低不曾远离我视线/梦想是个诺言/记在心上/写在面前/因为相信/所以我看得见……

（作者系东莞广播电视台《新新生活》主持人）

东莞广播电视中心电视播控机房

我的教师梦

王金海／文

“你想做一名小主持人吗？来东莞广播电视台小主持人培训班吧，我们可以成就你的梦想。”

这是一句广告词，也是我们东莞广播电视台产业发展部近几年策划成立的一个新的对外培训项目。从无到有，从小到大，我们目前已经有 200 多名学员了。

而我就是这个培训班的一名老师。

两年前的一天，培训部同事打电话通知我，要我过几周去上课。给孩子们上课吗？虽然我以前在大学学的是师范专业，但是我并不喜欢做老师。试想一下，你在上面喋喋不休，孩子们在下面爱听不听，多没意思。但是为了让来培训班上课的孩子们不白花钱，我还是提前备好了功课，在上课那天夹着教案去了教室。

孩子们一个个陆续地来了，课程准时开始，几十双乌黑的眼睛齐刷刷地望着我，带着陌生和试探，我也同样不太自然地扫视着他们，跟他们打招呼。

几十个孩子，性格自然各有不同，有的认真听讲，有的过一会儿就走神了，还有的更调皮，甚至刚上课就开始打闹了。

在下课休息的时间，有一个学生拿出了手机，娴熟地打开了游戏，兴致勃勃地玩起来，一个个小脑袋立马就凑了过去，伸长脖子聚精会神地看。他们从各个能看到的角度围观，有蹲着的，有站到凳子上的，还有歪着脖子的。我默默地拍下了这个画面，同时也给自己制定了一个目标，如果有一天，孩子们也能够像看游戏一样看我上课，那就是我教学成功的目标了。

第一节课就这样过去了，下一周又迎来了第二节课。由于对学生们有了一些了解，知道他们对什么样的教学方式比较感兴趣，我用什么样的语言方式能够让他们更好地理解和接受，讲什么样的话能够使课堂气氛更活跃，结果课堂效果明显比第一次好多了。课堂上，孩子们的欢笑声多了，踊跃举手回答问题的也多了。

每一次上课结束后，我都及时地写总结和心得，知道孩子们更喜欢电子教学形式，我便从电脑上下载一些经典诵读案例。每次看着一些前辈和大师的诵读表演，我都越来越陶醉，从中深刻地感受到中国语言的魅力。

我逐渐将多年的主持经验和教学结合起来，令我上课的感觉越来越好，竟然逐渐喜欢做老师了。想一想，艺术就是具有这样的魅力：它不像其他物质的东西，分享的人越多，每个人得到的就越少；恰恰相反，分享艺术的人越多、参与的人越多，每个人得到的收获也就越多。每次上课的时候，我也满怀感动之情，孩子们周末放弃了休息，放弃了其他玩耍的机会，来到我们这里，大家共同分享艺术的魅力，探索语言艺术之路，没有什么比跟志同道合的人一起探讨、一起进步更让人快乐了。

有一次上课的时候，我带了女儿过来，由于是同龄的孩子，女儿很快就和小伙伴们熟悉起来，乐滋滋地听完了整节课。在回家的路上，看到我写着教案的几页纸，女儿突然跟我提出了一个请求："爸爸，你能把上课的教案给我吗？"我当时听后心里一动，问女儿："你为什么要爸爸的教案呀？"她说："我觉得你在前面讲课，我很自豪，所以我要把它留下来。"我当即爽快地答应了她的要求，心里感到美滋滋的。

一晃两年过去了，为了让孩子们进步得更快，培训班的同事们经常带他们去“实战”：实地采访、到演播室出镜、到电台的直播室做节目。孩子们在主持人培训班也都进步得很快，很多孩子已经做到拿起话筒就能流利地在镜头前主持节目、在舞台演出的时候表现得落落大方了。

很多人问我，在小主持人培训班到底能够学到什么？我想了想回答道，孩子们能够学到的，跟他们自身的智力水平和审美取向有关，有多少不同、收获不一的情况。但是，有一点是肯定的，虽然目前东莞市各种语言培训的公司有很多，但是当你走进东莞广播电视台的录音间，当你录音的时候，你面对的是十几万一支的麦克风；当你走上舞台的时候，跟你一起演出的是东莞最出色的演出团队；跟你交流的十几名老师，全是东莞广播电视台的主持人，那么你的自信、你的审美、你的起点也是高水平的。这一点，是任何一个来到小主持人培训班的孩子都会收获到的。

一次，一位同事问我，我的目标是让孩子们有什么样的收获。我回答他，我的目标是让孩子们逐渐学会一样东西，那就是用语言提升智慧！我解释说，我要让孩子们逐渐养成一种习惯，懂得把语言当成一把金钥匙，打开一扇门，一扇你想走进任何领域的大门。

这就是我作为一名教师所怀有的梦想。

（作者系东莞广播电视台《档案》主持人）

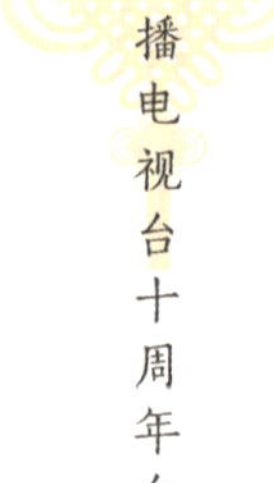

电视路上的追梦人

吴智薇 / 文

梦想是要有的，万一实现了呢?

习惯了每天码字，去记录别人的故事，忽然之间让我动笔来写自己的故事、自己的梦想，反倒有点不知所措了。记得柴静曾经说过："一个记者首先不是一个记者，而是一个人，只有你的内心先对别人袒露，才会得到别人的心灵，我希望自己永远都可以这样。"于是，抽空找了一个冬日的午后，好好地坐下来，跟自己聊聊天，回望一下踏上电视新闻之路这四年多来的点点滴滴。

邻家有女初长成

每个故事仿佛都要以"很久以前"作为开头，那也是我作为一个小女孩梦想开始的时候。大概从自己记事开始，我就对电视荧屏上的各种新闻节目充满了好奇，常常模仿里面的主播、记者说话的表情和神态。从上学开始，校园广播站、杂志社，各种演讲朗诵就成了我梦想萌芽的地方。电视新闻对于我而言有一种特别的魔力，一直牵引着我长大，往前走。2006 年高考结束，我搭上了飞机，前往北方的学府继续自己的新闻梦想，冥冥之中也让我离电视新闻、离东莞广播电视台的距离越来越近了。

梦想纪念日

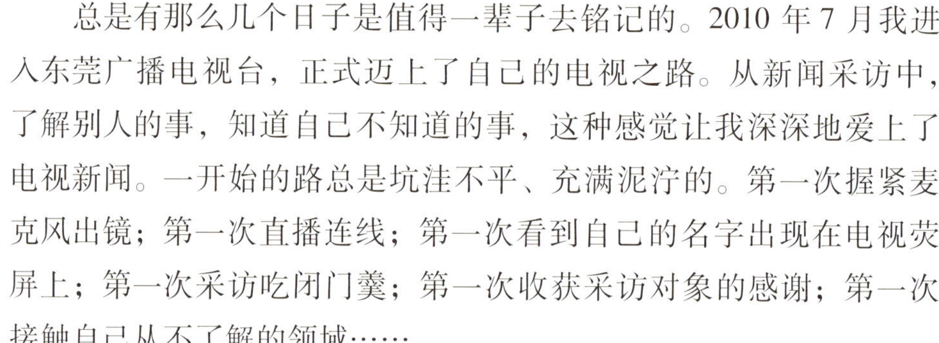

总是有那么几个日子是值得一辈子去铭记的。2010 年 7 月我进入东莞广播电视台，正式迈上了自己的电视之路。从新闻采访中，了解别人的事，知道自己不知道的事，这种感觉让我深深地爱上了电视新闻。一开始的路总是坑洼不平、充满泥泞的。第一次握紧麦克风出镜；第一次直播连线；第一次看到自己的名字出现在电视荧屏上；第一次采访吃闭门羹；第一次收获采访对象的感谢；第一次接触自己从不了解的领域……

在《今日莞事》中我深入社会基层，学会了从多个角度客观地看待一件事情；在《新闻午餐》中我与时间赛跑，学会了如何在最短的时间里获取自己想要的内容；在《东莞新闻》中我开始深入了解东莞的各种政策和变化，也因此越来越爱这座城市。回头看看，已经不记得自己究竟做了多少次采访，可是每次拿上东莞广播电视台麦克风的那一瞬间，还是会有一种紧张感和使命感从心中涌起。东莞广播电视台已经成为我的骄傲，因为有它，我在电视新闻路上，越走越坚定。

“我是东莞广电人”，这种想法不知道从何时起已经根深蒂固。一转眼，我来到东莞广播电视台马上就要五年了，我经历了东莞广播电视台的搬迁与成长，见证了《新闻午餐》、《东莞新闻》的第一次直播，也开心地看见身边的一个个同事进入人生的新阶段，感受到了所有的人为了同一个梦想而努力奋斗、激情无限的可爱模样。

电视之路　梦想不止步

常常有人问我，你采访了那么多人，经历了那么多事，记者这个职业对你的人生观有什么影响吗？其实，这是个很难回答的问题，因为我写的每一个人，他们的人生观都会对我有所影响。很庆幸，每一天我都能看到自己的进步和变化，我也能在早上醒来之后继续自己的梦想。世界上，不知道有多少人能和我一样，所从事的第一份职业就能与自己的兴趣完美结合，所以我觉得很幸运，也很珍惜。在东莞广播电视台这样一个宽广的平台，我感谢有无数前辈和同事给予自己指点和帮助，同时我也希望在追寻新闻理想的道路上永不止步，一直做一个热爱工作的平凡新闻人。

（作者系东莞广播电视台新闻中心记者）

2015 年度创新发展研讨会

精彩情缘 幸福驿站

黄毅兵 / 文

2014 年 11 月，东莞广电中心最热闹的事情莫过于位于演播楼的“精彩情缘驿站”茶餐厅正式开门营业。这个茶餐厅的开业，最高兴、最受惠的应该就是我们东莞广播电视台的同事，尤其是周末值夜班的同事，他们终于可以彻底告别只能啃快餐的历史了。

茶餐厅开业两周后一个周末的傍晚，我终于有机会去品尝一下。感觉确实不错，氛围熟悉而温馨，确实很有家的感觉。一杯饮后留香的饮品过后，关于“精彩情缘驿站”的一些往事又逐渐在脑海中浮现。

某周末下午，夕阳西斜穿过外幕玻璃，在幽静的走廊上，留下立柱长长而又寂寥的黑影。

“嘟嘟嘟……”一通短促而急躁的电话声突然响起。我匆匆拿起话筒，几乎还没来得及说话，那边就挂断了。放下话筒后，我站起来伸伸腰就往外走。电梯来了，便赶紧往里钻。

“是下班了吗?”电梯中，响起一个亲切而熟悉的声音。

作为“手机党”的一分子，我这才抬起头来。“哦，是黄台长!”我在心里嘀咕。

于是，我赶紧打招呼并接话：“不是的，今晚还得值班，到门岗外拿个快餐。”

黄台长略有所思地说：“饭堂周末不供应晚餐，周末值班的同事确实不方便，而且老是吃快餐也不好哦！”

电梯很快到达一楼，与领导别过后，我赶紧去领我那电话预订的快餐。送外卖的大叔还蛮不耐烦的，嫌等得久了。

没想到，过了不久，台里就发文针对周末就餐征求全台员工意见。接着，“精彩情缘驿站”茶餐厅就在演播楼开始装修施工，并很快投入了使用。

坐在靠窗的椅子上，看着四环路上穿梭而过的车流，欣赏着华灯初上的东莞，不免勾起了我的怀旧情怀。回想当年，自己何曾料到会与东莞广电结缘，并有幸参与、见证它的成长与发展。

人生无常真如戏。

我的思绪一下子回到了 2007 年。那年的春节过后，我凭着心中的一份执着，放弃了三尺讲坛，寻梦东莞。一辈子中规中矩的父亲还为我的“任性”而足足两个月没跟我说过一句话。在他看来，我放弃“干部编制”的身份，终有一天会后悔的。

为了立足东莞，我必须找一份可以养活自己的工作。那段时间跑了不少招聘会和人才市场，通过面试、复试后，银行、保险相关的企业不是它看不上我，就是我没看上它。非常有意思的是，那年的六七月，在寻找工作的间隙，我还抽空参加了一个省直公务员单位的招录考试，并通过笔试进入面试阶段。接到面试通知的那一瞬间，我以为会顺利地穿上公务员制服，结果……

现在想来，与这些行业擦身而过，大概就是人们常说的没有缘分吧。

永远记得 2007 年 8 月 29 日，那是盛夏里一个很普通的日子，却因我接到一通来自东莞广播电视台的电话而变得不普通。由那天起，我便开始了一段与东莞广电的精彩情缘。

入台几年来，恰逢良机，我有幸参与、见证了东莞广电多项事业的辉煌发展。至今还记得，广播电视中心落成使用当日，全台上

下欢乐雀跃；至今还记得，为了完成一场户外直录播，同事们在风雨里一起坚守；至今还记得，在报料中心试运行阶段，为了及时排查出线路故障原因，与技术部的同事半夜里赶回……

经过几年的历练，虽说我在广播电视行业还属新手，但也少了一些往昔的青涩。几年的时间，东莞广电不仅让我实现“养活自己”的基本目标，日渐提高的待遇更是让我生活无忧。在东莞的这几年里，我还完成了为夫为父的人生角色。

有人说，人生道路上所面临的每次重要抉择都犹如一次押注，那么当初选择与东莞广电结缘，已然没有对错之分，有的只是青春不悔；有人说，人生每阶段犹如一个驿站，那么过去几年里与东莞广电相识的这一段精彩情缘，必定是我人生旅途上的一个幸福驿站！

（作者系东莞广播电视台总编室员工）

《市区新闻》栏目组的小伙伴们

迎接挑战 圆梦莞电

唐幸耀／文

寻　梦

2005 年盛夏的一个晚上，我在南海九江镇广电站三楼的宿舍区，如往常一样在阳台上乘凉。回想起前几天沙口社区西江边的那几排民房被汹涌的洪水吞没，接连倒塌的情景，又想起那些民房被冲走前的十多分钟，我还在那房子里拍摄画面……真是有点后怕呀！大学毕业工作两年来，这回算是最危险的，这算是“大难不死，必有后福”吗？

“嘟嘟嘟……”我的手机突然响起，把我从惊魂中拉回到现实。来电的是我在东莞电台工作的大学同学“耗子”，他张口就问：“耀，你在南海过得如何？”

刚回过神来的我勉强地回了句：“还好，工作都还比较轻松，有时甚至很悠闲。”

“年纪轻轻，虚度光阴啊！你就不想到更大一点的平台闯闯？”

这问题算是问到我心里去了，我何尝不想到更大的平台啊！两年前大学毕业时，省市电视台竞争激烈，连个试用的机会都不容易获得。于是，包括我在内的几位同学听从了老师的建议——先到基层广电站去锻炼，那里机会多。于是我就来到了九江广电站，老师没说错，这里的机会果然比较多，记者基本都是文稿、摄像、编辑一脚踢，一则新闻的所有环节都可以参与，甚至去香港、澳门出差的机会也不难获得。说实在的，在九江的两年，我过得很充实。可当我静下来的时候，还是会憧憬，我能否有机会去更大的平台，实现更大的梦想……

所以当"耗子"提出这一问题的时候，我几乎是脱口而出："当然想啊，难道你有更好的介绍？"

"呵呵，有个好消息，东莞广播电台和东莞电视台刚刚合并，组成东莞广播电视台，新的平台需要招聘一批新员工，你可以来试试。"

这不就是我在等的机会吗?！我甚至没有了解东莞广播电视台的工资待遇、生活条件等情况，就立刻决定了要去报名应聘。因为我确定，这就是我一直在等的那个更大的平台。

圆　梦

我是幸运的，在经过了东莞广播电视台的考核流程之后，我成为东莞广电大家庭的一员，成为《广播新闻》栏目的一名记者。

这里的工作节奏快、压力大，和我之前工作的九江广电站简直就是两回事。当时栏目组外采记者一共只有 6 人，每天却要采写近十份稿件，效率之高令我惊讶，这里的高效率不仅仅是因为广播记者通常是单兵作战，采访、写稿、后期编辑都由记者一人完成，还因为这里的记者能力都很强，对新闻充满激情。

看到周围一群忙碌的新同事，我心里暗暗地想："年轻就应该有冲劲，我来对了地方！这就是我想要的平台！"

在《广播新闻》栏目组，同事们都是我的老师。他们教我认识了广播新闻与电视新闻采写的区别、广播新闻的采写技巧等，同时也帮助我渐渐熟悉了东莞这座魅力之城。我很快就发现，东莞到处充满活力，也有丰富的新闻资源，这对新闻工作者来说，无疑是找到了一座富矿，每天都有源源不断的矿产等着我们去挖掘。

东莞每天都在发生着很多大事，这些大事最终成为东莞历史的一部分，而记者作为见证者和记录者，最终也成为这些历史的一部分。

2006 年的冬天，当时新上任的东莞市委书记刘志庚率队去北京领取“全国绿化模范城市”的牌匾，颁奖的地方是北京人民大会堂。因为我是栏目记者，所以接到任务随团前往报道。我当时既兴奋又紧张，兴奋是因为这是我第一次去北京，或许还能欣赏到不少北京的美景，紧张是因为这是我第一次接到这么重要的出差任务，报道还是有些压力。

这次出差，我发挥了广播媒体的优势，从北京发回了数篇电话连线报道。当天上午 10 点颁奖，中午的《全市新闻联播》便及时播发了我的连线报道。在那时候，网络还不算发达，智能手机还很少见，微博、微信更是还没有出现，我的连线成为第一个向东莞受众传递这一消息的报道，这充分发挥了新闻的时效性。在我看来，这体现了自己作为记者的价值，而这种价值，无疑是需要依赖东莞广电这样的平台才能够实现的。

更荣幸的是，在北京，书记还专门宴请了随团的媒体记者，并逐一跟记者碰杯，逐一感谢各位记者付出的辛劳。他还说，这是他上任以来东莞拿到的第一个全国性荣誉，在座记者都有一分功劳……

这次报道的每一个细节，在我心里，无疑都成为值得回忆的历史。在东莞广播电视台工作的十个年头里，像这样值得回忆的画面还有很多。现在回想起来我还是很庆幸当初来东莞广播电视台的决定，如果没有加入东莞广播电视台这样一个大平台，恐怕我不会成为东莞众多大事件的亲历者和记录者，就不能更加充分地实现自身的价值。

东莞是一座梦想之城，东莞广播电视台也是一个实现梦想的平台。由于东莞是改革开放的先行地，在东莞发生的很多事件，放到全国也是“率先”、“首个”、“首次”。这得益于东莞丰富的新闻资源以及东莞广播电视台鼓励创新、创优的战略，我很快就实现了拿省级以上新闻奖的梦想。2007 年，我主创的广播短消息《莞台直航班轮今日首行》获得了当年全国对台港澳广播新闻作品评选一等奖。此后多年，我又与身边的同事一同努力，拿下省、市各级新闻奖项十多个。

回首在东莞广电奋斗的这十年，我发现：梦想无处不在，梦在过去、梦在当下、梦在未来。如今，媒体发展再遇新形势，东莞广电也迎来新挑战、新机遇，作为东莞广电人，理应“迎挑战、梦不停”，继续实现更大的梦想！

（作者系东莞广播电视台新闻中心记者）

2013 年东莞广播电视台客户联谊会

我这十年

于　鸣（阿　鸣）/ 文

来东莞十年，我从少年进入了而立之年，总是要写点什么，说点什么，总结点什么。人生就如同奔流不息的河流，总会遇到弯道、暗礁，但生活终究还要向前走，最终汇入那梦想的海洋。

外面的世界很精彩

我的父母都是他们那个年代里大有所为的下乡知青，在那个激情燃烧的岁月，他们离开城市来到戈壁荒滩，他们心中的世界就是一个需要千万热血青年改造的世界，但最终他们没有改变世界，却改变了自己，改变了命运。我就是一个“知二代”，父母把爱都倾注在我身上，只求我不再受苦，不再走他们的老路。

从小我就是快乐的，在我记忆中，我们总是在搬家，从一个城市到另一个城市，家里没有几件像样的家具，但总会有一些大大小小的纸箱。他们在寻根，他们的梦就是要回到父母身边，回到兄弟姐妹身边，回到魂牵梦绕的家。这就是我对于家的概念，父母在哪里，哪里就是家。

我的父亲是一名音乐工作者，桃李满天下；我的母亲是一名出色的护士，美丽贤惠。但我似乎没有继承他们的优点，既不像父亲那样喜欢叮叮当当的乐器，也不如母亲那般细致入微，但我从小就拥有不俗的嘴上功夫。说说相声，演演小品，在那个时代多少显得有点另类，后来误打误撞考上了播音主持专业，但这个专业意味着什么，我当时的认识也许就局限于银屏上风姿绰约的身影和广播中悦耳动听的声音。然而，就在大一那年，父亲由于积劳成疾，因癌症离我们而去，家中顶梁柱轰然倒下。也许因为那时太年轻，现在的我甚至无法回忆那段时间无以复加的痛苦，当然那时最痛苦的还是母亲，我不知道该如何安慰她，因为我不曾经历。压力和茫然始终伴随着我的大学生活，我下定决心要去外面的世界，也许因为我身上流淌着父辈闯天下的血液，又也许是因为我想离开这个无尽悲伤的家。

就这样，机缘巧合地，我来到了这个我已经待了十年而且也许要待一辈子的城市——东莞。那是 2004 年的夏天，大三的暑假，我挤了 30 多个小时的火车，终于来到了这座传说中既年轻又充满机遇的城市，看到了当时显得有些破旧的东莞人民广播电台。恐怕只有像我这样经历了“三级跳”的“老员工”才能体会到东莞广电人的艰辛了。我来到这里的第一天就爱上了它，因为这里有年轻的气息、纯真的笑脸、鼓励的话语，也是因为这里有梦——我为之奉献终生追逐的梦。

经历了一个夏天，我回到学校完成学业。尽管与它相处了仅仅一个多月的时间，但这里的领导和同事还是会经常发短信或打电话关心我的生活与学习，我也就从那时开始暗下决心要回到这里，因为这里是一个有人情味的地方。

2005 年，我真的回来了，这时东莞人民广播电台和东莞电视台合并，成为东莞广播电视台。不过改变的只是名称，不变的是人情，是梦想。就在这一年，我正式成为东莞广电人，我永远忘不了那一刻，就在那一刻，我梦想的风帆起航了。

妈妈，再见

2006 年，母亲病重，由于没人照顾，我把她接到东莞。还记得她来东莞那天，正值那年的 3 月 28 日台庆。由于我有工作任务，只能由我当时的女朋友即现在的妻子去广州火车站接她。母亲那天晚上在旅馆的电视机里看到了我的演出，虽然我没有亲自去接她，但她仍然拖着病体，不管旅途劳顿地欣赏我的节目。

在东莞，我陪伴母亲度过了她人生中最后半年的时间，也许那是她在父亲走后最快乐的一段时光，她每天听着广播，后来在她墓里的唯一一件陪葬品就是那台收音机，频率还定格在 FM100. 8MHz。陪她走过东莞广电的门口，她会指着“广播电视十佳主持人”的照片说：“儿子，什么时候你也上去。”我对她说：“妈妈，我会的。”虽然最终她没能看到，但我想说：“妈妈，我会的。”

路在前方

每到大年初一，我都会梦到爸妈，不知不觉地，泪水就湿透了枕巾，直到后来我成了家，当了爸爸，这种情况才有所缓解。有时候多想再听一听父亲拉的手风琴，吃一吃母亲包的饺子，但那也只能是回忆。路在脚下，还要一步一步往前走，明天会比今天好，痛苦的回忆就让它过去吧。在困难的时候看看可爱的女儿，我的心情渐渐就会变好。女儿虽然没有见过她的爷爷奶奶，但他们会在天堂保佑她。

对东莞广播电视台，我可能有与其他人不同的感觉。在这里，我感到心里踏实；和妻儿在一起，我感到温暖；与同事在一起，我不孤单。这就是我的家，梦想开始的地方。

（作者系东莞广播电视台《开心下午茶》主持人）

十年磨一剑 有您更精彩

邓建萍 / 文

时光流逝，斗转星移。一转眼，今年已经是我离开大学校园的第十个年头了。十年，在历史长河里只是弹指一挥间，而这十年，我在平凡的工作与生活中体会到了世间百味。

家的感觉

时间回到2004年的大学毕业季，作为广东省内最高艺术院校的毕业生，大家都心高气傲，固执地要留在广州这座繁华的省会城市工作。而我却在同学们惊讶的目光中，踏上了开往东莞的班车。望着高楼大厦渐渐从视线中消失，耳边传来了汪国真的诗：“我不去想，是否能够成功，既然选择了远方，便只顾风雨兼程。”

这一生注定与东莞有缘，走进东莞电视台，这里有一种气氛深深吸引着我。台里的员工都很年轻，朝气蓬勃的脸上透露着一种自信和满足。

办好入职手续后，台里很快给我安排了一间员工宿舍，马上解除了后顾之忧，不必担心住出租屋治安不好。我走进房间后，看到床铺、被子、家电齐全，接待的同事还叮嘱我：“晚上好好休息，上下班都是有台车接送的，不用担心赶不上公交车而耽误上班时间。”在外求学四年了，来到东莞这座陌生的城市，我却找到了一种回家的温暖感觉……后来，我在东莞建立了自己的小家庭；爸妈退休后也来到了东莞定居，爱上了这座气候宜人、海纳百川的温暖城市。

挥洒青春的汗水，朝着目标迈进

刚进台，我被安排在文艺中心工作，主要担任一个外宣栏目的策划工作。由于每天要做 15 分钟的自采节目，作为节目策划人员，我必须从东莞本土旅游资源、文化历史出发进行深入挖掘。那些年，我几乎走遍了东莞的 32 个镇街，每到一处都留下了我的足迹和汗水。记得当年去拍摄东莞最高峰银瓶山的时候，广播电视站的同行好心地对我们说：“要上到山顶非常艰难，因为上山的路还没有开发，一路上灌木杂草丛生。而且接近山顶的部分路段属于东莞与惠州的交界地，也许还有不法分子藏匿其中。要不你们就用我们以前航拍的资料画面。”我仔细想了想，慎重地和负责摄像的郑锐林商量，航拍资料毕竟年代久远，画面质量差，而且不同季节拍出来的画面饱和度和对比度都不一样；没到山顶，更不能做假现场忽悠观众。于是，我们找到林场的治安队说明来意。就这样，他们派了一行十几个保安队员和我们一起上山。我们一手拿着沉重的设备，一手拄着捡来的树枝，气喘吁吁地登上了银瓶山的最高峰——银瓶嘴。山顶的景色太震撼了！极目远眺，连绵的山峰在翻滚的云海中若隐若现，我们仿佛置身人间仙境一般。我当时就想，这么美的景色，要是没有记录下来，该是多么遗憾！为什么当地政府没有充分开发山顶的旅游资源呢？我们赶紧拿出设备把这里的景物一组一组细心地记录下来。据说节目播出后就引起了当地有关部门的重视，没多久就听说银瓶山修好了登顶的栈道，后来这里每年都举行大型的登山节活动……

新闻无巨细，永远在路上

2006 年，我从文艺中心来到了新闻中心，当时部门把我安排在后期制作组。那时的我有着年轻人的致命缺点——自视过高。令我不解的是，对于我这样怀着满腔热情的文艺青年，为什么东莞广电中心没有把我放在和文字沾边的记者岗位呢？我把这些想法告诉了妈妈，她用一句老话勉励我：是金子，在哪里都能发光。

进入后期制作组，我才发现这是一个有情有义的团队。当你遇到不懂的问题时，前辈们总会热情、耐心且毫无保留地为你一一解答。这也是一个有始有终的团队，作为新闻节目播出前的最后一个环节，为了保证节目正常播出，我们每天都是最迟下班的一群人。但大家从没怨言，每位组员都特别能吃苦。

在组长的带领下，我们经常利用工作外的时间一起学习讨论，研究如何制作字幕模板。大家轮流做老师，分析别的台一些优秀的制作方法，分享自己制作的一些特技效果和剪辑技巧。有时候，对于一个小小的标题的颜色，我们也会反复斟酌。对于栏目的整体包装、宣传片的制作，我们都有各种大胆创新和尝试。以前看新闻，喜欢看别人的组织策划思路和生动的解说词；现在看新闻，更多的是关注别人的编辑手法、3D 图表等新颖的制作方法。

女导播诞生记

为了充分发挥电视传播的优势，力求能够在重大社会事件发生时第一时间进行现场播报，台里决定把《新闻午餐》和《新闻夜总汇》改成直播栏目。而中心人手紧，我们后期制作组担负起了直播的重任。两位组长挑大梁，一边和技术中心的同事沟通，布置演播室和直播线路，一边对我们组员进行直播系统的培训和演练。

直播是一个需要团体密切合作的工作，只要有一个环节出错，一系列的恶性连锁反应就随之而来；一旦启用应急措施，各岗位的

同事就会变得很被动，节目的正常播出就会受到威胁。在直播间，同事们一丝不苟、各尽其职，令每一个环节都精确到秒，在一天天的历练中，我们慢慢地都能熟练掌握多个直播岗位的工作内容。由于女同事天生容易紧张，组长一直没让我们女同胞尝试导播这个岗位。后来，我主动向组长提出想尝试做导播的大胆想法。组长夸我勇气可嘉，并在实战中指导我、鼓励我。当时我的想法很简单，就是觉得一名后期工作者应该掌握直播间的各个工种，希望在紧急关头自己能随时顶上。而当我真正进入导播这个角色时才知道这有多难，你得克服天生的弱点，无论有什么意外情况都要保持清醒的头脑，进行第一步操作的时候就要知道下一个动作是什么。你只要说错一个字或按错一个键，节目一播出就会造成永远无法弥补的错误。主持、摄像、音效、字幕等都得听你的命令，真有点像统领千军万马去打仗的感觉。直播的魅力也就在于它的不可逆性。我每次做直播前都会一遍遍地深呼吸，一些做过导播的同事也为我打气，叫我要冷静再冷静。记得刚开始的时候，我一看到倒计时的钟表，嘴里数着"5、4、3、2、1"的时候，手脚就发凉，心里特别忐忑，那段时间晚上还经常做一些节目不能顺利播出的噩梦。但是，随着实战次数的增加，我很快就没有这种慌张感了。没想到，我现在竟成了新闻中心的第一位女导播。

黄台长夸我们是幕后英雄

记得有一回坐出租车，师傅得知我去电视台后，就带着无比崇拜的眼光说，你是主持人吗？我说不是。他不死心又问，你是记者吗？我说不是，我是后期制作。在外行的眼里，似乎在电视台工作的不是主持人就是记者，他们不知道，我们几百号人的大单位里，更多的是在幕后默默无名的工作者。自从搬进新台后，我们先进的开放式演播厅就经常会引来各地的参观学习组。有一天，黄台长带着一行领导前来演播厅参观，其中一位领导望着我们说："他们是谁？怎么在电视上从没见过？"没想到台长脱口而出七个字："他们是幕后英雄。”我们当时听了真的很感动，“英雄”是多么高尚的称谓！但我想说，比起那些为了了解事实真相、不敢露面的暗访记者，我们算不上英雄；比起那些为了提高栏目收视率而披星戴月地写方案、改文稿的制片人，我们算不上英雄。但是英雄经过时，需要为他们鼓掌的人，而我们愿意做那些默默鼓掌的人。

2014年的大学同学十年聚会上，大家的变化都很大，言谈举止和各种际遇也有了明显的不同。同学们发现这十年来，我的世界是如此精彩，而这一切都是因为东莞电视台。感谢东莞电视台！

（作者系东莞广播电视台新闻中心后期制作）

节目录制现场

上下求索八年路

张忻珏／文

采访、写稿、做编辑，这三项内容构成了我每天的工作内容，在日复一日的忙碌之中，不经心地回望，才惊觉自己做新闻记者已经八年有余，顿时觉得是时候整理一下这段与青春有关的成长记忆了。

八年前，我和所有大学应届毕业生一样，怀揣着对未来的美好憧憬和莫名的激动跨进社会的大门，然而环境工程出身的我并没有和同学一样从事本专业的相关工作，而是误打误撞地从事了和本专业八竿子打不着的新闻记者这一职业，当我走进当地电视台的大楼的时候，当我看见穿梭在编辑室之间忙碌的人群的时候，当我看见几经剪辑而成的新闻短片的时候，我知道，这辈子注定要和电视结下不解之缘了。

作为一名新入行的记者，而且是非科班出身，我必须花更多的时间和精力来学习，即使每天熬夜也不觉得辛苦，沉浸在偶尔小有所成的喜悦之中。古语有云，学而不思则罔，当我一头扎进新闻业务的基础学习之中，单纯地体会知识增长的快乐时，却从未想过新闻人本身存在的意义，直到 2006 年，我踏进东莞广播电视台新闻中心的大门时，似乎才懂得其中的真义。

彼时，民生新闻在各地开展得如火如荼，《今日莞事》作为一档讲述当地老百姓民生民计的栏目，自开播以来就颇受欢迎，而我也幸运地成为这个栏目的一分子。初来乍到的我对民生新闻不甚了解，每当工作上碰到疑问或者难题时，同事们都会帮我化解，并在事后耐心细致地讲解给我听；而每当我没有很好地完成工作任务或是犯了不应当的错误时，同事们又会善意地提醒。虽然当时栏目组的人数并不多，规模远远比不上我曾经工作过的地方，但是我在这个小团队当中感受到温暖，感受到充满激情和斗志的氛围。

正所谓环境造就人，在这样愉悦的工作环境之下，每日的工作也跟着变得轻松起来。原来全身心地投入于公于私都是快意之举，少了些许工作之外的担忧之后，便多了不少对工作本身的认识。

在我们的采访任务中，投诉类事件占了很大一部分。我曾经遇到一个事件，一对外来夫妇到东莞与人合伙做生意，结果被对方骗去设备并被赶出工厂，身无分文之际，他们向媒体求救。经过我和同事的明察暗访，在相关部门的协助之下，我们最终为这对夫妇寻回应得的财产。当夫妻俩拉着我的手激动不已并泣不成声地说要送锦旗的时候，我忽然感到“铁肩担道义，妙笔著文章”的重任。

2008 年，《市民讲场》开播，我再次幸运地参加了这个全新的民生新闻节目，由于这档节目是每期十五分钟，类似于专题节目，但不同的是整个节目是依靠市民谈话支撑起来的。此外，节目的剪辑需要编导一手完成，难度之大也就可想而知，我又进入新的学习过程，在繁重的工作中不断培养自己的编辑、编导意识。2009 年，当我再次回到记者组，加入《今日莞事》栏目做助理编辑的时候，我猛然发现，无论是对于单个新闻的采编，还是对于整个节目新闻的编排，自己的看法与两年前已经大相径庭。

2009 年 10 月，我如往常一样接到采访任务，内容是公安部门解救了一批被拐卖的儿童。原本打算做一条正面的短新闻，将警察神勇侦破案件的过程宣扬一遍即可，但是到达现场之后，当我看见那些长年与父母分隔两地的孩童眼睛中流露出来的茫然之时，怜爱与心痛的复杂感觉便油然而生，当时就决意要为他们找寻到自己的亲生父母。真是无巧不成书，在我们寻觅的过程中，有一对外地夫妇在看了我们的报道之后赶赴东莞，说其中一名男孩很像自己失踪多年的儿子，经过DNA等检验之后，报告显示，那名男孩果然就是这对夫妇的亲生子。当所有人为之喝彩的时候，我深深体会到，新闻并不是束之高阁的文字游戏，它关系到国计民生，只要稍加用心，结果就会截然不同。

八年的记者生涯，虽然使我变成一个看似老道的媒体人，但是我知道自己内心的惶恐，我们的工作模式和思维模式已经进入一个相对僵化的阶段，这是记者这一行当的大忌，如何破旧立新、走出这审美疲劳的魔咒呢？当我苦于思考这一问题的答案的时候，台里提出的学习口号、发布的鼓励员工进修的文件，以及多次举办的专业培训讲座让我眼睛一亮。古语亦有云，思而不学则殆，是时候重新投入知识的海洋中接受洗礼了，我毅然做出一个决定——报考在职研究生；除此之外，还制订了一些中短期的小计划，以激励自己与时俱进。

如今，当我看到电脑上方“好好学习，天天向上”的励志标语的时候，我知道，消失已久的激情已经悄然回来了，谁说七年之痒有魔咒？谁说审美疲劳不可破？今后，我将在媒体人的道路上上下求索，执着前行。

（作者系东莞广播电视台新闻中心记者）

选我所选 惜我所有

姜玲霞／文

“东莞不是一个让你一见钟情的城市，却是一个让你日久生情的城市。”刚来东莞那时，就听到有人说过此话，当时有点不以为然，如今却是有了切身体会，深信不疑。不知不觉间，自己已经在这座城市工作和生活了十年。对这里从陌生到熟悉，从刚开始的彷徨无措到如今的从容有序，从当初孑然一身的一个过客到如今在这座城市建立了一个幸福的家庭，这是成长的十年，也是收获的十年。

结　缘

依然清晰地记得，我从 2005 年 3 月来到东莞，转眼间自己担任新闻记者已有十个年头了。2005 年，我最初只在报业媒体跑社会民生新闻，负责市场行业新闻，没想到 2007 年一个偶然的机会，让我有幸加入了东莞广播电视台阳光网的大家庭。

虽然我之前也是做媒体，但报纸平媒跟网络新媒体还是存在很大区别，报媒更多的是完成好自己的新闻采写即可，网媒则复杂得多，除了新闻采写外，还有频道维护、专题策划等，还涉及美工技术诸方面的分工协作。

说实话，刚开始时我很不适应这个工作内容的转换，但在网站同事热心的帮助下，自己很快就掌握了网络编辑的各项技能。从最基本的TRS、后台的操作运作到频道的日常更新维护；从新闻稿件的采写编辑到专题的策划制作；从各种论坛、阳光热线的图文直播，到旅游频道的全新改版，再到现在的活动策划组织、频道的搭建管理……对我而言，每一次尝试都是一次提升，几年来，一次比一次成熟的探索和创新带来网站流量的突破激增、活动品牌的逐渐建立、网友的支持认可、合作客户的纷至沓来，让我在网站的几年里尝到了甜头，感受到了喜悦。

成 长

在负责阳光旅游网的近八年时间里，我从一名小编辑成长为频道主编，周末的愉快时光大多是跟广大网友厮混在一起，有美食，有摄影，有交友，还有赏花摘果、漂流温泉、海岛狂欢……一路下来，吃喝玩乐，寓工作于娱乐，这可是令不少同事羡慕不已。

“活动还可以报名吗?” “可不可以给我提前预留个位置啊?” “下次有活动一定要记得通知我们啊!”……因为经常组织活动，也结识了不少网友，每每遇到有新的活动，他们就会主动地给我打电话问询。而每每接到他们这样的电话，我心里都会觉得特别欣慰。至今仍记得我第一次策划活动的心情，当时对于活动主题的受欢迎度、受众的参与程度，心里很是忐忑，非常没自信。有了第一次的成功经验后，我又成功地组织了第二次、第三次……经过上百场的活动后，我现在组织起活动来便已经如鱼得水，随着宣传推广的铺开、活动活跃度的提高，参与人数也是越来越多。其中，有一次我策划的“美食游活动”推出仅短短一个星期，就有近1 000人报名，结果由于名额有限，只有600名网友能够参与活动。

现在自己时不时地会跟同事开玩笑说，市场打开了，看看，这就是买方、卖方市场的变化。虽然只是一个小小的变化，但这其中饱含了自己的汗水，能够得到大家的认可，付出才有价值，也是对辛苦最好的回报。

收 获

阳光旅游网组织的各种主题活动受到了广大网友的热捧，形式丰富的旅游活动让大家次次有惊喜、月月有新鲜，参与人数也是节节攀升，可谓精彩不断。本人参与策划的活动品牌“阳光周末”获得了“广东省网络精品奖铜奖”，旅游品牌“阳光试玩团”获得了“中国城市网盟优秀奖”。

也因为工作的原因，我有缘认识了很多各行各业的人，或良师或益友，给了自己莫大的支持、帮助和鼓励，让自己工作生活在这个城市不再觉得形单影只，而是心里充满着温暖。而在不断的采访、活动组织过程中，我在人脉、阅历、工作经验及其他各方面知识等也收获颇丰。真的很感谢这份职业给了我这样一个积累财富的平台。

与此同时，我也在这座城市扎根生活，买房买车，结婚生子，过上了安稳幸福的生活，当然这离不开东莞广播电视台对我的成长的帮助，由衷感谢这份职业带给我的这一切。

投入才会有产出，付出才能有回报。只有在这个行业里投入你的感情、精力、努力，你的知识、阅历、财富才能有相应的好回报，尤其是记者这一行，激情和投入永远是不可或缺的。“今天工作不努力，明天努力找工作”，还记得这是以前上小学时，在老爸单位经常看见的一个标语。从小老爸就教导我要珍惜一切来之不易的机会，干一行爱一行，你选择了这个职业，就要忠诚于自己的选择。所以，选我所选，惜我所有，一切才会更加美好。

（作者系东莞广播电视台阳光网站旅游频道主编）

情定东莞

赵俊杰 / 文

弹指一挥间，时间就像攥在手中那把蓬松的细沙，虽然唯恐失去，但终归还是从指缝中流走。年轻时略带青涩的时光已尘封成往事，化作记忆深处的一条红丝带，越是留恋就越发显得光鲜，而且越飘越远……

年轮・记忆

清晨，早早起床驻足于阳台上，东方刚刚露出鱼肚白，马路上偶尔几辆汽车行驶在寂静的晨曦里，初冬的晨风略带着几分凉意，像少女发丝拂过脸颊，让人感到丝丝的甜意与陶醉。在这大自然给予的温情与恬静中，我的思绪像长了翅膀一样，穿越时空的隧道，徜徉在天际之间……

初出茅庐

2001 年，作别大学那洁白的象牙塔，我带着几分傲气与乖张，带着“腹有诗书气自华”的浮华，带着对新闻事业的满满激情，进入了当地一家电视台，开始了自己的电视生涯。回首一路走过的日子，才发现当初的我是何等幼稚与肤浅。不过，也正是那段日子，让我有幸遇到了时任社交部的谢群主任。她是一个业务素质高、性格果敢的女人，工作上一丝不苟，对节目精益求精的工作作风对我产生了深刻的影响，她让我开始反思自己，也让我曾经一度浮躁的内心变得平静了很多。

在社交部，我一开始接触电视就从事新闻专题节目的采编工作。新闻专题号称新闻队伍中的“装甲兵”，对我这个初出茅庐的小伙子意味着巨大的挑战。不过，在众多前辈不厌其烦的指点和帮助下，我很快就适应了专题采编的工作岗位。记得当时我的工资少得可怜，每个月很少拿到超过一千块钱，当时工作压力很大，生活也过得很清苦，但这样的境况也磨砺了我的意志和心性，使得我在那段时间快速实现了由学生到社会人的角色转变。

2002 年的第一场雪，很冷，相处了五年的女友因不甘生活的清苦离开了我。那年的冬天让我感受到了现实的残酷，每天只有在编辑机前才会让我忘记一些痛苦，也只有拼命地工作才能麻醉自己。俗话说，知耻而后勇，经过几个月的自我疗伤，我慢慢地理解了她的选择，也感谢她的选择对我一生所产生的深远影响。我暗暗发誓：一定要活出个人样来。也就是那年，我进入了北京广播学院半工半读，这也为日后远行的行囊增添了几分资本。

漫漫求索

2004 年，我从北京广播学院毕业后，一颗不安分的心再次骚动。我开始思索，究竟我应该要什么样的生活，我的人生定位又是什么？那年秋天，我带着领导和同事的叮咛与嘱托，作别了工作了四年的新乡电视台，开始北上。当时，中央电视台西部频道刚刚开始组建现在的“社会与法”频道，在同事的引荐下，我在《一线》栏目谋了份小差事。后来，一位前辈意味深长地说：“别觉得在中央台感觉很光鲜，其实三六九等分得很清晰，而且重新洗牌的频率很高。”经历了几年的磨砺，也许是我开始对自己的人生进行了反思，两个月之后，一个偶然的机会，深圳广电集团的一则招聘启事引起了我的注意，于是我决定到改革开放前沿阵地去闯荡一番。庆幸的是，经过笔试、面试等一系列的考验，我如愿以偿。就这样，我带着简单的行囊，从四季分明的北国来到了四季如春的特区——深圳。

当年的深圳正举全国之力建设现代化都市，然而高楼林立、川流不息的景象顷刻间让我感觉到自己的渺小。当年“怀揣老酒，屹立在十字街头，别人说我是疯子，我说自己是狂人”的桀骜不驯荡然无存。进入深圳台两个多月的日子里，我才真正知道什么叫竞争残酷，什么叫快节奏。压力让我感觉窒息。后来，同样是很偶然的机会，也许是缘分，东莞电视台首次面向全国招聘，当时，对东莞不甚了解的我再次做出了抉择：要来东莞看一看。

情定东莞广电

2005 年 12 月 27 日是我人生历程中很难忘的一个日子。那一天，我带着简单的行囊，走进了东莞广电的大家庭。记得当时东莞广播电台和东莞电视台合并不久，新闻中心所有电视栏目除《东莞新闻》栏目之外全部休眠，一批新的电视栏目正厉兵秣马，蓄势待发。当时，我被分配到了新闻中心专题栏目《9 点关注》。转眼间九年时间过去了，现在，在这个充满温情与快乐的大集体里，我开始了一个电视人的真正蜕变。

当时，在新闻中心，除了廖唯方、李芳、郑路、李万昌等一些电视前辈之外，大部分都是一些刚刚走出大学校门的年轻人。在这个充满生机和活力的年轻队伍里，我感受到了东莞广电人做事创业的激情与魄力，我也慢慢找到了自己的人生定位和奋斗目标，真正开启了自己的寻梦之旅。

九年多以来，在“八有”和“三精彩”精神的感召下，我在东莞广电这个崭新的舞台上磨炼自己，也成就了自己。记得领导给我们新来的员工打气说："在这里好好干，三年买车、五年买房绝不是梦。"事实也是如此，在这里，我结婚生子，买车买房，东莞已经成了我名副其实的"家"。

在东莞广电这个大家庭里，我深深感受到机会与梦想同在。经过多年的历练，2012 年 4 月，经过在中心公开竞岗，我由一名普通的编导转变为电视专题栏目《百姓关注》制片人，由采编业务一线工作者转变为栏目管理工作者。角色的转变曾一度让我略感力不从心，不过，同事的鼎力支持和领导的信任让我信心倍增，给了我前行的力量……

忽然，一阵微风拂过，不禁让人打了个寒战。此时，太阳已经冲破云层，从地平线跳了出来。我赶紧把记忆珍藏于心窝，用体温来温暖、守护她，因为这是希望也是力量！

（作者系东莞广播电视台新闻中心《平安东莞》执行制片人）

东莞广播电视台开展 2015 年春节扶贫送温暖慰问活动

跨过一步之遥 梦想照进现实

郭 明／文

2010 年，我还是一个刚刚迈出传媒院校的喜欢做梦的女生，可那时的梦似乎有点看不见，够不着。如今，我已经在东莞广播电视台工作了四年多，转身看看来时的路，有种梦想照进现实的感觉。

“初见你，人群中独自美丽，你仿佛有一种魔力，那一刻我竟然无法言语……”电视对我来说，就有着这样的魔力。高考那年，我毫不犹豫地选择了电视编导专业；毕业那年，我坚定地走上电视这条路。于是，带着些许无畏，我走进了东莞广播电视台的大门。

和《生活大莞家》谈一场持久的恋爱

第一次接触《生活大莞家》，辛苦中带着小小的成就感，令我很是难忘。在没有任何模板的前提下，我开始学习制作样片，一步一步地去摸索尝试。11 分钟的成片，连偷拍带采访加上空镜，我拍摄了五个多小时的素材。整整一个礼拜，我每天晚上都坐在机房里，一个镜头一个镜头地挑，一句话一句话地配音和修改。有好几次，我跟制片人说，这个片子我可能剪不出来了。而当第一版完整的样片要新鲜出炉的那个晚上，随着天一点点地亮起来，我似乎找到了以后拍摄的方向。

之后，越来越多的磨合，让我和《生活大莞家》彼此适应，越发默契。什么样的内容能上《生活大莞家》，什么样的风格适合《生活大莞家》，什么样的结构能激起观众对《生活大莞家》的兴趣，我都了然于心。于是，在这相亲相爱的几年中，我褪去浮躁，收获了成熟。

做一个电视人是幸运的，我们的成长足迹在每一期节目中都清晰可见，每一分努力都会在屏幕上被无限放大，每一个发生在幕后的故事都值得纪念。

选题，从何而来

说到选题，它着实是一件让人费解的事情。一个月 30 期节目，一期节目五六个选题，每人每月要完成 15 个选题的拍摄。吃饭聊的是选题，睡觉想的是选题，上网找的是选题，没有选题的日子让人情何以堪啊！每个月的开始，对着一张空白的播出计划表，心里慌呀……于是，我不得不在办公室、家里，里里外外地转悠，从锅碗瓢盆看到牙膏牙刷，从国内国外问到大爷大妈。

当心，别把“道具”吃了

在我们的办公室里，色素、添加剂、化学品一应俱全。但事实上，《生活大莞家》最常见也最不安全的就是吃的。出现在《生活大莞家》栏目组里的食物，要对其格外小心谨慎，它可能不能吃，因为那是道具。比如，未过保质期却已变质的牛奶，过氧化氢漂白的鸡脚，福尔马林浸泡的海螺等。所以，每每有美食惊现办公室，我们总要先问个清楚：“这个能吃吗？”

“大莞家，请你帮我调查一下”

在《生活大莞家》的节目中，听到最多的一句话就是“大莞家为你调查”。这原本是我们设计的一句话。随着节目越做越久，关注度越来越高，我们的爆料电话响起的次数也越来越多。每一位观众都学会了这一句，所有的开场白都是“我想请大莞家帮我调查一下”。听到这句话，我感到既好笑又欣慰。

祝你幸福生活每一天

经常有人问，你们节目经常说这个不能吃了，那个不能用了，叫人怎么活?！其实，我们不是在放大生活中不好的一面，而是在揭秘生活背后的陷阱，找出潜在的隐患，揭穿谣言，找出真相，提醒常见的误区。由我们为你的生活把关，当困惑越来越少，生活就越来越好嘛！“祝你幸福生活每一天”不只是口号，幸福也没那么难。讨回该有的赔偿，解决长久的疑问，带来点滴的温馨，都是“大莞家们”的幸福源泉。

曾经，电视是我的玩伴，是我的目标，是我的专业；如今，它是我实实在在的工作，是我踏踏实实的梦想，是我甜甜蜜蜜的幸福源泉！是东莞台带我成长带我飞，我离梦想如此之近！

（作者系东莞广播电视台文艺中心策划）

我们在阳光下前行

高 莉／文

记得曾经看过报纸上的一篇新年贺词，叫作《阳光打在你的脸上》，它深深地打动了我。其中有一段是这样写的："阳光打在你的脸上，温暖留在我们心里。有一种力量，正在你的指尖悄悄流动；有一种关怀，正从你的眼里轻轻释放。让无力者有力，让悲观者前行，让往前走的继续走，让幸福的人更幸福；而我们，在不停地为你加油。"虽然这是报纸的新年贺词，但字里行间反映的分明是我们这群广电人，我感受到了广电的力量。

我是1996年5月迈进广播电视行业大门并成为东莞电台首位普通话女主持的，而且一直坚持到今天。如果按照"你的爱好就是你的工作是最幸福的"这个说法，那么我应该是最幸福的，因为我从事着自己喜爱的工作。从小时候那个守着"话匣子"听得入迷的小姑娘到如今真正"走进"广播的主持人，我觉得无比荣幸。对于我来说，做广播的这些年无疑是人生最重要的阶段，也是最快乐的时光。在我看来，广播主持人在直播间虽然和听众见不着面，但通过节目和互动平台，我可以随时与听众互动，也能在第一时间得到他们的反馈，这种交流让我觉得无比真实，无比亲切，也无比快乐。

我热爱我的职业，也很喜欢广播电视台的工作氛围，这里的同事年轻，富有朝气，具有创新精神；领导们都很亲切，对待员工自然而随和。有幸在这样的宽松环境中工作，我庆幸自己当初的选择是正确的。有一次，听众问我："高莉，你会做多久主持?"我回答："不出意外的话，应该是直到退休吧。"回答她问题的时候，我肯定我说的是实话，因为在这里我很快乐。这里有志同道合的同事，有关心员工的领导，有和谐融洽的工作氛围，以及适合发展的平台，主持这份工作更能让我体会到自己的存在价值。

都说"快乐不知时日过"，不可否认，时间过得真快，广播与电视合并组建东莞广播电视台已经十年了，这是一个值得纪念的里程碑。十年，对一个生命来说不算太长，但足以让这个生命成长。从第一次被评选为"听众喜爱的广播主持"到第九次被评选为"听众喜爱的广播主持"，我在成长中不断收获喜悦，收获幸福。有人告诉我：喜欢听你说话，喜欢你的声音。听众的这份喜爱，我以不同的方式收藏珍视着，在我需要力量的时候它就会从心底涌出。这种温暖的力量，也让我始终心怀希望。

十年，我用声音记录下许许多多的人物和故事，关于他们的记忆，有些已经随着时间的流逝而日渐模糊，有些仍无法忘却，许多看似平淡的点点滴滴却总是历历在目。十年间，我见证并亲历着我们广电事业的发展与繁荣，特别是 2005 年 3 月 28 日广播与电视合并组建东莞广播电视台以后，广播电视的发展更是日新月异，突飞猛进！难忘那些画面，难忘所有感动，我相信感动的画面以后还会在我们的记忆中累积。我相信在下一个十年里，一定会有越来越多志同道合的同仁与我们携手走向前方，愿我们在这一路上收获越来越多美丽的风景。

（作者系东莞广播电视台《快乐车途》主持人）

一直在奔跑

钟慧萍／文

我是一个很平凡的东莞本地女孩，没有什么特长或特别的经历，稍微值得自豪的是求学时期去了北方念大学，算是长了些见识。本以为平凡的人只属于平凡的圈子，接触到的只能是像白开水一样的平凡生活，但自从2005年踏进东莞广播电视台这个大家庭之后，我的生活就因此变得精彩多姿。我认识了很多台前幕后的同事，他们中有的在舞台上挥洒热情，有的在前线坚守岗位，有的在幕后默默奉献，那种坚持不懈、认真执着的精神，让我觉得很不可思议。跟着他们一起工作，我感觉我的步伐也变得轻快飞扬起来，并渴望和他们一同感受向终点冲刺的兴奋和喜悦。

如果说舞台前的精彩是百变、刺激的挑战，那么幕后的筹划就是细密、熟虑的较量。我在这里得到最大的锻炼是参与“首届中国国际影视动漫版权保护和贸易博览会开幕文艺晚会”的策划执行工作，晚会筹办时间短、活动规格高、人手少又经验不足等因素给项目执行带来很多难题。那一年，刚成为一名策划新手的我负责的是晚会筹备组的内务工作，一张张与大明星签订的合同、一份份舞美灯光服化道的制作协议、各地演员团队的接待安排等任务蜂拥而至，每天有接不完的电话、沟通不完的事情、摸不着头脑的问题，要克服的问题和面对的压力是完全超乎预料的。然而，机会就像舞台一样，不是别人给与不给的问题，而是自己能不能把握住。事实上，在那段高压时期，我曾无数次到达崩溃的边缘，只是，在忍不住的时候再忍一下，那时候才体会到坚持的确是世界上最伟大的品质。好几次看着凌晨三四点还在办公室加班的她，我心里有种说不出来的钦佩，是什么动力驱使她日夜不怠地坚守着自己的岗位？好几次看着头发逐现银丝的主任，我心里又有种说不出的敬意，是怎样一种力量支持着她扛着事业和家庭两大重担？她没有告诉我，却用最实际的行动感染了我，越是高压时期，越是要用冷静的心态沉着应战，她教会我真正要克服的困难不是眼前的障碍，而是内心的畏惧和懦弱。这份坚持的信念一直支撑着我，也让我明白，奔跑的过程从来都不容易。每当活动圆满落幕，漫天飞舞的彩带喷射在空中时，那些冲锋陷阵的日日夜夜，那些磕磕绊绊的苦与泪，全都化成照相机前定格的胜利手势！那一刻，我看见，无论是台前还是幕后的工作者，每个人都在发光发热，包括我自己。

东莞广电就是一支在不停奔跑的队伍，哪怕累得废寝忘食、昼夜颠倒，他们依然互相勉励、互相追赶。为了让平凡的人生迸发出光和热，为了让回忆点缀着更多感动，我将和他们一样继续奔跑！

你，也一直在奔跑吗？

（作者系东莞广播电视台策划营销中心员工）

人生的第101种可能

王淑敏／文

如果人生有100种可能，那么进入东莞广播电视台工作算是我人生的第101种可能——意外。2005年，21岁的我进入东莞广播电视台，开始了人生的第一份工作。作为土生土长的80后，我与小伙伴们都是看着TVB长大的，对作为本土主流媒体的东莞广播电视台的唯一印象，尚停留在电视剧结束时插播的东莞新闻，主播哥哥莫俊祺很帅。对，十年前的我，肤浅，漠视本土时政，却又阴差阳错地进入了新闻中心，成为一名见习时政记者。

学财税出身的我每天跟着不同的前辈奔走在采访路上，见证着一件件时政大事，感到颇为新鲜，可是三个月的新鲜劲儿一过，我就开始感到迷茫了：我的性格爱打爱闹，永远缺一根筋，我适合当严肃的时政记者吗？我把心里的小纠结向一位资深记者倾诉，这位大姐姐的一番言辞让我重新审视了自己的职业规划：记者是一份很锻炼人的工作，可你并不是一辈子都只能当记者，人在不同的阶段会有不同的追求和觉悟。我们台的平台那么大，纵观各部门，不少骨干人员都是产自我们新闻中心的，新闻中心的小伙伴是越挫越强、越战越勇的！

后来，我进入《阳光热线》栏目，负责网络编辑和导播工作。那年头，网络问政还是件新鲜事儿，我们每天接到海量的网友投诉，相对于光鲜的时政记者，作为网络编辑的我感觉自己像位邻家大妈，每天要核实大量的投诉，然后转发给各个政府部门去跟进处理。

这些投诉的网友，多是对社会怀有极大负面情绪的愤青，抱怨政府部门的不作为，埋怨政务的不公平、不公正、不公开。每天都有市民打电话来诉说自己遭遇的种种冤屈，或者对相关部门的处理结果表示不满。对于这些满肚怨言、情绪激昂的市民，我得先对他们进行情绪安抚，接电话的金句语录是：“先生/小姐，您先别气，慢慢说，我会尽力帮助您的。”

偶尔，我也会收到或接到一些市民的反馈信或电话，他们高兴地告诉我，他们遭遇的难题已顺利解决，感谢栏目对他们的帮助。为着这1%的甜蜜反馈，我以100%的热情投入到大妈式的调解工作中，并乐此不疲。

2011年，我这个大龄女青年结婚了；第二年，我当母亲了。休完漫长的产假后，我再次华丽地转型——成为一名后期编辑。俗话说，不会做后期的编辑不是一个好编辑！后期编辑，这个被称为“广电民工”的岗位，对于我这样一个既不懂直播流程又不会图表制作的新手来说，绝对是人生的第101种可能——纯属意外。电脑之于我，只有上网聊天、网购、看剧、听歌、浏览新闻五大娱乐功能，现在我要用它来进行新闻制作，这绝对是对自身潜能的一大挑战。

之前我跟后期组的同事接触得较少，感觉他们是常年待在演播室里奋战的一群劳模，是沉默而又任劳任怨的一群“孤独症儿童”。怀着对后期工作的无比恐惧以及对他们这群“孤独症儿童”的敬畏，我开始当起了后期小学徒，我的师傅是后期第一大高手——波仔。比我年长几岁的波仔有着永远18岁的容颜，跟着一个高中生模样的师傅学艺，这使我着实“压力山大”。幸好，身为理科天才的波仔，很体恤我这样的电脑白痴，认真细致地跟我讲解和示范后期制作的每一道工序，使我慢慢掌握了后期制作这门手艺。

在后期组待久了，我才发现这群幕后英雄其实是最可爱的人！

他们话儿不多，才艺佳，简单而有爱：坚守 14 年的后期老兵钟浩明，面对再棘手的片子，他都能以神速神技化腐朽为神奇；“人肉音乐库”陈颖，只要你跟他说想要什么感觉的音乐，他都能如数家珍般地把某某音乐家的某某曲目推介给你；“新闻快剪手”水银，她能在你剪一个片子的时间内，把三个片子都剪好，让人惊叹不已！

经过近三年的锻炼，如今的我对后期制作已不再恐惧，反而有种闯关成功后的满足和攻克难题后的轻松。

有人说，如果十年后的你依然从事着今天的这份工作，十年如一日地做着相同的事，那是相当可怕的。可是我庆幸，十年来，我每天的工作都是一样的，却又是不一样的；我们每天都为新闻忙碌着，为每天都不同的新闻忙碌着，其实我们是在不停地自我挑战着！

如果人生有 100 种可能，那么我觉得进入东莞广播电视台就是最美好的第 101 种；如果我人生的第一份工作能成为我这辈子唯一的工作，这种从一而终的坚持，我觉得也是最圆满的！

（作者系东莞广播电视台新闻中心后期制作）

认真编辑新闻

和孩子们一同实现梦想

孟相宜／文

每个人的梦想都是美好而远大的，但是锲而不舍地去实现梦想的人则少之又少，大多数人都是带着自己曾经的梦想，平平庸庸、碌碌无为地度过了一生。借用德国大文豪歌德的一句名言："人生最重要的事情是确定一个伟大的目标，并决心实现它。"所以在毕业的那一刻起，我就坚定地告诉自己："未来，一定要让自己的人生梦想充实起来。"而我的梦想也正是伴随着大学四年的文艺编导课程和对未来的无限憧憬，一起走进了《宝贝豆丁》栏目。

必须做一个"大小孩"

大学毕业之前的实习工作一直是面对成人，感觉了解选题的过程更像是在交朋友，能让拍摄对象信任地把心里话告诉一个素未谋面的编导，这的确是件了不起的事情。然而，第一次跟组里的同事走进幼儿园拍摄节目，我的人生观就彻底地改变了，当然也第一次有了面对着活生生的采访对象却无从下手的感觉。

看着一群 5 岁以下的小朋友面对着镜头叽叽喳喳地说个不停，

却没有一句在回答我的提问，这令我觉得崩溃。也有几个小班的小朋友，前一秒还能乖乖地在镜头前说话，后一秒就立马冲到你的身边说“姐姐，给我系鞋带好不好”，这令我再次崩溃。

几次实战经验告诉我，想从这些年纪小小的被采访者口中得到你想要的答案，就必须把自己变成一个“大小孩”，忘记身高和年龄的差距，真正地走进孩子们的世界里。

看不同年龄孩子的视角

少儿节目的服务对象是天真活泼的小朋友，他们的心理特点和生理特性决定了少儿节目的编导工作必须从儿童的心态出发，从儿童的角度来反映孩子们的真实生活。

对于学龄前儿童来说，游戏是他们最喜爱的一种活动形式。他们不可能真正参与成人活动，而游戏正是帮助孩子实现愿望的最好方式。我们在策划节目时，更多考虑的是如何设置能够集中儿童注意力的兴奋点，从而在拍摄制作节目的过程中，充分掌握各个年龄段孩子的不同特点，并为他们提供丰富多彩的游戏活动。

做一行，爱一行

很多前辈会笑着说：“你这小小年纪还有职业病吗?”我说是的，节目做得多了，就很自然会在打开电视机审视别人作品的同时，总结优缺点来鞭策自己。如果在路上听到几个小学生谈论最近关注的新闻或者八卦，我就会立马厚着脸皮跟他们搭讪，更及时地了解这个年龄段的东莞孩子的兴趣点。

有朋友问我，整天在孩子堆里混，难道你就不怕智商降低吗?我可以很肯定地说：“非但不会降低，还会有所提升。”作为一个成年人，要跟这些机灵鬼们打交道，夸张点说，如果不是斗智斗勇的话，还真会被他们骗得团团转呢。当然，这个过程带给我的更多的是各种快乐的成长体验，因为孩子们的欢笑或泪水都标志着他们一

点点的成长，而在这个过程中，我也与他们一同成长着。

如果一个本土的儿童节目能够在七年的时间里每天准时守候在孩子们的身边，并且陪伴着他们一点点长大，我相信这对于每个东莞小朋友来说也会是一份美好的童年回忆。而我最庆幸的就是自己一直能在这样纯真的“小社会”中，跟一群快乐的小天使打交道，做快乐的事情，当然还能怀揣不变的梦想，让《宝贝豆丁》带着我们一起向快乐出发吧！

（作者系东莞广播电视台文艺中心策划）

东莞广播电视中心

阳光灿烂的日子

刘鸿波／文

数数自己在东莞广播电视台的日子，今年已经是第九个年头了。从东莞阳光网试运行，到正式开通，再到现在成为一个拥有20多个分网、频道，日均浏览量超过500万人次的东莞第一门户网站。一路走来，我与东莞阳光网风雨同行，共同成长，在分享着成功与喜悦的同时，也收获了友情和爱情。

“我每天一上网首先就是打开东莞阳光网”；“东莞阳光网办得越来越不错了”；“东莞阳光网是我的最爱”。

每当听到这样的话，我的心里总是乐呵呵的。的确，在领导和同事们的共同努力下，东莞阳光网发展得一年比一年好，注册用户逾160万，网站日浏览量也从最初的几万攀升到最高800多万人次，是名副其实的东莞网民上网第一站，得到了社会各界的关注和肯定。作为东莞阳光网的一分子，我也由衷地感到骄傲与自豪。

记得刚到东莞阳光网的时候，一些媒体同行一听说我在网站工作，都会认为我们工作挺轻松，只要每天上上网，到各大网站转载新闻就可以了，也不用到外面日晒雨淋，加班赶稿子。刚开始我们外出采访的任务确实不多，但随着网站的飞速发展，特别是在成为全国重点新闻网站之后，我们越来越注重原创。为了发挥网络的优势，做到比传统媒体更快发布信息，我们就必须走出去。现在，无论是“两会”，还是其他的重大新闻事件现场，大家都可以看到东莞阳光网记者的身影。

还记得2006年采访第七届省大运会开幕式的时候，天突然下起了暴雨，有些媒体的记者拍了几张照片就赶紧避雨去了，因为受版面的限制，他们并不需要那么多照片。而网站不受版面限制，我和另一位同事在雨中坚持拍了两个多小时，就是为了把整个开幕式完整地记录下来，让无法到场的网友也能够观赏到开幕式的盛况。等我们回到单位，把稿子写完，领导审核后，配上图片，完成编辑发布，已经是凌晨3点了，而第二天早上8点不到，我们又准时地出现在大运会的比赛现场……

说到采访，有媒体同行戏称我们阳光网的记者是“全能型人才”，经常是自拍、自采、自编。其实我们阳光网的记者不但单兵作战能力强，整体作战能力一样让人刮目相看。每年的东莞“两会”都是媒体的必争之地，特别是在选举结果出炉时，报道更要争分夺秒。当很多媒体都还在预告选举结果即将产生的时候，阳光网后方的编辑与前方的现场记者就已通过密切配合，在第一时间准确地发布了选举结果。这就是网络媒体的优势。

在东莞阳光网，我还收获了爱情，找到了我的另一半。感谢东莞广播电视台，感谢东莞阳光网，感谢一路陪伴着我的同事，祝愿大家每天都阳光灿烂。九年的相处是难忘的，九年的感情是真挚的……九年，它包含了太多，它见证了我的成长，见证了我的快乐……有阳光，就有好心情！

（作者系东莞广播电视台阳光网站新闻频道主编）

跨界新生活

郑思琪／文

在没有进入东莞阳光网工作以前，曾有人对我的工作羡慕不已：网站工作好啊，就是坐在电脑前复制、粘贴，这份工作完全不用费脑筋！直到进入东莞阳光网工作以后，我才知道新媒体记者是怎么一回事。短短四年的经历，让我体会到了网络新闻民工的苦与甜。

我曾经在传统纸质媒体工作过几年，跨入网络媒体，虽然还算在新闻行业之内，但工作方式和工作思维却发生了翻天覆地的变化。在纸媒当记者时，跑部门、找新闻线索、联系采访、成稿，一个记者一出门就成了独立的一杆枪，与采访对象不管是“促膝长谈”还是“言语厮杀”，全靠记者个人的造化。当然，出现在报纸上的大名也记录着记者的辛苦付出。

而在网络媒体，所有的编辑都在网页上销声匿迹，很少有网友会去关注一份稿件的编辑是谁，也没有人会去在乎网络上一个版面、一个频道的新闻编排有着网络编辑如何的幕后巧思。网络编辑被理解为单纯的搬运工，日复一日地重复着将新闻从这个网站搬到那个网站的枯燥轮回。

事实上，网络编辑因为需要接触海量以及多面的新闻，个人素质要求更高。在最初被领导安排负责网站首页新闻更新的时候，我一度为摸不准网民的口味而苦恼。在海量高清图片中，好不容易筛选出一则画面“惨绝人寰”的车祸新闻，正暗自窃喜这则新闻可能带来的流量猛涨时，却发现网友们并不捧场。无奈我只能继续浏览各大网站，再来一则拥有多张“清凉”图片的新闻，这回网友们该满意了吧？结果还是不行。

在新岗位上经过多次考验，我终于意识到，随着新媒体的高速发展，网友们的浏览习惯早已发生翻天覆地的变化，由原本的单纯追求视觉冲击，到后来只要求“新闻惊悚”，直至现在的以故事为重。网友们的口味也在日积月累的新闻铺垫中，逐渐摆脱了对新闻快餐式的需求，这就要求新媒体人奉上更多的具备思想深度的信息大餐。因此，作为信息二手提供商的我们，在筛选信息时，所要求的新闻积累、信息把握能力以及更新速度也必须不断加强。肩负着这份期待，每次轮值首页新闻责编，捕捉网友的新闻口味，确保当周的流量点击不要太难看，就成了两座大山。从值班开始扛到值班结束，我始终默默祈祷我的脊背不要被太早压垮。

记得在一次值班新闻责编时，我收到了一位老朋友的信息：“今天阳光网的这则新闻选得很不错，我读完之后发现编辑是你，就赶紧和你说一声。”说实话，网站编辑真的很少有机会站在大众面前，能够在海量信息中被准确识别，并且被老友点名，那一刻我确实觉得很开心。但是，在这次点名的背后，我也看到了新媒体的短板——单纯依赖他人提供的新闻，当天没有好新闻就流量大跌；新闻与各大网站同质化，打开页面，所有版面“千篇一律”。如果哪一天，我们能够确保每天有重磅独家新闻；在新闻编排上，网民也能够读懂网络编辑的“苦心思索”，那时，也许才是一位合格的网络编辑真正出师的时刻。

（作者系东莞广播电视台阳光网站新闻责任编辑）

为梦想安家

和芮君／文

进入冬天的东莞，凉意渐浓。晚上值班出来，东莞这座城市依然灯火通明，我抱着侥幸心理，追赶最后一班公交车，抬头仰望灯火中的东莞广电中心，一种熟悉感扑面而来。从一个 20 多岁的少女，到一个 30 多岁的妇女，我已经在东莞广播电视台工作了七年，而这七年贯穿了我青春的大部分。

高中的时候，每天中午我都会躺在宿舍的床上听东莞电台的节目。那时候，我 17 岁，特别喜欢像高莉的节目，总幻想着有一天自己可以变成高莉那样的知性女子，通过电台传播自己的声音。于是大学毕业后，我朝着自己的梦想而努力，终于有一天，我的梦想实现了三分之一。2007 年 7 月，我带着年少的懵懂，走进了东莞广播电视台，成了这个大家庭的一分子。还记得第一次在电梯里遇见高莉，我傻傻地以为自己眼花走错地方，等到高莉微笑地对我说“你好”时，我才回过神来：喔……我们竟然是同事了！心中不禁雀跃万分。

自我介绍一下：我叫和芮君，是总编室监测组的员工。入台七年来，我的主职工作是在监测组负责监测、监听、监看台里的所有产品。一直以来，同事们一听到“监测组”，心中都会“咯噔”一下，如果接到“2915”的电话，他们就更加不高兴了。为什么呢？因为我们总找大家“麻烦”，不招人“喜欢”。其实我又何尝不理解，同事们辛辛苦苦做出节目，我们一个电话打过去，他们就要被扣多少钱或是被否定什么内容，他们心中当然会觉得委屈、愤怒。但是，我们还是日复一日地认真做着被同事们“嫌弃”的事情，甚至经常在沟通的过程中被误解。实话说，我很怕打电话，很怕听到对方不耐烦的语气。但是经过多年的努力，我们的监测工作井然有序，节目播出时出现的诸多问题在我们的监督下越来越少，我们感觉特别自豪。其实，监测组的工作非常琐碎，对我们的眼力要求很高，五花八门的信息总在考验我们的知识储备。有时候，打出电话告知对方出现的问题时，我们会被反问“你觉得该怎么样”，所以要不断求证、推敲后，才能把出现的问题回馈给对方。有时候，我们反映问题时反而会被埋怨：“你们那么轻松，知不知道我们有多忙……”往往这时，我只能沉默。

有一天，大学密友问我：还记得当年的梦想吗？我大脑放空了一阵，脱口而出“不记得了”，然后大笑着说现在谁还谈梦想。可是后来想想，我不记得的应该是当年那种为梦想拼搏的激情，忘记的是自己还有梦想吧。人在社会中奔跑，会渐渐地忘记奔跑的初衷，我也一样，理想与现实的差距使我们跑着跑着就忘记了自己奔跑追逐的梦想。若干年过去了，台里要出《追梦2》，想想这七年来，我在东莞广播电视台这个大家庭里，褪去了稚气，变成一个成熟的“女汉子”；学到了东莞广电人的坚韧，学会了待人处事的方法；拥有宽敞明亮的办公环境，还有一帮团结努力的同事。我在这里很快乐、很充实，其实我的梦想已经实现了三分之二。努力工作就是为了更好地生活，就像黄台长所说的那样，我们员工要供车供房养妻养儿，经营管理任务重，他责任很大压力也很大，所以很努力。我听了之后感觉特别安心。黄台长那么机智聪慧，总在笑声中让我学会好多东西，让我们不停歇追逐的脚步。淘宝网的广告不是这样说

吗：梦想总是要有的，万一实现了呢！何况，我的梦想已经实现了三分之二。

如今我已三十而立，在东莞广播电视台这个大家庭里，有与我共同成长的同事，有我努力奋斗的足迹，承托着我的梦想起航，我喜欢大家。在大家庭的庇护下，我也有一个幸福的小家，那里有爱我而我也爱的老公和儿子，我同样很喜欢我的小家。我的梦想连同幸福在此安家。想起这些，我不禁觉得东莞的冬天虽然渐凉，但冬日里依然每天充满阳光。

东莞的冬天不下雪，东莞的冬天充满阳光。

（作者系东莞广播电视台总编室员工）

东莞广播电视台大楼内景

来莞琐记

温秋明 / 文

自 2004 年 7 月，我毕业来到东莞广播电视台工作以来已有十年，其间有幸见证了东莞广电十年来的发展历程，我也从当年的“小朋友”变成了现在的“老家伙”。十年，是大家喜欢回首、总结和展望的一个时间节点，因为其中有不少遗憾难以弥补，也有很多美好的记忆值得回味。这就是我们的工作，酸甜苦辣都和东莞广电结下了情缘，忙到停不下来。

爸妈在东莞也“很忙”

我的祖籍是广东揭阳，但我是在江西吉安出生长大的。在江西，我是广东人；在广东，我是江西人；现在，我的户口在东莞，我又成了东莞人。

老爸老妈来东莞三年多了，老家的朋友打电话来总会问他们：“你们在东莞习不习惯啊?”老妈说：“我一来就习惯了，最好的是这边的菜比家里的还便宜。”确实，老妈来的当天就问最近的菜市场在哪里，第二天一大早就跟着小区里面拉着小拖车的阿婆找到了西平菜市场，买了一大堆菜回来。没几天，她就认识了一帮“菜友”，聊家长里短，整个人都变得越来越开朗。现在，小区里认识我妈的人比认识我的人多得多了。别人问她你儿子在哪里上班，老妈总是很自豪地说，他在电视台上班，你看，就是在那栋大楼里。老爸是个“驴友”，他第二天就买了一张东莞地图和东莞绿道图，骑自行车沿着绿道兜了一圈，回来说，东莞还真漂亮！沿途他发现了什么稀奇事时还会给我发短信报料，我说：“好，下次用手机拍下来，发给《今日莞事》赚报料费。”哈哈！不过，老爸从来没赚过。

在阳台遥望广电中心

在我家的阳台可以看到东莞广电中心，这点让老爸老妈很是兴奋，因为我在这栋现代大气的大楼里面上班。当东莞广电中心外墙的霓虹灯第一次在夜色中闪烁时，他们就趴在阳台上，吹着晚风，遥望着那个方向，数着有多少种变换的方式，虽然他们到现在也没有具体数清楚到底有多少种，但仍乐此不疲。虽然他们还没有走进东莞广电中心，但东莞广电中心已经走进了他们的心里。周末我上班，有时老爸老妈会出来散步，因为对附近还不熟悉，他们就以东莞广电中心为参照物，慢慢地他们的活动范围越来越大，也不怕找不到回家的路了。

人生的幸福升级

2013 年 1 月 2 日 21 点 22 分，在煎熬了十二个多小时后，我的女儿苗苗顺利诞生，让我幸福升级做了爸爸。有些事情确实要经历过、感受过，才会有刻骨铭心的感觉，走进产房，看到老婆躺在产床上的那一刻，我才真正感受到母亲的伟大，心想：“这个女人，你必须用一生的时间去呵护她、爱护她。”而苗苗躺在小推车上，非常安静，眯着眼，看着这个崭新的世界和我们这两个“最熟悉的陌生人”。

老婆和我的小姨子是双胞胎，小姨子的儿子叫雷雷，于 2012 年

1月2日出生，我们家的苗苗也是1月2日出生的，刚好相差一岁，以后两个小孩的生日可以一起过了。苗苗的外公外婆感慨道：“咱们两个闺女出生同一天，结婚同一天，生小孩也是同一天，真是老天安排好了的。”

家里有了小孩，就多了很多欢笑，我每天都用手机抓拍她的各种表情，然后发给苗苗的爷爷奶奶，他们一有空就看，看着看着就笑了。苗苗很乖，在家不哭不闹，吃饱了就睡，睡醒了又吃，除了换“尿不湿”的时候折腾两下，就基本不用我们操什么心了。老婆也很庆幸小孩这么好带，这下有时间可以多休息一下了。她们两个睡着了，我们就忙着一些杂七杂八的事情。看到大家都这么忙，苗苗的爷爷也没闲着，他怕产妇用手机对身体不好，就做了一个遥控器的门铃，把喇叭装在客厅，遥控器就让老婆拿着，有需要的时候就按一下，听到“叮咚，叮咚”的声响，大家就知道有快乐任务做了。

十天的陪护假，让我暂时放下了栏目组的工作。当我重新回到工作岗位上时，又觉得重新充满了力量，就像对自己的宝宝一样。也许在这个过程中，你会遇到很多困难，但你对她发自内心的喜爱会赋予你前行的力量。

（作者系东莞广播电视台新闻中心《东莞新闻》执行制片人）

我和我的十公斤“战友”

李振华／文

你看不到我的样子，也听不到我的声音，而我却一直在新闻现场。我是摄像记者，摄像机是我最亲密的战友。

2004 年大学毕业后，我就投身于新闻工作中，迄今为止，我和我的战友已经合作了十年。记得刚开始的时候，摄像机老是欺负我，对焦不清、曝光过度、拍摄不稳等问题时时困扰着我，最可怕的是它那十公斤的体重，真是让我伤透了脑筋。有时候，出去一工作就是几个小时，摄像记者肩上要负着几个小时的重物，同时脑子还要时刻保持警醒，不放过任何一个新闻画面。一天工作下来，双眼干涩，腰酸背痛，回到家里躺下就直接睡着了。

经过一段时间的磨合，我跟这位“战友”越来越有默契了，仿佛与摄像机合为一体一般，扛着十公斤重的摄像机工作对我来说已经是轻车熟路，我能很好地发挥它的作用，它也能给我想要的东西。更重要的是，我发现，我对它好像比对我自己还要好。太阳晒时我怕晒着它，下雨天时我宁可雨水淋我也不让它被淋到，每天下班前我都要把它擦得干干净净后才放心回家。记得有一次采访关于水浸的新闻，道路上的水已经有半米深了，由于看不到路况，我一不小心踩到了石头，脚下一滑，眼看着就要连人带机摔到水里，我心想着绝不能让摄像机掉到水里，猛力一举把摄像机举过了头顶，而我自己却重重地摔了一跤。起来的时候我看到摄像机一点儿事都没有，心里一块大石头终于落下，心里默默地说了一句："兄弟，你没事真好!"

十年来，你陪我走过了多少风风雨雨；十年来，我们一起开心一起忧伤，我的十公斤"战友"，我愿跟你再走十年、二十年……直到我们都走不动为止。

（作者系东莞广播电视台新闻中心摄像）

摄像机对准激情歌唱的主持人

经历平凡 守候快乐

熊海荣／文

我是2002年9月进入东莞电视台技术中心发射台工作的。

转眼间，我们东莞广播电视台即将成立十周年，这个寄托了我所有光荣与梦想的地方，也从一个年轻媒体逐渐变得更加强盛。

还记得刚到电视台时，技术中心人手比较紧，设备也不够先进，同事们工作辛苦，我们把那些日子叫作“奋斗”。

在后来的几年间，机房全面改造，房间重新装修，机线设备、主备天线重新更换，崭新的自动转换信号源、转换设备及数字微波也让同事们兴奋了好长一段时间。一番改头换面之后，我们的工作环境大大改善，设备装置的先进程度在全省可谓名列前茅了。台里每个员工均实行竞争上岗制，能者上，不能者下，员工素质得到显著提高。给我印象最深的是，每当台里搞应急演练时，技术中心的同事们那忙碌而有条不紊地工作的身影。在一次次的考验中，员工的应急能力和工作效率都提高了不少。在一些重大节假日、重要播出时间里，发射台始终做到了不停播、无事故。

我依然记得拥有第一辆车给我家带来的欢乐。那时，台里给员工提高了福利，我的收入一下子提高了。有车有房是一个家庭最初的梦想，在那一年我实现了。车取回来后，妈妈忙着要给车拜神保平安，而我则去订了当时最好的汽车音响，准备把那辆小车打造成音乐小屋。

十年间，东莞广播电视台在水濂山上的发射基地员工综合楼也建好并正式投入使用，全新的员工宿舍、餐厅、会议室、桌球室、乒乓球室还有卡拉 OK 室，为我们员工在工作之余提供了良好的生活环境，我们的工作积极性和集体荣誉感也因此得到了进一步提升。刚踏入工作岗位时，我给自己制订了第一个五年计划，现在第二个五年已过，现实的发展超出我的预料，我可以说是超额完成了计划。我是幸福的，因为梦已圆满。

我觉得，我是一个幸福的人，许多时候我是会心地笑，开怀地笑。我貌不惊人，但身体健康，因而能够笑口常开；我不富有，但我知足，有家人朋友的陪伴，生活中一点点美好的事都能让我觉得开心；我虽平凡，但坚持梦想，我正值壮年，能有幸为自己喜爱的工作奉献自己的光和热，我甘愿一直这样平凡和快乐着，继续经历着，继续在路上。

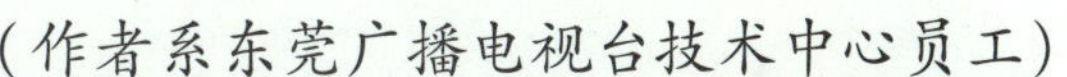
（作者系东莞广播电视台技术中心员工）

1 000 平方米的演播大厅

我的精彩情缘

邱小真（小　真）/ 文

提笔写下这个题目的时候，我的心中不禁顿生感慨——一个人的青春能有几个十年！而我最美好的青春，20 岁到 30 岁的这十年，最幸运的事就是能够亲自见证东莞广播电视台的成长和壮大，经历她波澜壮阔的改革大潮和日新月异的创新发展，此刻我的心中千言万语、百味杂陈……

十年前的 2005 年 7 月，大学刚刚毕业的我机缘巧合地被东莞广播电视台广播中心正式招收，作为新一批的广播主持人来培养。那一年的 3 月 28 日也是东莞广播电视台正式成立、电视和广播正式合并的一年，也是黄永贵台长正式担任台长的一年。而刚好赶上这个变革时代的我却还懵懵懂懂，音乐学院毕业、非播音主持专业出身、对广播主持一无所知的我，可以成为一个合格的主持人吗？那时我时常会怀疑自己，也对这个陌生的环境感到一丝紧张和不安。但这种疑虑很快就消除了——身边同事的热心帮助、部门领导的亲切关心，尤其是黄台长对于广播人的不断肯定和鼓励，让我充满了信心和前进的动力。虽然当时广播中心还在莞城的旧址办公，宿舍也是年久狭小的老屋，工作、生活条件都比较艰苦，但那个时候大家都像一家人一样，在工作、生活中互相帮助，有困难一起克服，每天都很开心。当然，最让我们广播人欢欣鼓舞的就是黄台长帮所有广播人所做的那些实实在在的事儿，他就像我们的大家长一样关注着我们艰苦的办公条件和在当时还相对较低的薪酬。当我们终于可以达到跟电视主持人相同的薪酬水平，并可以搬到新的工作环境的时候，每一个广播人的心中无不感激台领导们的勇于改革、开拓创新。我们真正感到自己是东莞广播电视台这个大家庭中的一员，感到自己认真努力的工作获得了认可和回报。而这些改革又更好地提高了大家的工作积极性，刺激了新的创意的产生。在这种积极向上的工作氛围中，我的业务能力也在不断提高，终于在来台的第三年，我拿到了第一个“我最喜爱的广播节目主持人”称号，用自己的付出和努力证明了我可以成为一名合格的广播节目主持人，实现自我价值。

对于东莞广播电视台的每一名员工来说，十年来，在台领导班子的得力领导下，我们从未停止创新改革的步伐——从制片人制度改革到薪酬制度改革；从中层领导干部竞岗制到公开征集自办栏目……每一次改革都冲击着广电人的思想和意识，提高了我们的能力和素质，展示着我台锐意进取、大胆开拓的时代精神，记录了一个个“奇迹”的诞生！2007 年，台里开展的“走进镇区”系列主持人见面会创造了单场观众超过 2 万人次的记录；2008 年，东莞广播电视台获得南方广播影视传媒集团颁发的“创新发展一等奖”；2009 年，台里又连续获得“省广播电视管理创新奖”；2010 年，东莞广播电视台在成立五周年之际打破境外电视台收视垄断地位，并以出品人的身份与广东电视台合拍国内首部电视人题材电视连续剧《电视台的故事》，打造国家级广播剧《追梦的人》；2011 年，中国互联网协会“中国网站排名”中，东莞阳光网位列“地区分类综合排名”全国前十、全省首位，成为华南地区极具影响力和竞争力的新兴媒体；2012 年，东莞阳光网获得“中华人民共和国互联网新闻信息服务许可证”，获得该许可证的地级市网络媒体全省仅两家；2012 年元旦，我台斥资六亿多元兴建的新的东莞广播电视中心正式投入使用，打造了全国地级市广播电视台最强办公大楼；2014 年，全国广播业综合实力大型调研成果揭晓，东莞电台荣获“全国最具特色地级电

台”称号，两个广播频率稳固占据本地近70%的收听率……这一个个看似不可能的奇迹都被东莞广电人一次次创造出来，一次次刷新，十年回首令人欣喜非常。

在这样一个每天都在进步和奋斗的和谐友爱的大家庭中，我也在一路成长。十年来，我曾经六次捧起“我最喜爱的广播节目主持人”的奖杯，也在领导和同事们的协助下获得过广东省广播电视奖一等奖和三等奖，曾经收获过“先进工作者”和“东莞市文明大使”的称号……这些荣誉让我更加懂得，作为一名广播节目主持人肩上应该扛起的重担——这个时代需要广电人担负的使命和职责；听众们、观众们对我们的殷切期望；为带领全台改革发展，夜以继日地工作的台领导的信任；甘愿在我们身后默默支持的家人们的爱和包容。正是因为这份担子，让我们有了前进的方向和力量，让我们每天挖空心思去创新、去改变，让我们十年如一日不断“追求精彩、创造精彩、奉献精彩”，让东莞广播电视台成为今天的一个奇迹，成为南方广播影视传媒集团的一面旗帜！

十年，光阴荏苒，白驹过隙，能将自己最美好的青春奉献在这里，我不后悔！十年，也是从青涩走向成熟的一段岁月，相信在领导们的带领下，我们在下一个十年会创造出更加辉煌的“奇迹”！

（作者系东莞广播电视台《真希 happy show》主持人）

记者毕媛媛家的“亲戚”

李万昌／文

这是一个发生在早些年的故事，那时，东莞广播电视台还在东城南路。

当时是周日，我在加班，中午又和林泽珊等几位同事去单位旁边的餐馆吃饭，或许是经常到同一个地方吃工作餐的缘故，大家的胃口都不怎么好，埋单时还剩下一些菜，林泽珊主动提议：打包，送给毕媛媛家的亲戚。毕媛媛也是《东莞新闻》的记者，是一位天津妹，几年前通过公开考试进入东莞广播电视台，我从来没有听说过她有亲戚在东莞，于是感到很困惑。见我十分不解，林泽珊忙补充说：“就是长期蹲守我台门口的‘犀利哥’——前几天气温下降，毕媛媛把自己的被子都送给他了，所以我们都说‘犀利哥’是毕媛媛家的‘亲戚’。”我恍然大悟。我们一行人出了餐馆，果然见“犀利哥”依然“酷酷地”跷着二郎腿“端坐”在公交车站下面，公交车站牌俨然是天然的防雨棚。林泽珊将打包好的菜外加一盒米饭放在“犀利哥”的手边，“犀利哥”没有任何表情，拿起来便吃，还不忘偶尔吸一口烟，腋下还枕着一个带有抽象图案的花被子。林泽珊等几位同事忙说：“这个被子就是毕媛媛送的，那天天气预报说要降温，毕媛媛乘公交车回家时看到‘犀利哥’，又让男朋友开车将自己家的被子拿来送给了他。”

我们看见“犀利哥”不紧不慢地吃上了饭。奇怪，他好像不怎么饿。我们一行人说笑着，走回办公室，继续忙手中的活儿。

说“犀利哥”是乞丐吧，其实并不准确，因为他从不主动乞讨，饿了就翻垃圾桶。据说他的烟瘾极大——同事们都经常见到他满街捡烟头来吸——似乎吸烟比吃饭还重要。但他每天总是“固守”在东莞广播电视台门口的公交车站牌下，把站牌下搞得脏兮兮的，据说有关部门也曾经派人劝说他离开，但没过几天，他又固执地出现在“老地方”，看着我台外墙上众多主持人的靓照发呆。有同事戏称“犀利哥”是我台主持人最铁杆的“粉丝”，不知道他心中最喜欢哪位主持人，是本地美女张洁峰，是江西才女叶纯，还是哪位帅哥？不过，东莞广播电视台经常有人给他送被子，有人专门打包大餐给他吃，难怪他不愿意离开东莞广电这块“风水宝地”了。赵俊杰、邓笛等几位男同事还经常将烟整包整包地送给“犀利哥”。

夏天到了，毕媛媛送给“犀利哥”的被子不知道被他扔到哪里去了。唉！毕媛媛怎么有这样一位没心没肝、生冷不忌的“亲戚”啊?！看来，等到天气再转凉，毕媛媛又要浪费一张被子了。

当然，“犀利哥”只是同事们的尊称，大家对他绝无贬低之意。不过，说来惭愧，虽然我每天上下班经常在“犀利哥”身旁走过，却从未特别注意他。在我看来，他不过是一个流浪汉。听说毕媛媛等很多同事与“犀利哥”间的故事后，真的为自己的麻木、冷漠而自责，更为同事们的爱心所感动。

做新闻一线采编工作，每天都十分紧张，常常为新闻稿中的一个“提法”绞尽脑汁，也曾为“抢发”一份稿件而忙得焦头烂额，更曾为在播出前最后一分钟才做好节目而心惊肉跳。也常常暗中发誓：下辈子就算随“犀利哥”一起去流浪，也不做新闻这一行。但每天看着新闻安全播出，哪怕每天只有一两个亮点，也感到很欣慰。更欣慰的是，作为记者的“小头目”，我从来都不是孤军奋战的，时时刻刻都有一帮可爱的兄弟姐妹帮助我——更值得一提的是，这些可爱的兄弟姐妹对待素不相识的“犀利哥”都充满爱心，对我的那份支持和帮助更是让我倍感欣慰和温暖，我从他们身上也获益良多！

（作者系东莞广播电视台新闻中心副主任）

我的N个“第一次”

萧雪儿／文

时光飞逝，转眼间，我来到东莞广播电视台已经是第六个年头，从刚毕业的一名大学生成为东莞广播电视台广告经营中心的一名业务员，我尝过其中的酸甜苦辣。但“甜”是工作感受的主要元素，因为东莞广播电视台给予了我的人生许多个“第一次”，丰富了我的经历，让我吸取了很多宝贵经验，感谢东莞广播电视台给我的N个“第一次”。

第一次参与网络直播

直到我在东莞广播电视台参与了人生中第一次网络直播，我才了解到做好一场网络直播需要团队的全力配合，只有幕后工作语言编辑师、网络直播机器维护师、驻守台前的摄影师以及指挥师同时在各自的工作岗位上尽心尽力，认真负责，做好本职工作，一场精彩的网络直播才能够呈现在市民眼前。

第一次参加同事的婚礼

进入东莞广播电视台后，我遇到了一群阳光、善良、年轻的同事，同事之间互相关爱，互相扶持。在这里，我第一次参加了同事的婚礼，婚礼令我感受到这两个同事从相识、热恋到步入婚姻殿堂的过程之幸福与喜悦。东莞广播电视台全体上下见证着他们的相遇、相知与相爱。起初他们只是来到东莞广播电视台工作的两个陌生人，后来通过工作认识并了解对方，并逐渐决定让对方成为生命中的另一半。你说，这是多么美好的事情！人的一生就是这么奇妙和温馨。

第一次品尝到自己的劳动成果

在这里，我第一次拿到通过自己努力而得到的报酬便是工资，其实刚开始我对工资不是很在乎，认为多少都不重要，重要的是自己在工作过程中努力过、开心过。我的第一份工资虽然不多，甚至相对于其他同事算是最少的，但它毕竟是我辛苦跑业务的报酬，是我一个月辛勤工作的反映。工资虽少，但不代表我不积极，只是自己当时能力有限，经验不足。我也了解到，工资少的原因在于自己岗位的设置局限和能力不足，其中能力不足是主要原因。从那时开始，我意识到了提高自身能力的重要性，于是不断向身边的同事学习相关的业务知识，学习如何策划好方案，如何与客户沟通，如何掌握问题的重点等。我发现只有不断去学习和交流，才能提升个人能力，得到他人的认可。

上面提到的都是东莞广播电视台给我的“第一次”，其实，还有很多“第一次”，如第一次参加集体活动、第一次工作出差等，这些都是我宝贵的回忆和经验。感谢东莞广播电视台，这里是我梦想的舞台和起飞的平台。我愿意继续在这片热土上洒下自己的汗水，继续奔跑，贡献自己力所能及的力量！在此，祝愿东莞广播电视台不断绽放新的精彩！

（作者系东莞广播电视台广告经营中心员工）

忆入台三年

李梦竹／文

要不是“追梦”征稿，我不会这么细细回忆我进入东莞广播电视台三年多来的点点滴滴。我还记得，2011 年 6 月 13 日，我第一次进台面试，坐在等候室里发短信给朋友诉说我的紧张。

如今，三年多的时光就这样飞快地过去了，我觉得自己仍不算一个优秀的员工。我只是一个平凡的员工，优秀是对那些屡创优异业绩的员工的“专利”。我不够优秀，对于那些优秀员工来说，我只是平凡的一员。但后来我想，优秀和平凡，应该不只是拿自己与别人进行比较，每个人都有自己的进步和蜕变，对于自己来说，那都是不平凡的经历。

突破自我的“烧焦味”

毕业后第一年，我进入东莞广电台阳光网，成为一名新闻编辑记者。对于专业半对口的我来说，自然会有一种对新工作的陌生感和彷徨感，但新闻工作的严谨和快节奏容不得我慢慢适应。

记得第一次采访突发事件，那是一家塑料工厂大面积起火。那天是临近下班的时候接到报料的，领导说：“梦竹，这个你去一下，赶紧去。”那时，我没有任何准备，虽然是第一次采访突发事件，却不能透露出一丝的彷徨，只能第一时间带上设备赶去现场。

由于台里临时安排不了车，起火工厂附近路段又实行封路，我只好乘坐出租车，在起火现场一两公里外下车，背着相机，蹬着高跟鞋跑去现场，那时我的脑子里只有一句话：“赶紧，一定要拍到现场的最新图片。”

到了现场，虽然消防员已经基本控制住火势，但熊熊的烈火还在燃烧，并释放出浓烈刺鼻的烧焦塑料的气味。为了更近距离地拍摄，我蹚着水进入消防员抢救现场，伴有泡沫和沙砾的水没过我的双脚，每走一步脚掌都被沙子硌得发疼。

当我带着满身的烧焦塑胶味回去发完一篇稿时，我反而有点喜欢这种刺鼻的气味，因为那是一种自我突破的成功的气味。

来自平凡的感动

思绪回到2012年的某一天，我从东莞广电台乘出租车回家，司机搭讪问我是在东莞台做什么工作的，我心想，又是一个以为在电视台做就一定是主持人的人。我没想回答得太清楚，就随便说是做网站的。他竟然说，东莞阳光网我经常看的。我不禁有点惊喜。作为一个或许学历不是很高的出租车司机，他或许一天有一半的时间都在车上度过，但他经常上阳光网，这让我觉得自己的辛苦付出都是值得的。

我又想起一位阳光网多年的忠实网友，几乎阳光网每一则新闻下面都有他的留言，后面必署名“华仔”，留言时间从早上七八点到凌晨四五点都有。后来才知道原来这名“网虫”是一名保安。我能想象到，或许他每天在巡逻或站岗时，一没事就拿出手机上阳光网。

以前我一度认为阳光网只是政府单位办公室闲时浏览的网站，但其实人的素质和对获取信息的渴望与人的职业无必然联系，而且正是这些职业见识面窄、获取信息途径选择少的网友，才是阳光网最忠实的网友。

这些网友，使我收获了自信与感动。那一年，东莞阳光网获得重重佳绩，晋升全国重点新闻网站，荣获“中国地方门户十大品牌奖”、“中国网络问政突出贡献品牌奖”等多个全国性奖项，并在今年中国地市新闻网联盟年会上继续喜获“2014 年度最具影响力品牌奖”。这些荣誉使作为它的一名创造者和经营者的我感到骄傲。

把握学习的机会

来台的第三年，我经历了工作上的小尝试、小转型，参加了调岗考试，调去了东莞广电台新成立的督查小组。这对我来说是一次难得的学习机会和挑战。以前当记者编辑，只要专注于自己业务的一亩三分地就行；而当督查员，则需要对东莞广电台的发展思路、实施措施以及各部门的工作有更全面的了解。这半年来，整理督办广电台各阶段的重点工作，拟写督查制度，组织开展台长见面会等，使我的大局意识和沟通协调能力有了进一步的增强和提高。所以我很珍惜这次学习的机会，我也很乐意在我还年轻的时候多尝试不同的岗位，学习不同的技能。

三年，感恩东莞广电台给了我成长的机会和平台。三年，感谢领导和同事们对我的培养和帮助。三年，我不知道我是否还算新人。三年，对于刚入行的那个丫头来说已经很长了，但对于漫长的职业生涯来说才刚踏出第一步，我希望前方的路是鲜花与荆棘并存的，并相信我能继续坚定地走下去。

（作者系东莞广播电视台督查小组员工）

追梦人生

周　楠／文

我是广播中心的周楠，生长在湖北的一个中等城市，一个有山有水的城市——十堰。这个城市有被称为“圣山”的武当山，有“南水北调”工程的源头汉江。比起这些，在十堰1 800公里之外的东莞，山小了很多，甚至算不上是山，只是个土坡，水也似乎不够清。

然而，2005年，张艺谋导演为东莞拍了“中国十大魅力城市”的宣传片，片中笔直的东莞大道、蔚蓝的天空、林立的工厂，深深地吸引了我。彼时25岁的我正站在人生的十字路口，是要一直在那个生我养我的城市老去，还是跳出井口看看外面的世界。

宣传片里的画面不时浮现在我的脑海里，我频繁地上网搜集资料，认真递写简历，然后就是如寻常般地努力工作……突然有一天，我接到了一个自称是东莞广播电视台主持人“秋天”的电话，说是请我于一周后到东莞广播电视台面试。她介绍说，从东莞汽车总站坐公交车到西城楼，那像天安门城楼的建筑就是东莞广播电视台。

一周后，我如期来到了这个城市，并且顺利地通过面试，随后便开始了在东莞广播电视台的工作。这是人生的一段新历程，一段完全脱离父母、自力更生的历程。

最初，我和同事们住在旧台后院的房子里，住宿条件确实简陋，那是几十年的老房子；夜里还会有“梁上君子”光顾，惊吓是肯定有的。但在一个半封闭的院子里，同事们一起吃住，有说有笑，和谐融洽，很多担忧也都在忙碌的工作中消解了……

那时的工作是与搭档楚风合作做汽车方面的节目。我当时是一个汽车领域的门外汉，对很多关于汽车的事情都一无所知，读书、找前辈请教都是必不可少的。但我很快就上手了，因此获得了不少掌声，随后便登上了大大小小的舞台。我在长途电话里都把这些消息告诉了妈妈，她总算放下了心头大石。

2008 年 9 月，在东莞，我幸运地找到了我的另一半。他在深圳工作，我们小两口是朋友眼中洋气的“周末夫妻”。我们一同享受着婚后的幸福生活，也各自以充沛的精力工作着，并继续收获着。后来他升职加薪了，我也在 2011 年获得了“我喜爱的广播主持人”的称号。

2011 年 12 月，在东莞，我们有了一个可爱的小宝宝，那就像一个带着翅膀的天使来到我们家。我们告诉宝宝，爸爸妈妈白天努力工作，获得了很多肯定；我们告诉孩子，努力工作让我们收获了肯定，肯定让我们变得自信和快乐；我们激励孩子，人生要努力，心有多大，舞台就有多大。

2014 年 12 月，我仍在东莞，仍在东莞广播电视台努力着，为自己、为孩子、为家庭而努力，也在不断地收获着……

（作者系东莞广播电视台《1075 直通车》主持人）

有梦就去追

张锦山（锦　山）/ 文

小时候，老师常常给我们布置的作文题目是“我的梦想”。现在想来，对于那些懵懂的孩童来说，写这篇作文时更像是随心所欲地描绘着一幅未来的图画，从科学家到清洁工，从军人到教师……大家把理想描绘得五花八门。和大家一样，我也写着类似的梦想，却唯独不敢提及那个在内心深处最为向往的职业——主持人。

在童年时生活的小山村里，广播、电视是人们生活中最主要的休闲娱乐方式，它带给了我太多的新奇与快乐。或许就是从那时起，这颗美好的种子便深深地扎根在我心底了。

2000年，在那个春暖花开的时节，家乡的电视台招聘主持人，我幸运地成为被选中的那一位。

2007年，我的另一个梦想实现了——在东莞广播电视台工作。幸福来得太突然，梦想成真的喜悦像海潮一样淹没了我。对于许多北方人来说，南方就像成熟的荔枝，鲜美得充满诱惑，尤其对于从小就没有离开过北方的我来说，对南国的向往更是由来已久。

我还清晰地记得，从家乡出发来东莞广播电视台报到的那一天，正碰上北方五十年不遇的大雪，漫天的雪花肆意地飞舞，刺骨的寒风频频袭来，寒冷凝固了站台上亲友们的眼泪，同时也凝固了一个寒冷的记忆。

经过六个小时的飞行，我终于下了飞机，来到东莞。明媚的阳光、和煦的春风让我仿佛置身于梦境之中。满眼的绿色，或浓或淡，仿佛连呼吸都变成了绿色，阳光洒在身上暖洋洋的。那一刻，我便爱上了这个城市。

八年时光匆匆而过，在东莞广播电视台工作和生活的这些日子里，每一天都记录着我的成长和蜕变，我也亲历了它的发展与壮大。

那时候，我对新的环境、新的岗位一无所知，但通过一点一滴的学习，渐渐地融入了这个大家庭；那时候，我们几百名东莞广电人还挤在一个并不宽敞甚至有些破旧的楼房内，如今，美丽的东莞广电大厦拔地而起，我们的工作环境宽敞了，心也舒展了；那时候，我从民生节目《市民热线》开始充实自己，到新闻节目《阳光故事汇》不断磨炼自己，再到音乐节目《岁月留声》发掘新的自己……我坚信有梦就要去追，我执着地寻找着自己的目标，并享受着这个过程中的艰辛与快乐。

人生就是一条不断延伸的道路，行走在这条路上的我们，从容也好，焦急也罢，都是因为在或近或远的前方有着一个或大或小的目标，正是因为有了这样一个目标，我们的人生才变得更美丽，我们才能获得许多意想不到的惊喜。

美丽的梦不能只是幻想中的城堡，必须一砖一瓦地加以建砌，使其成为现实。梦想必须建立在执着、汗水和努力之上，在东莞广播电视台这个大舞台上，为了心中的梦想，我们像小草一样破土而出，像溪流一样勇往直前，像雄鹰一样划破长空……

（作者系东莞广播电视台《岁月留声》主持人）

正是人生好时节

郑旭飞／文

落笔时才惊觉，我来台已经八年了。在东城南路那个墙壁斑驳的东莞广电老院子里，我经历了人生中最重要的转变，从浮萍孤身到为人妇，为人母。而今，儿子都已经六岁半，是一年级的小学生了。人生能有几个八年呢?

有时开着车经过东莞广电老楼，我总会想起那时候几个人挤一张办公桌，共用一台电脑的日子；想起一个月工资下来，还完车贷房贷，买好儿子奶粉就所剩无几的日子；想起那时候自己各种不成熟的过往，心里都会暗暗感慨。光阴把这一切都尘封在老楼里，像一幅幅老照片被压在箱底，存于记忆，提醒着今天的我学会珍惜与感恩。

我是2014年下半年来到《精彩一周》总编室的。像在新闻中心一样，现在的我仍然经常忙于采访写稿。不同的是，以前的采访大多是对外的，而现在的采访对象基本上都是同事；以前采访要跟摄像记者一起出去，现在是自己采访、摄影一肩挑；以前基本上都在外面跑采访，回到台里只是写稿，现在的时间大多在台里，有机会跟着同事学习写公文，并参与“漫博会”等大型活动的协调工作，学习跟进《精彩一周》的招投标项目……

当把目光放在台内时，我才惊讶地发现，原来台里有很多同事我竟然都叫不出名字，原来跟他们在一起的时光是如此有趣。我喜欢在工作之余，跟着同事一起跳《小苹果》，我喜欢跟着大家到“精彩情缘驿站”茶餐厅去聚餐吃水煮鱼，我喜欢站在东莞广电大楼里和大家一起拍出美美的合影，然后发到微信上看朋友点赞。我喜欢安享同事之间温暖的情谊。

34 岁正是很多人特别纠结的年纪，一边是马云，一边是星云，前者督促着人们要忘我打拼，催人奋进，后者却提醒着大家幸福的本源在于家园和美，内心宁静。很多女人在工作与家庭的天平两头摇摆不定。我的幸运在于我可以兼顾工作和家庭。每天晚上，我可以和儿子一起坐在书桌前，他写他的作业，我写我的采访稿。

儿子是上天的恩赐，也是我这辈子最甜蜜的责任。相比幼儿时期对父母的完全依赖，青少年时期的青春叛逆，此时的他正处于跟父母相处最为融洽的阶段。他会在我休息的时候，把电视声音调到最小；他会在我购物的时候，主动伸手来拎东西；他会在我开车的时候，帮我接听手机……

我们家住金地格林小城，儿子知道小区对面那座蓝色的大楼就是父母工作的地方。他常常用小手指着大楼，告诉身边的小伙伴：“那是我爸爸妈妈上班的地方，里面可漂亮了！”言辞之间的眉眼神色无不透露着他心底的自豪。

我们是双职工，两个外地人最大的梦想无非就是在东莞安家扎根。很感恩，在东莞广电台的帮助下，我们已经圆梦。如今，打拼的异乡已成为我们的第二故乡。有时，我巴不得时间能够停留在现在，因为现在生活安稳，工作舒心，家里老人健康，孩子茁壮成长，我们也在各自的岗位上不断成熟。现世安好，岁月静美，若光阴能长歇于此，那该多好！在单位忙碌充实而不失自我，回家看到孩子就心生欢喜。对于女人而言，幸福其实就是如此简单啊！

然而，时间不会因为我的不舍而止步，它始终匆匆前行，督促着我们心怀憧憬，奋力奔跑。在新的起点，让我们把新的梦想植入时光，用汗水浇灌，在下一个十年，栽培出更甜美的果实。

（作者系东莞广播电视台总编室员工）

生活随感

蔡先艳 / 文

时间过得飞快。一眨眼，东莞广播电视台就要十岁了，而我融入这个温暖的大家庭也快十二年了。

2001 年之前，我在粤西大山区某个县级市的广播电视局谋生，月薪 1 500 元。那里的生活没有色彩，成天无所事事，有种碌碌无为、坐吃山空的感觉。为了改变这种状况，我于当年报考了北京广播学院播音系干部专科班。之后的两年，我对生活充满了激情，每天学习、运动、与朋友高谈阔论，日子过得飞快。等到毕业季，我才突然发现，工作还没找到，孩子却已经出生了，小家庭家徒四壁，父母年迈，病痛不断，每个月都需要医药费。仔细盘点，我居然背负着几万元的债务。一时间，我感到心情沉重，困难重重。

2003 年 4 月，一个偶然的机会，我来到了东莞，走进了东莞电视台。我见到的第一位台领导是李树祥副台长，几句简单的询问之后，他说："你可以留下来试试!"从此，我的生活改变了。很幸运，真的，我觉得自己很幸运。

眨眼间，我在这个集体工作生活了已有近十二个年头。这十几年来，我当过摄像师，做过新闻主播，现在是一名记者、编辑，生活忙碌而充实。

市行政广场从奠基到落成，我在现场；

从松山湖挖开第一铲土到几乎整个园区的建成，我在现场；

东莞领取“国际花园城市”的牌匾，我在现场；

东莞摘得“全国文明城市”的称号，我在现场；

从轨道交通二号线破土动工到隧道贯通、列车进场，我在现场……

进入东莞电视台时我27岁，风华正茂，而今我年近不惑，头顶已经生出了白发。有人问我，媒体人是不是很累，很辛苦？我说，是有点忙，也很累，但是活得很精彩。我们能接触形形色色的人，有很多朋友；我们能接触各种各样的事，眼界开阔；我们在为一个伟大的时代而鼓舞与欢呼，我们的足迹与时代前行的脚步融合在一起，这难道不是一种幸运？

我是一个平凡的人，日常所关心的不外乎工作、生活和家庭。2005年，东莞电视台整合为东莞广播电视台后，我的收入水平有了很大的提高，经过短短几年的积累我便买了房子，买了车。特别是在台领导的关怀下，我的户口编制问题也解决了，老婆孩子随迁东莞莞城。随后，老婆在市区找到了一份还算不错的工作，孩子也顺利入学，我也了了后顾之忧。我的父母前后做了几次手术，同事们都来嘘寒问暖，尽心尽力。

回想起这十几年来发生的点点滴滴，我真的很感谢东莞广播电视台这个充满人文关怀的集体。这里就像是一个大家庭，同事们相互帮助，相互关心，和衷共济，风雨同行！

现在我的生活丰富多彩，上班认认真真做事，下班后找朋友们聊聊天、喝喝茶，说些读书心得，或者跟老婆孩子去看看电影、尝尝美食；节假日和朋友们一起去玩玩摄影、骑骑单车……没有烦恼，更没有忧愁，活得安稳而踏实。

突然想到单位旁街道边上的那一排大树，虽然经过那么多风雨洗礼，但它们却总是那么葱郁，那是因为它们的根扎得很深，勇猛精进间，自得圆融和谐。其实，人也一样，只要勤勉踏实，认真对待身边的每一个人，认真做好每一件事，余下的何须多想？

（作者系东莞广播电视台新闻中心记者）

《今日莞事》记者采访

坎坷路上，
阳光温暖依然

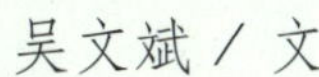

吴文斌／文

2015 年的第一天，碧空如洗，万里无云。小区的花园里弥漫着不知名的花香。

我抱着刚满五个月的“七七”小朋友出来晒太阳，阳光晒在身上特别暖和。小“七七”也特别兴奋，咿咿呀呀地不知道在说什么，笑容也特别迷人。沉浸于这美好时光，我特别享受，特别知足。

回首往事，人总是对起点处的事记忆最深。

2010 年是我来东莞的第十个年头。那年，在黄永贵台长等领导的见证下，在同事朋友们的簇拥中，我组建了自己的小家庭。随着妻子怀孕，我天天掐着指头算宝宝降生的日子，憧憬着未来的美好生活。

可命运往往喜欢作弄人。妻子怀孕六个半月时，在一次例行 B 超检查中，东莞市妇幼保健院的医生一脸严肃地说：“胎儿发育有问题，胸椎第七节到第九节出现高度融合，建议进一步确诊。”

消息犹如晴天霹雳，我和妻子都不敢相信自己的耳朵。这怎么可能？怎么会这样？我们都有去做婚前检查，而且按期产检，之前都没发现问题，甚至连吃饭、走路都小心翼翼，突然说胎儿发育异常，他们是不是搞错了？

胸椎融合？我们听都没听说过。回家后，我像发疯了一样，不知所措。

为了弄清楚这是怎么回事，当天下午，我就带上妻子赶到广东省妇幼保健院重新做了一次B超检查。然而，命运仍是那么的无情。医生说："考虑到胎儿目前的状况，出于现实考虑，也是为孩子未来着想，建议你们放弃吧。"放弃？六个半月了，再过十多天都可以引产了，竟然要我们放弃？天啊，怎么会这样？

回东莞的路上，妻子和我一路无言，泪水不停地在眼眶里打转，世界仿佛就这样停止。到了家里，实在是忍不住了，我和妻子坐在床边抱头痛哭，一遍又一遍……

然而现实总需面对。一周后，我在引产手术通知书上签了字。那天，我站在手术室门口，内心无比自责：是我亲手送走自己的孩子，作为父亲我怎么能这么狠心呢？

在手术室里，我见了孩子最后一面。为了避免刺激妻子，我至今没告诉她当时那个场景。因为我知道，这对她而言打击会有多大，伤害会有多深。接下来的几天里，病房里来了许多同事，他们轮番来安慰我们，鼓励我们要坚强。

很长一段时间以来，妻子神情木讷，喃喃自语："爸爸，你别担心，我们家宝宝身体不好，但他跟我说了，他只是去天堂晒晒太阳，促进钙的吸收，促进骨骼生长，一会儿就回来找我们！"她的话还没说完，我已经泪流满面。

出院当晚，李娜副台长打来电话，叮嘱我好好照顾妻子，安抚好她的情绪。我已经不记得当天谈话的具体内容了，只记得不停地说："我们家宝宝身体不好，他只是去天堂晒晒太阳。"其实那时，我已经泣不成声。

亲爱的孩子　你走了
走得如此匆匆
我知道你一路哭泣

就让我陪你走一段吧
不要问我来自何方
我就在你的身旁
不会让你孤单
亲爱的孩子　你走了
走得如此悲伤
你哭着说路上太黑
就让我为你点燃烛光
不要再问我是谁
我就是你的亲人
照亮你去往天堂的路

——《天堂路上的孩子》

每每读到这首为汶川大地震中离世的孩子而写的诗时，不管时间如何冲淡，不管多少次说不再回想，但深藏在我内心的那种悲痛和忧伤依然会被触动。因为我亲爱的孩子也在天堂，他正在那里懒懒地晒着太阳！

在那段日子里，我沉浸在极度的痛苦中，经常神不守舍。有一天，我梦游般地走进电梯，刚好碰到黄永贵台长，他跟我说："文斌，我已经知道你们的事，别想太多，好好照顾你的另一半，让她保重身体，有些事情大家都不想发生，都不愿意看到。"黄台长温馨的话语、关爱的目光，驱散了我心头的寒冷，也让我感受到浓浓的温情。

时过境迁，转眼间到了2012年，妻子再次怀孕，这让我欣喜若狂。然而在查出怀孕后的第十天，不幸的事情再次发生，胎儿突然流产了。这让刚刚走出阴霾的妻子和我又陷入了无尽的痛苦，悲伤的阴影再次笼罩。

然而黄永贵台长的一席话，让我再次感受到东莞广播电视台大家庭的温暖。"其实你不知道，我有一次在国外出差突然晕倒被人送进医院，最终被救了过来，好几次都与死神擦肩而过，我都能从鬼门关走回来，你们怕什么呢？所以，你们要养好身体，毕竟你们还年轻，别太担心！”

从台里出来，我开车载妻子回家，初冬的东莞已有寒意，但那天上午阳光明媚，透亮的空气中晕染着一抹暖色。

2014 年 8 月 2 日，刚好是农历七月初七，俗称“七夕”。很久没有做现场报道的我按捺不住内心的激动，以短信方式发布了一则特别消息：“各位领导亲朋，经过解冉锐同志三个小时的不懈努力，今天上午 11：01 顺产诞下八斤二两的‘七夕宝宝’一名，母子平安！”

不一会儿，“嘀嘀”、“嘀嘀”的手机短信提示音此起彼伏。掏出手机一看，都是满满的祝福，其中第一条竟然是黄台长发来的短信：“可喜可贺，今日头条：可发‘牛郎下凡间，织女来相会’了！”

微风吹过脸庞，树上传来的几声鸟鸣，把我的思绪拉回现实当中。是啊，从 2000 年到 2015 年，岁月令我们从 20 出头变成了 30 出头，又从 30 多岁走向了 40 多岁。过去的那些日子里，我身边发生了许多让人唏嘘的事，而我在成长的过程中也去了很多未踏足过的地方，改变了很多既定的思维习惯，放下了很多背负许久的思想包袱，也遇见了很多影响我一生的好人。

2014 年已经过去，2015 年又将是崭新而充满希望的一年。

（作者系东莞广播电视台总编室副主任）

我们在追梦

王明照／文

凌晨三点
我们在户外舞台调整着灯光
我们开始追梦……
清晨六点
我们在广播总控室转播央广新闻
我们在追梦……
早晨八点
我们在电脑机房修理损坏的电脑
我们在追梦……
下午四点
我们在演播厅为直播节目检测系统
我们在追梦……
晚上八点
我们在电视播出机房观测直播信号
我们在追梦……
凌晨十二点

我们在水濂山发射台检修发射机
我们在追梦……

虽然你不曾在广播中听过我们的声音
虽然你不曾在电视上看过我们的样子
但我们依然在追梦……
我们在你看不到的地方
为动听的广播贡献着一分力量
我们在你看不见的地方
为精彩的屏幕增添一点荧光
为了梦想……
我们一直在追梦……

（作者系东莞广播电视台技术中心员工）

左起主持人：马冬、邹炎青、邓菲

第三篇章

创志

TH
2005—2015
缤纷十载
播放精彩

一个圆梦的舞台

胡传华（楚　风）/ 文

十年前，一片从未踏过的热土，我只身前来。当人们都在说南方不再具有诱惑力的时候，我毅然决然地来了，带着一份憧憬，更带着一份责任和勇气。

我常说，我是一只雁，高山是家园，天空是乐土。长着一副不屈的骨骼，练就一双坚硬的翅膀。我喜欢飞翔，不懈地飞翔，回环往复，无拘无束，呈现给大地强健而孤傲的投影。不畏风的袭击，藐视云的阻挡，在阳光下起舞，在雨雪中歌唱。在我的眼里，没有艰险，没有阴郁，只有高傲，只有飞翔，向着更高更远更深邃的地方。

既然志存高远，何不好好试水？刚来到东莞广播电视台这个大家庭时，突然觉得这里人人都很忙碌，忙着自己执着的追求。我该从何处着手？我决定从自己最熟悉的交通和汽车行业做起。恰好台里缺乏汽车类节目，我想这应该是最好的突破口了，毕竟这里汽车市场异常繁荣，了解到最新的市场信息才能更好地服务听众。每款新车到来，我一定是第一个观赏者、试驾者，这样可以突出广播节目的“新、快”特色，拿自己最新的驾乘感受来与听众分享，在很短的时间内便收获了一批铁杆听众。有了这些挚友，还要与他们进行更好的互动，可互动活动需要资金支持。我又想：“何不把节目活动与汽车经销商活动结合起来?”这个想法得到我台领导的支持，也得到客户的认可，还吸引了听众积极参与，一个个形式各异的汽车活动陆续展开。

来台的几年里，在台的支持以及同事们的协助下，我先后推出了“金猪闹新春”西冲自驾游、迎奥运环湖长跑、西藏之旅等20多场活动。其中2007年的迎奥运环湖长跑活动，报名参与人数达6 000人，上至60多岁的退休老人，下至八九岁的小朋友，甚至还有外国友人的积极参与，东莞籍的奥运冠军曾国强也应邀亲临助阵。仅仅十来天的宣传，便邀来几千人的竞技长跑，充分展示了我台的号召力，不仅为我台创造了良好的社会效益，而且带来了丰厚的经济效益。

2009年的西藏之旅，吸引了多达8 000人的热情参与，经过逐一筛选，最终16位勇士收拾好行装，浩浩荡荡挺进珠峰。这不仅仅是一次自驾游，更是一次传递了勇往直前的精神的活动。明知前方道路崎岖，明知高原反应会折磨人，可我们还是一往无前。为了提高节目收听率，创新报道形式，我坚持每天通过电话连线，将所见所闻、所思所想通过语言生动地再现给听众，并且每天出题目与听众互动。就这样，我们和广大听众一起见证了一路的心酸，一路的欣喜，彼此间靠得更近了。回到东莞，我们受到英雄般欢迎，这激发了敢于挑战的人们的热情，一批又一批勇士陆续踏上征程……

一次次活动的顺利开展，不仅锻炼了我的组织能力，还激发了我的活动热情。我们曾经邀请北京奥运冠军张娟娟来莞参与城市寻宝大赛，曾让广东宏远篮球队队员与听众一起投篮赢取汽车；在西冲海边，在海拔5 200多米的珠峰大本营留下了我们的欢声笑语；在超市限时抢购物品，在节油比赛现场我们竞争且快乐着……

这是一个活动的舞台，也是我来到东莞创业的人生舞台。也许这就是我执着地来到这里，放开手脚施展的原因。人生有梦，何以圆梦？也许我找到了答案。

在这里的每一年，充满着惊喜，也在不停地收获。不管是对东莞广播电视台来说，还是对每一位员工来说，每一年我们都在付出，而这些付出也换来了太多的收获和荣耀。当然这一切归功于每一位同事通宵达旦的辛勤劳作，归功于每一位广电人孜孜以求、不断忙碌的身影。我为自己是一名东莞广电人而自豪。

东莞广播电视台自成立以来，不断创新发展，凭着稳健务实的作风、锐意开拓的精神，广电人创造了太多的奇迹："3·28"台庆系列活动，几乎让每一个东莞人都重新认识了东莞广电，我们"追求精彩、创造精彩、奉献精彩"。我们的声音、我们的形象通过广播、电视、网络三大媒体时刻展现给受众，也从这一刻起，东莞主流媒体的强势地位日益凸现。为记录东莞市改革开放成就而推出的"十个一"工程；为检验队伍素质而进行的编辑、记者、主持人大阅兵；为满足多层次的观众需求而实行的广电数字电视整体转换，每一个动作都让我们的优势和强势得以展现。

身处广播中心，50 多个人是三套广播节目的生产者，迅捷的资讯，轻松动感的音乐，再辅以让司机保持一路好心情的交通信息，使我们两个频率的收听率在东莞上空占绝对优势。我们这个部门的人虽然不多，可都来自五湖四海，交融的文化和个性，使这群广播人坦诚相待，团结奋进。每个主持人都把自己的前程与东莞广电的出路捆绑在一起，同呼吸，共命运。每一个活动现场，广播主持人走到哪里，哪里的欢呼声就高，广播人的明星梦正在逐渐实现。

而所有这一切都得益于东莞广播电视台给我们搭建的良好的舞台。这个舞台有多大，能够演绎怎样的精彩，就看每个人的创造和奉献。

就我个人而言，我认为这是一个自由、广阔的舞台，只要你有能耐，有勇气，这里就可以让你使出十二分的力气，这里就是你实现梦想的大舞台。

我喜欢展翅，我必须展翅，因为我有一颗宏大的心，我愿意成就雁群效应，让一路相随的朋友轻松翱翔。这是我的责任，更是我的荣幸！我深信：责任可以成就生命的辉煌。

飞翔中，我只记得：天空里有我！

（作者系东莞广播电视台《1075 直通车》主持人）

阳光路上

朱健飞 / 文

2014 年 12 月 24 日，又是一个平安夜。经过两个多小时的车程，我们一家三口回到了清远老家，夜已深，人已静。女儿明天就要满四周岁了，特意赶回去跟老爷子一起过生日。由于舟车劳顿，把小家伙往床上一放，她就睡着了。我刚安顿好，老妈唠叨了几句就走开了，泡了一壶茶，思绪自然地回到了四年前的平安夜，一个足以让我铭记下半辈子、对我和妻子来说极具纪念意义的夜晚。

我并不是崇尚西方的圣诞节，但 2010 年的圣诞节前后正是我妻子的预产期，我沉浸在准备当爸爸的喜悦和紧张当中，还为此特意请了年假，随时候命。不巧，台里这时推出一批正职岗位进行公开竞聘，其中，阳光网站总监的岗位赫赫在列。做了十一年电视人，去竞聘做网站的负责人，对自己来说的确是一种挑战。所以，经过思考并征求家人的意见后，我一边准备妻子的待产工作，一边积极竞岗。在这个人生的交叉点，我迎来了一个难忘的平安夜。

还记得当天晚上 11 点，我和妻子在医生的要求下来到了医院。产科医生根据经验判断孩子后半夜就要出生，我便马上办好了入院手续。然而，好事多磨，小家伙迟迟不愿出来，我一夜没睡，妻子也在断断续续的阵痛折磨中过了一个平安夜。第二天，生产继续。由于胎位不是很理想，而且妻子的痛点特别低，进度很慢。虽然医生已经做好了剖腹产的准备，但是妻子一再坚持顺产。看着妻子的脸色由青到白，又由白到青，我有劲也帮不上，心里只有无比的心痛和说不清的滋味。妻子从早上9点多上产床，一直坚持到晚上7点37分，整整十个小时，女儿才终于呱呱坠地。

心头大石终于放下了，我才发现自己已经二十多个小时没合眼了，加上刚做父亲那种不知所措的心情，此时脑袋里一片空白，我下意识地拿起电话给黄永贵台长报了喜。黄台长在电话那头非常高兴，并告诉我当天正是东莞阳光网五周年的员工聚会，大家一起为我们道喜。

可能这就是缘分，女儿出生的一周后，我正式加入了东莞阳光网的大家庭。

2005年12月28日，乘着互联网的东风，我台领导班子做出英明决策，正式推出自己的网络媒体——东莞阳光网。从此，这个叫作“阳光”的网站在东莞网民心中慢慢生根、发芽、茁壮成长，逐渐成为东莞人民获取资信和服务的第一网络平台，成为东莞第一综合门户网站。我也在这期间成为东莞阳光网的忠实粉丝，注册了用户，每天从这里获取资信、参与互动，在“阳光”里冲浪，感悟到地方门户网站资信的快速、海量和高贴近性。

从网站忠实用户变成网站管理者，是缘分，也是恩赐。记得当时，我刚从沙田文广中心挂职期满回台不久，初任总监，就像被扔进了汪洋大海，自我感觉太渺小。我不懂生产流程，不懂网络技术，不懂策划营销，不懂美工设计……这里什么都是新的，新同事、新工作、新领域，过往的知识怎么都不够用，虚心学习是唯一的途径。然而我是幸运的，这里有良师和很好的伙伴。

记得到网站的第一天，我还在对着平常熟悉的阳光网发呆、不知道从何入手的时候，电话铃响了，电话那头传来了凤姐的声音。她猜到了我的彷徨，告诉我先从新闻抓起，这是我比较熟悉的领域，然后指点我重点看哪些地方，如何开展工作。就这样，我每天就像上满发条的机器一样，与网站的同事们一起研究业务，一步一步上路了；就这样，我完成了从电视人向网络人的转身，虽不华丽，但很实在。

进入网媒，新鲜感过去后便逐渐感受到网络人的辛苦。之前做电视也苦，扛着摄像机在前线冲锋陷阵，回来马上编辑制作赶播出，真实性的考验、时效性的紧迫、客观性的检视，都具有无形的压力。借用李娜副台长的话，“做电视新闻容易得胃病”。原因是，新闻播出的时候通常是饭点，边吃边盯着审核了数遍的电视画面，还担心出错接到上级的电话。我是做电视新闻的过来人，非常清楚，这个时候哪有心思吃饭？不得胃病才怪。但有别于电视，网络是非线性的，具有无处不在、随时更新、全时在线的特点，有任何事情，无论是早是晚，甚至是三更半夜，都必须第一时间处理。如果把电视比喻成“星巴克”，可以定时、定点服务，那么网络就是“7－11 便利店”，24 小时在线的状态是网络人的工作写照。

线上资信丰富，线下活动也精彩纷呈。阳光网每年为网友举办的各种大小活动超过百场。从“阳光周末”到“英语口语大赛”，从“社区运动会”到“阳光试玩团”，从“重走东纵路”到“千人健步走”，从登黄旗、登水濂到登上 6 000 多米的珠穆朗玛峰，阳光网创造了一个接一个的活动品牌，而这些都是由网站的 60 多个人来完成的。

还记得我在网站参与组织的第一个大型活动是“第三届东莞市英语口语大赛”，由于那是我刚到网站的第一年，没经历过这个比赛，只知道是2009 年开始创办，有一定人气，也没放在心上。但是，由于一开始缺乏部署，场地安排不周、信息审核不及时、人员未到位等问题接踵而至。更可怕的事情是，大赛人气高，数千人参与选拔，不但是选手之间的较量，还引来大批家长关注的目光，这些对于大赛的组织人员来说压力倍增。大赛开始阶段便麻烦不断。幸好有玲姐、柳媚、谭晶等对赛事非常熟悉的好帮手，后半程得以在网站全体人员的通力合作下顺利开展，并且成功举办了决赛，较圆满地结束了此次比赛，并为后来大赛的品牌效应打下良好的基础。经此一役，我真切地感受到网站工作的细致与网站员工的不畏辛劳。

苦尽必甘来，而且这种喜悦是最令人珍惜和回味的。

2012 年 3 月，阳光网踏入第七个年头，阳光网人迎来了最珍贵的回报：国务院新闻办颁发了“互联网新闻信息服务许可证”，“东莞阳光网”正式成为国家认可的新闻网站，成为广东省十大新闻网站之一，圆了地方门户新闻网站的梦想。这是一种认可，是对付出辛勤劳动者的最大褒奖，着实使阳光网人欢欣鼓舞、士气高涨。在这种精神的鼓舞下，阳光网不断进取，影响力不断向莞外辐射，2013 年荣获“全国十大地方门户品牌”大奖。

进入 2014 年，移动互联网进入了前所未有的快速发展轨道，移动互联网用户超 6 亿。8 月，习近平总书记主持召开中央全面深化改革领导小组第四次会议，提出了媒体融合的发展思路，掀起了新一轮的媒体改革大潮。

2014 年 10 月，国庆假期刚过，我台新闻采编与新媒体部门机构改革方案重磅推出，吹响了新一轮媒体融合的号角。身处改革浪潮，我深刻地体会到一个新的媒体时代即将到来。而在这个新的征程中，我迎着朝阳重新起航。

（作者系东莞广播电视台阳光网站总监）

微电影《禾雀花开》获英国首届华语微电影节最佳影片、最佳摄影奖，主创人员赴伦敦领奖现场

圆梦第六城

李　勃（李　想）/文

缘分，浅得就像雨后的路面，看似汪洋一片，却禁不住时间的考验；我们的缘分，深得就像下一秒的时间，滴答之间没有终点！

2008 年 6 月，我有幸加入东莞广播电视台，家人、朋友、同事中有许多人不理解我为什么会放弃省台而选择来东莞，我告诉他们：请相信我的选择，时间会是最好的证明……

东莞广播电视台为我提供了很好的平台，广播中心给予我成长的良好环境和发挥特长的空间，当然还要特别感谢黄永贵台长在我最迷茫的时候给予我信心和力量。依然清楚地记得，我在东莞广播电视台即将结束三个月试用期之际，因为心急没有节目上而几乎想放弃，并草率地递交了辞职信。2008 年 9 月 26 日下午 4 点，黄永贵台长把我叫到他的办公室，一杯清茶温暖人心，他语重心长地对我说：应该多花些时间了解和适应东莞台，东莞台正处在上升发展阶段，新大楼正在建设中，今后无论是硬件还是软件方面都会为主持人提供更大的舞台……

这一番谈话让我坚定了留下来好好发展的决心，之后我也成为《天南地北 · 城市漫游》、《快乐双子星》、《传情歌飞扬》、《全国汽车音乐榜》等节目的制片人和主持人。更让我意想不到的是，来台后，我先后获得2011年度和2012年度的“听众最喜爱的十佳广播主持人”称号。当我站在领奖台的那一刻，我感触良多：如果没有当时与黄台长的一席交谈，就没有现在我所拥有的这一切；如果没有黄台长当年的“不放弃”，就没有我今天的荣誉与收获。是东莞广播电视台给了我一方最适合自己的“舞台”！

2012年10月28日，由我的听友自发组织的粉丝后援团“想乐会”正式成立，并且推出了“有情有义有幸福，相亲相爱想乐会”的宣传口号。粉丝们把“想乐会”当成自己的“幸福家园”，大家在这里一起互帮互助、共同成长。2013年10月28日，我的粉丝后援团“想乐会”在东莞广播电视台的完美大舞台迎来一周岁的专场生日PARTY。在舞台上，我与支持我的粉丝一起切蛋糕，互送祝福，共度这幸福时刻。

2014年“想乐会”的2岁生日，没有蛋糕，没有鲜花，也没有像1岁生日那样登上绚烂的完美大舞台，取而代之的是简单而温暖的生日爱心聚餐。此次生日聚会以“爱心公益聚餐”为主题，特别选择在单亲爱心妈妈“肥姐”的火锅店以午餐消费的方式为“地贫爱心妈妈”奉献爱心。当天，近百位从东莞各镇街及深圳、广州、惠州、中山等周边城市赶来的听友粉丝，为“想乐会”的2岁生日送上了祝福。大家更希望借此次活动为肥姐和她的孩子治病尽绵薄之力。那天，我在心底也默默许下心愿：希望我和我的听友粉丝们可以度过更多个属于“想乐会”的生日。我很欣慰，东莞广播电视台让我和听友们走到了一起，与他们相识、相知并共同成长。我能够感受到这个团体的日渐壮大和每一位成员的友善、热情、坚强、宽容，更能时刻感受到听友们给予我的信心和力量。无论在开心还是失落时，每当我想到你们，就会满心欢喜、信心满满、重拾能量。

我是如此幸运与幸福，来东莞快七年了，我在东莞广播电视台得到的听众粉丝们的关注与支持比在之前任何一个电台都要多，我所收获的感动与力量也要比在其他电台多得多。到目前为止，我以16万的微博粉丝量和近3万的微信粉丝量成为东莞广电“最富有”

的主持人。这两个数字代表了听众关注的焦点和期许的力量，这些数字还会不断刷新，更将是我不断前行的动力。这一刻，我想真诚地对支持我的每位朋友道一句：感谢！

当我写下这段文字的时候，我正在为参加东莞广播电视台的入编考试作准备，其实最后能否入围已不再重要，因为我的心已被深深留住。我想衷心感谢东莞广播电视台给予我现在所拥有的一切幸福和荣誉，让我不再是匆匆过客。我想大声地说一句：我爱有我声音飘荡的第六座城市——东莞。东莞广播电视台是让我生根发芽、开花结果的肥沃土地，东莞是让我圆梦的幸福之城！

（作者系东莞广播电视台《全国汽车音乐榜》主持人）

《窗外星空》粉丝团活动

人生
有多少个十年

张洁锋／文

最近突然想起港剧里面出现过的一句台词：“人生有多少个十年？最紧要的是活得痛快！”后半句话暂时没能引起我的注意，因为人生活得痛快与否，岂可如今就下定论。反观前半句话，倒是引起了我的思考。

十年，可看作人生的一个阶段、一个路口，蓦然转过身去，就从昨天到了今天。

不知不觉间，我加入东莞广播电视台这个大家庭已有十年的时间了。十年的时间，让我从刚出校园的青涩，带着满腔热情，走向社会，到如今的冷静成熟。虽然感知时间的飞快，但不得不承认，这是一个成长的过程，是一段值得回忆的日子。

最近几年，我主要负责制作情感类节目《家园故事汇》，这档节目真实记录了别人家的故事，如情感纠葛、经济纠纷、亲子沟通等。当然，这些故事大部分不见得都会有好的结果，即使它满足了很多观众朋友的猎奇心理。犹记得刚开播时，我的一位同事在后期制作时提道：“锋锋，这些天制作这种类型的情感节目，让我整个人都变得患得患失，我觉得我应该去看看心理医生。”我当时一听，觉得这个同事跟我想得一模一样，他天天制作节目尚且如此，更何况天天参与审片的我。可我认为，正是这种类型的节目，才可以让观众朋友深刻思考，更懂得珍惜现在的生活，珍惜身边的人。作为媒体人，我们本来就有一种不可推卸的责任，比如如何传播正能量，于是，我们节目组策划了一系列的公益活动——“微幸福计划”。

2013 年 6 月，我们栏目与东莞阳光助学社一同带着一批爱心物资前往距离东莞 1 200 多千米的贵州省罗甸县边阳镇，去探访那里的贫困学生。破败不堪的泥砖屋、三餐不继、疾病缠身、父母亲情的缺失、对未来的迷惘，生存和生活的重担压在他们瘦弱的肩膀上，这是真实的记录，触动着我们很多人的心。原本属于天真无邪的年纪，我们却很难在他们的脸上看到毫无顾虑的笑容。当时，让我印象特别深刻的是我的一位助学社的朋友拍摄的照片中的一个瘦小的女孩，她叫吕祖传。之所以印象深刻，是源于她漂亮清秀的脸孔，源于她瘦小的身躯。朋友说，这个小女孩坚强得很。之后的一段时间，我都是从助学社的朋友那里获取有关她的信息。

同年 9 月，我带着摄像人员，再次踏足贵州省罗甸县边阳镇，探访新民小学和油沾小学的学生。在那里，我终于亲眼见到了祖传。前往祖传家里拜访的时候，已接近傍晚。大山里面一到了晚上，路就特别不好走，我们摸黑去了她家。破败的房子，昏黄的灯光，白发苍苍的奶奶推开了门，一个纤瘦腼腆的女孩躲在门后面，尽管很黑，但我知道，那就是我要找的祖传。匆匆跟祖传爷爷奶奶聊了几句后，我就正式开始对祖传进行采访。吕祖传，12 岁，罗甸县边阳镇人，新民小学五年级学生，爸爸自杀身亡，妈妈改嫁，有一个姐姐，姐妹俩与祖父母相依为命。简单地问了几个问题，了解了祖传的基本情况，让人不胜唏嘘。当聊起她爸爸时，小女孩止不住的泪水打动了在场的人。我问她：“想爸爸的时候，你会做些什么？”她说：“我会拿着照片看。”我拿起她平时看的照片，据我了解，这是她家仅有的两张照片。可是在上面，我并没有看到她爸爸。当时，祖传指着照片上她妈妈身旁的空位，跟我说："想爸爸的时候，我就看照片，想象他抱着我的样子。"祖传接着说："姐姐，我觉得我都不会快乐。"我顿了一顿，问她："你觉得这种不快乐会有多久？"她看了我一眼，说："我觉得会很久很久……"山上的虫鸣声为这个寂静的夜晚增添了许多复杂的情绪，那一刻，我只能静静地抱着她，给她一点温暖。

第二天早上，当我们再去祖传家拜访的时候，我们在路上遇到了一起去扛猪草回来的祖传和她奶奶。负责带领我们的当地的村主任跟我说，祖传身上背着的猪草差不多有 60 斤。60 斤重的猪草扛在身上，步行来回一个多小时的路程，这是祖传和她奶奶每天必做的事情。我一时心血来潮，想试一试，当我把猪草背到身上的时候，我觉得腰都直不起来了，一边走一边喘气。祖传还笑着调侃我说："姐姐，你走得好慢啊。"我坚持着走了十分钟左右的路，就熬不住了。至今，我都没有问祖传，60 斤的重量压在瘦小肩膀上的时候，她心里到底在想什么，会想自己未来的人生吗？不经意间，当我看到祖传肩膀上两道深深的暗红色的痕迹时，我静默了，那是两道日积月累的印记，它深深地印在祖传的肩膀上，成为她人生中不可回避的一部分。

和祖传认识，是一种缘分。2014 年 3 月，我们栏目组把祖传接到了东莞参加活动。再次见到祖传，感觉与之前相比，她显得开朗了一些，尽管还是那么瘦小。她看到我，也亲切地跟我拥抱，轻轻地说："姐姐，你的拥抱很温暖。"再后来，我听到助学社的人提到，有人资助了祖传，她的生活很平静。

这是祖传的故事，当然在大山深处，还有很多这样的故事。在接近两年的时间里，我们栏目组去了广东高州、连州、韶关，广西宣武等地方，拍摄记录了很多孩子的生活情况，也策划开展了义卖、支教、献爱心等活动。这一系列的举措，是我们作为媒体人应尽的义务。感谢东莞台提供了这样的机会，能让我参与这些公益活动，这对我来说，不只是广电人的一种荣誉，更是一次心灵的洗礼。

我们生来都不是伟大的人，我们是平凡人，我们都只能尽力，做好自己的本分工作，过好自己的生活。在有限的资源里，给予别人一句鼓励的话语、一个温暖的拥抱，这是举手之劳，也是我们推动“微幸福计划”的初衷。人生有多少个十年？这或许是一个可以计算的数字。但人生有多少个梦？这就是一股不可估量的力量……

（作者系东莞广播电视台文艺中心副主任）

“金牌社区”的小伙伴们

十年 孕育一个春天

杜满平（曼　平）/文

十年光阴，东莞台如同我的亲人，已深深嵌入我的生命之中。

时间过得很快，快得让人不知所措，一如我已十岁的儿子，不知什么时候，开始，我都要仰着头跟他说话了。

虽然时间过得快，很多东西却因此得以沉淀了，比如事业、育子。其实很多时候，打拼事业与经营家庭是鱼与熊掌可以兼得的。我努力工作，迎难而上，积极向上的态度一直是孩子学习的榜样，所以我常窃喜我的一举两得！从《曼平有约》开始，我养成了每天阅读的习惯，养成了关注优秀文艺作品的习惯，儿子也因此受我的影响，在不断地提升自己的审美水准。不知从何时起，他竟然能够给节目提合理化的建议，甚至小到一个版头的制作存在哪些不足他也能留意到，儿子很乐意参与到我的工作中来。来到我们东莞广电中心的新大楼，他满眼都是羡慕，从办公区到直播区，他细致地感受这里的不平常。他曾经对我说，他最喜欢专注工作的妈妈！我想这就是工作带给我的高附加值。儿子因我的工作而变得健谈，因我的工作而更加明白做人做事的态度，我更想让他知道妈妈在面对困难时是怎样去处理的。孩子通过工作了解到妈妈的另一面：工作中的妈妈是一丝不苟、不怕困难、敢于承担的。这是绝对的正能量，无须我说教，这就是最有效的教育！“身教重于言传”说的就是这样吧！

我用十年的时间，劳心工作的同时也成就了我的育子理念。对于我来说，工作、育子都不能落下。感谢东莞台给我提供平台，让我实现做个好员工、好妈妈的梦想！

在未来的时光里，我想继续我的梦想，与东莞广电同舟共济，在风雨中勇往直前！当然，我也希望我的孩子懂得什么是忠于职守，什么是锐意进取，怎样将“精彩”二字铸入人生之中。我们一起用心创造未来的精彩！我明白，无论是事业还是育子，都需要用爱浇铸。这个过程是辛苦而艰难的，但也是幸福又快乐的，更是充满希望的。

用十年，孕育一个充满希望的春天；未来的时光，让我们一起奔向更明媚灿烂的春天！

（作者系东莞广播电视台广播中心副主任）

主持人录制宣传片

站在风口 顺风飞扬

蔡玲霞（叶　纯）/ 文

小米手机的创始人雷军说过："站在风口上，你即便是一头猪，也能飞起来。"他说的是时势的重要性。我想借用这句话来形容平台的重要性，人选择一个适合自己的平台，就如舞者找到了一个舞台，顺着风，我们能迅速地到达自己梦想的地方。

东莞广播电视台对于我们每一位员工而言，就是一个事业的风口，而且风速很大，让我们其中的每一分子都能够乘风而起，实现自己的职业梦想。能找到这个风口，是件幸运的事情。

那么我是怎么找到这个适合自己的风口的呢？

小时候，我喜欢赖床，父亲为了让我早点起床，就在我房间放了一个收录机。每天早上六点半，他就拧开收录机，让中央台的《新闻报纸和摘要》节目准时叫我起床。听得久了，我竟打下了比较好的语音基础，也因此对语言艺术产生了浓厚的兴趣。

我原本读的是中文教育专业，不出意外的话应该会当中学语文老师。我喜欢当老师，但是内心也藏着一个渴望，希望有朝一日能够成为主持人。2000 年，我参加了东莞电台的主持人大赛，过五关斩六将，最终拿了冠军，并进而顺利地成为一个广播节目主持人。

最初几年的主持人经历，除了充满学习和挑战的乐趣之外，也有着不为人知的辛酸。那时候，电台的办公地点很局促，在办公室里，有一种几乎转不过身来的感觉。宿舍条件就更不必说，那里是个老旧潮湿的大院，聚居着单身的同事们。工资待遇也不好，甚至还出现过工资迟发的情况，有某位已婚男同事自述要从太太手里领零花钱，感觉很尴尬。

2005 年东莞广播电视台成立后，我们的待遇有了明显的提升，很多同事都购了房、买了车，不用再过所谓的表面光鲜而实际窘迫的日子了。

台里启动“名主持、名记者、名编辑”的三名战略，对主持人的宣传比以前更多了，给主持人发挥的空间也更多了。比如，当时南方传媒集团举办“金牌主持人”大赛，台里选送我去参加并给予了我大力支持。我台领导帮我在广播和电视两个媒介都进行了宣传拉票，对我最终获得最佳访谈主持人奖意义重大。隔年，我参评“东莞市十大杰出青年”，台里也给了我有力的宣传支持，这对我最后顺利当选也是功不可没的。

后来，台里还选拔了一批进台时间较长、表现较优秀的员工，为我们入了编，我有幸也是其中一员。对此，我母亲非常开心，觉得单位对员工真的关爱到了实处。

央视有一句广告词：“心有多大，舞台就有多大。”其实，有时是舞台有多大，心才能有多大。东莞广播电视台给了我一个大大的舞台，让我可以纵情跳跃，我才有了今天的职业荣耀。

这个舞台其实就是一个风口，乘着东莞广播电视台改革发展的强劲东风，员工个人的事业发展必然乘势而上，用小米手机创始人雷军的话来说：“猪都可以飞翔了，何况人呢?”为此，我要感谢这个风口！

祝愿东莞广播电视台十周年生日快乐！

（作者系东莞广播电视台《城市的声音》主持人）

一个人的“先进工作者”

杨　希/文

2012年11月17日，东莞广电中心通知我要开会。跟往常不同，那天开会的事有两三个同事跟我反复确认时间和地点，有种格外重要的感觉。我觉得有点奇怪，但也没多想就准时到了。本来以为那只是部门例会，没想到在会场见到了黄永贵台长和唐和平副台长。在我满脑子的疑惑中，会议开始了，黄永贵台长还是一如往常，平实而充满力量地讲述着开会的主题：“前几天，我收到一封特殊的来信，是我们电台的一位听众写来的，密密麻麻的手写信写了满满四页纸，写满了对我们主持人、对我们节目的爱。我认真地读了这封信，觉得非常感动，现在我请同事来读出这封信，跟大家一起分享。”

接着，我和全部门所有同事一起聆听了这封信。写信的人是我的一位听众，她叫谢婷婷。可以说，我主持的《青春同路人》节目从十年前第一期开始，就已经有她的陪伴。十年光阴，我们的生活都有了很大的改变，而唯独不变的是空中电波把我们紧紧相连。我的每场活动必定有她在现场打气加油，每期节目她都会静静聆听并且记录心得、保存录音。她在信中讲述了她小小年纪就漂泊在外，是我们的节目给了她一个温暖的家，伴随着她成长。作为一名普通的节目主持人，我何德何能能得到听众如此厚爱？当着所有领导和同事的面，我一直在努力地控制自己，但还是无法克制地泪流满面。泪水朦胧中，我抬头看向台上，黄台长正在悄悄抹眼泪。那一刻我真的百感交集。我大学一毕业就来到东莞广播电视台工作，这是我的第一个工作单位。来台的这十年中，我怀揣的梦想得以实现，每一天都在享受着把爱好变成工作的美好。十年中，有过荣誉，也有过挫败，更有过因为骄纵而得到的教训。时光把我磨砺得更加懂得珍惜。重要的是，我们始终在一起努力着。台上这位偷偷抹眼泪的“大家长”，就是用这样的方式来伴随每一个同事成长的。他宽容、善感且细心，让人觉得那么温暖。

当听到这封信的后半部分，婷婷提到对黄台长有一个不情之请的时候，我心里非常忐忑，不知道将要面对什么。万万没想到，她说希望黄台长能够颁发给我一个特殊的奖——“先进工作者奖”。一时间，我是又哭又笑。哭，是因为这位听众真是用心良苦，自己买来了证书，亲笔写着“颁发给杨希先进工作者”，这份心意实在是价值千金，但也夹杂了些许尴尬。当时我们有个娱乐节目《超级星期天》，我曾在节目里扮演一个性格斤斤计较、很接地气的小人物的形象，怀揣着想要得到“先进工作者”这个小小愿望。借由这个人物说出一些令人啼笑皆非的话，本是出于娱乐，博听众一笑，不曾想到这位听众却很在意，很希望能圆我这个“梦”。

就这样怀着复杂的心情，我一会儿哭一会儿笑地听完了整封信，领导们在会议上赞许了我的工作态度。黄台长也讲到，每一位主持人都令他感到骄傲，感谢每位同事对工作的付出。正是因为我们的节目给听众传播了正能量，才能收获听众的真情实感。

如果人生能保存“特别时刻”，我真希望能够保存那一刻。当我走上讲台时，所有的同事都报以鼓励的掌声，甚至听到几个同事喊：“杨希，加油！”黄台长拿出那位听众自制的奖状，郑重其事地对我说：“这是我跟听众之间的一个约定，我要圆她的梦。我要把这个奖亲自颁给你，希望你再接再厉！”像所有的颁奖仪式一样，那场面多么郑重！我接过这个沉甸甸的奖状，感觉像是做梦一样，真是不可思议啊！惊喜让人瞬间充满勇气！我想，我为什么如此热爱这个大家庭？也许就是因为我们都有一颗赤诚之心，尊重和热爱我们的听众，大家都朝着一个方向去努力。我们的领导可以把一封来自听众的信看得如此之重，真诚而郑重地去鼓励员工，对于这样一个集体，怎能不让人感恩并热爱呢？我何其幸运，可以与你们一路同行！愿时光不老，愿我们不散！

（作者系东莞广播电视台《真希 happy show》主持人）

2012 年，广东省广播电影电视局党组书记、副局长黄小玲（右五），南方广播影视传媒集团总裁张惠建（左五），南方广播影视传媒集团总编辑陈一珠（左三）为“我喜爱的电视主持人”颁奖。

有这样的战友我很幸福

袁暖桥／文

在东莞台有这么一个战场，这里没有硝烟，但战事连连。我们的战场不用流血，无须担心生命安危，却需要敏捷的思维、抗高压的心理素质、高度的责任感和战友间默契的合作才能取胜。很荣幸，我可以成为战队中的一员。十年里，我们共同努力，携手战胜了大大小小的战役。

记得台庆七周年的前一个月，李台长下了一道“密旨”，向台庆献礼，在台庆当天隆重推出东莞台首个新闻类直播节目——《新闻午餐》。一个月？我的心里暗自打鼓。

俗语说，“兵马未动，粮草先行”。接到任务后，我和战友们开了第一次会议，宣布：“3 月 28 日，《新闻午餐》以直播方式播报。”话毕，大家异常激动，纷纷对《新闻午餐》的直播工作建言献策，让我立马感觉像吃了定心丸。在没有增加人手的情况下，为确保万无一失，我们必须付出双倍的时间和努力。前期工作就围绕节目直播如何安全播出、具体的生产流程、设备的操控、节目播出形式的创新等全面展开。

为了确保节目直播安全，我们搭建的播出平台必须具备双通道，战友们对应急预案一定要熟练掌握，同时要考虑节目内容引入3G直播连线，这使得工作难度进一步加大，而且容不得半点差错。这段时间内，战友们压力倍增，甚至有点烦躁。幸好我们已身经百战，多年来默契的磨炼凝聚了一支坚忍不拔的团队，激励着大家勇往直前。

距离《新闻午餐》直播不到十天，在兼顾日常工作的同时，战友们利用午休和下班后的时间进行直播演练。为了熟练掌握操作，还未轮到演练的战友都自觉站在旁边细心观察，发现问题就及时解决，但这样往往就错过了午餐时间或者直到深夜才能回家。

台庆日终于到了，此刻每个战友的脸上都充满了自信，随着铿锵有力的导播指令：“5、4、3、2、1，播！”各岗位的战友们娴熟地操作起来，把一档全新的《新闻午餐》直播节目精彩地呈现给观众。这一仗，我们赢得漂亮！

一路走来，我们风雨同舟，能有这样的战友，我感到很幸福！

（作者系东莞广播电视台新闻中心后期制作组组长）

《新闻夜总汇》的小伙伴们

一个老媒体人的新媒体梦想

黎　涛／文

我 1992 年进入广电系统工作，当过新闻记者，做过文艺节目，肩挑过经营重任，并在行政及基层从事过管理工作，一晃已 20 年的光景。对比现在全台员工平均年龄 32 岁的配置，我算是一个“老媒体人”了。

东莞广播电视台从 2005 年开始步入发展的快车道，在黄台长任总指挥的领导班子带领下，锐意改革，乘风破浪，创造了一系列让东莞广电人引以为傲的发展奇迹。“东莞台模式”也成为珠三角乃至全国媒体同行争相学习取经的范本。

2014 年 8 月 18 日，中央全面深化改革领导小组第四次会议审议通过了《关于推动传统媒体和新兴媒体融合发展的指导意见》，以中央层面高规格定义“新媒体”，开启了传媒业全面深化改革的序幕。我台卓有远见地迅速部署，快速构建新媒体中心，以深入贯彻“传统媒体与新兴媒体融合发展”为主旨，以打造强有力的新媒体发展矩阵为抓手，以实现突围，提升新媒体核心竞争力、影响力、运营实力为方向，积极有为地推进相关事业发展。

在组建新媒体中心的同时，我台也同步进行了内部机构调整，

"万、东、南、松"四个办事处的人员面临着新的机遇和挑战。作为松山湖办事处主任的我，再次走到人生的十字路口。是继续留守传统媒体，还是突破自我，接受新媒体的挑战呢?

当年9月，黄台长专门召开"万、东、南、松"办事处的中层干部动员大会。黄台长在讲话中表示，希望大家解放思想，抓住机遇，勇挑重担，我们有传统媒体的经验和平台，有大量的媒体人才和资源，还有我台领导班子强大的支持后盾，现在需要的就是大家拼搏的精神和挑战新领域的勇气！会后，我迅速查阅了大量新媒体文献，并向从事新媒体行业的朋友取经，各方信息给予我的都是对传统媒体与新媒体融合的看好与各种创新理念，这极大地增强了我主动迎接挑战的信心。

事实上，我们每个人都是新媒体用户，只是，当要选择这个行业作为自己人生新的起点时，需要恶补的知识的确太多，面临的竞争太激烈。但是正因为这是一个充满未知与挑战的领域，它才具有无穷的魅力。我虽然是传统媒体的"老人"，但我还是做出了一个"年轻"的选择：去新媒体中心。我发信息向黄台长报告我的想法，没想到他很快就回复了我："谢谢支持，理解！担当、尽责方显男儿本色!"短短十几个字，饱含了黄台长对我的信任和肯定!

11月，我正式走上新媒体中心主任的岗位。领导的信任和同事们的期待让我每一天都像上紧了发条的闹钟，时刻紧绷着。庆幸的是，在阳光网有一批懂业务、爱钻研的同事和我并肩作战，分管领导也是阳光网的创办人刘全凤副台长，他们拥有丰富的经验和资源。11月初，刘副台长带领新媒体中心的管理人员赴苏州学习取经，极大地开阔了我们的视野和思维，增强了我们干好工作的信心。

现在，梦想才刚刚起步，到底梦想的光辉能不能照进现实？我的回答是："能!"

（作者系东莞广播电视台新媒体中心主任）

与梦同行

陈伟全／文

2013年6月的一天，刚结束东莞洪梅镇挂职工作的我，回到了原来的工作部门——东莞广播电视台办公室。

一踏入东莞广电中心的一瞬间，我就仿佛有一种身在梦境中的感觉。眼前的东莞广电中心，巍峨高耸，恢宏大气，让人不敢相信，这就是我们东莞广电人的新家园！走进宽敞明亮的综合楼大堂，一个个或新或旧的脸孔从眼前匆匆闪过，身后传来阵阵忙碌的脚步声，顿时有一股暖流涌上我心头：回家的感觉真好！

站在大楼顶层，新城区的美景尽收眼底，令人胸怀顿开，心旷神怡。回想起一年半之前，自己刚接到挂职通知，当时正值东莞广电中心搬迁进大楼的喜庆时刻。而在此前的2011年9月28日，我和基建办的同事们在全台各部门的大力支持下，经过100天的奋战，圆满完成了台党组交代的任务，迎来了东莞广电中心盛大的落成庆典，实现了东莞广电人期盼已久的“新家梦”。往事一幕幕浮现在眼前，心里满满的都是梦想成真后的激动和喜悦！

2013年8月，在我回台工作后不久，台党组做出决定，在罗满辉同志到凤岗镇挂职期间，由我代理办公室主任一职，暂时负责办公室的全面工作。

俗话说，万事开头难。办公室是全台综合协调的第一部门，因此我既要做好参谋助手又要搞好协调服务，既要抓好办文办会又要兼顾后勤和安保，工作内容可谓包罗万象，千头万绪。从办公室副主任到代理主任，我的职责范围一下子扩大了好几倍，这也让我深感肩上责任之重大。幸好有黄永贵台长的谆谆教诲，有台领导的鼓励指引，有办公室兄弟姐妹们的全力支持，我才放下了思想包袱，迅速进入了新角色，大胆接手了新工作。

这段宝贵的工作经历对于我的人生有着非同寻常的意义。它不仅锤炼了我认真细致的工作品质，历练了我勇往直前的工作热情，让我的视野和管理能力有了质的飞跃。更重要的是，我从台领导班子身上真切感受到了他们推动改革创新、破解发展难题的勇气、魄力与智慧，真正体会到了东莞广播电视台这个“媒体梦工场”的独特魅力！

2013 年以来，由于新媒体的迅猛扩张，传统媒体受到很大的冲击，我台的发展也面临着前所未有的挑战：经营创收有所下滑，员工的工资待遇也受到一定程度的影响，员工心里的焦虑、对前景的担忧已有所表现。作为与台领导走得最近、接触得最多的我，却十分清楚地看到，比大家更担忧、更焦虑的是我们的“大家长”黄永贵台长。在他主持的大小会议中，讨论得最多的议题就是如何推进改革、如何增加创收、如何留住人才、如何稳定人心、如何保障六百多名员工的饭碗……

在黄永贵台长的主持下，一系列掷地有声的改革措施随之纷纷亮相出台：开通珠三角电视频道，设立户外广播直播室，合办轨道交通视讯媒体，开办主持人培训班，推出“阳光抢 GO 街”购物平台，拓展产业经营平台；重组新闻中心，成立新媒体中心，加快媒体融合发展；优化薪酬分配制度，营造公平竞争环境；举办台长见面会，充分听取员工意见；开办“精彩情缘驿站”，满足员工生活需求……随着时间推移，这些措施正在不断地产生效益，东莞广电事业也在这个过程中不断焕发出新的活力，而我也仿佛听到了梦想再次拔节开花的声音！

在2014年接近尾声之际，我被台党组任命为办公室主任。职务的调整给了我巨大的挑战和责任，而领导的信任更是给了我强大的信心和动力。站在新的起点上，我更加深切地体会到，是东莞广播电视台给了我们成就梦想的舞台，是开明的台领导班子给了我们继续成长的机会。在未来的岁月里，我将怀着一颗感恩的心，不断追逐梦想，奉献精彩！

（作者系东莞广播电视台办公室主任）

产业发展部的小伙伴们

做有精神坚守的“瞭望者”

陈　芳／文

对于媒体而言，责任重于泰山；唯有清醒和自律，才能守护职业良知。普利策曾说过：“倘若一个国家是一条航行在大海上的船，新闻记者就是船头的瞭望者，他要在一望无际的海面上观察一切，审视海上的风云变幻和浅滩暗礁，及时发出警报。”也正是这句话，燃烧起无数学子心中对“无冕之王”的极度崇拜与向往。

读大学时，我坚定地选择了新闻学专业。那时候，伊拉克战争全面打响，闾丘露薇因作为战时在巴格达采访的唯一华人女记者而家喻户晓，透过她身后炮火连天的画面，她口中不偏不倚的报道，她温和而坚定的眼神，我们看到了真实的现场。也就在那时，我深刻领会到，在“无冕之王”的光环之下，记者肩负着时代的重托，肩负着同胞的信任与期待，无论前方是地雷阵还是万丈深渊，都要勇往直前。见证历史，这就是记者的责任与职业使然。

再后来，考研，攻读传播学。校园里极其宽松自由的学术氛围，为我打开一扇扇“愈未知愈迷人”的大门。一个个熟悉又陌生的文学、艺术领域的名人、高人、怪人闯进我的世界。那时候，各类人物传记是我最钟爱的，隔空对话是一件很奇妙的事情。跨越时空、

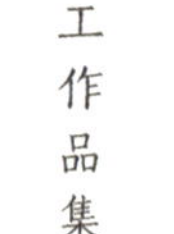

背景与人物，其实有很多共通之处。还记得导师第一次与我们茶聚时说："无论是作为研究者还是传播者，都要力求我们的文字如磐石一般坚定，无一字没根据，无一句没来源；我们的思想如同空气一样自由，无处不在，却有自己的走向；我们的语言要像风景一样优美，既有高山流水，也有小溪潺潺。"于我而言，这不仅是对求学者的要求，更是做人的道德准则与方向。

2006 年那个夏天，理想照进现实。机缘巧合之下，我来到东莞，加入东莞广播电视台这个大家庭，并融入最年轻的团队——东莞阳光网中。初次相见，那是一栋并不起眼的 8 层高的小楼，低调地藏身在那条并不喧嚣的东城南路的小街上。大门口严格值守的保安，矗立在大堂两侧的石狮，掩映在绿树之中的"东莞广播电视台"7 个红色大字，才让人感受到这里就是东莞这座改革开放前沿城市的新闻与舆论的发源地。网站位于副楼的七楼，办公环境相对简陋，但几间办公室分区明晰，将东莞的第四媒体打造得井井有条。很难想象，仅 20 来人的团队便撑起了这一东莞地方门户的骨架，并以每年 100% 的增速记录着浏览量的一次次突破。

很快，我便融入这个团队中，但由于人手有限，每一个编辑都身兼数职，从网络编辑，到记者、专题策划、活动组织，甚至简单的页面设计……每天，我们都会变换不同的角色，体验不同岗位的乐趣，用一位从电视转型过来的领导的话说就是，"你们比做纸媒或广电的更幸运，你们刚入职就已经是编辑"。的确，网站多元化的角色环境与工作氛围，让我们这帮年轻人得到极大的锻炼与双倍的成长，也让不少纸媒的朋友羡慕不已。因为我们除了做新闻，还做很多好玩的事情。春天，我们带网友去赏花；夏天，我们组织青少年重走东纵路，领着年轻人去漂流；秋天，我们带大家去看房、去交友，一起挑战英语口语；冬天，我们一起品美食、泡温泉，迎接小候鸟来莞团聚。一年四季不间断的特色活动，不仅温暖了千万网友，更是一次次净化了我的心灵。"无冕之王"的光环落"地"了。它不再是高高在上的符号，而是一份忙碌但内心充实的职业，通过一次次脚踏实地的行动，一个个温暖贴心的服务，一砖一瓦累积着这一职业在公众心中的分量。

当然，社会是多面的，有阳光就有风雨。在我记者生涯的第二年，我便因为一则民事纠纷报道而遭人恐吓。还记得2008年，一对夫妇因为借钱给朋友买房产生纠纷而向我们投诉。接到投诉后，我进行了深入细致的调查，掌握了事情的真实情况。在这期间，我受到来自多方的阻挠报道的压力，甚至是恐吓电话。我曾一度想放弃这个报道，但想到自己作为一名记者的社会责任与职业良知，想到报料人的信任与期待，我坚定了信念。最终，在领导的鼓励和大力支持下，我们坚持如实报道，为受害者挽回了损失，使得事情圆满解决。这一刻，我发自内心地觉得，记者这个职业很有意义，“记者既能够准确地报道事实，又能够去探讨事件背后的原因，最终能够梳理出一个解决问题的思路，对于社会就是一种贡献”。这是一份值得我们为之打拼的事业！

在八年多的新闻实践与奔走中，在我台“八有精神”的践行中，我对媒体定位与责任有了全新的认知，当再次面对各类采访对象的恳求、刁难甚至对抗时，我变得淡定从容。媒体是社会公器，不是路见不平、拔刀相助的侠客；记者是所在媒体的记者，不是为民请命、战胜黑暗的“愤青”；媒体的责任不仅在于瞭望危险，发出警报，更重要的是，通过我们的新闻，影响到有影响力的人，进而对整个社会进步起到积极的推动作用。无论身处哪个岗位，我们都要立德东莞，不断提升新闻媒体的服务能力与社会公信力；我们都要立言东莞，凸显本土主流媒体的社会责任与担当；我们都要立功东莞，不辱使命，做一个有精神坚守的“瞭望者”。

只有这样，才能将“无冕之王”的光环愈擦愈亮，让指点江山、激扬文字的“媒体人”，成为一个真正受人尊重的职业，一份让我们内心充盈强大的事业！

（作者系东莞广播电视台阳光网站综合部主编）

梦想一直在路上

郭志坚／文

人生就是不断将一个个梦想转变为现实的过程。因为有梦想，生活才变得丰富多彩。

一

2011 年 9 月 28 日，总建筑面积超过 7 万平方米，总投资额超过 6 亿元的东莞广电中心正式落成启用。我们广播电视人终于有了新家。该中心拥有 5 个广播直播间，13 个电视演播厅，其中还包括 1 000平方米的大演播厅，以及省内地级市台中第一个开放式全高清新闻演播厅，并配备了广电行业目前最先进的节目采制播出系统，实现了节目高清化、制作网络化、播出自动化和媒体资源管理数字化，总体性能达到国内行业先进水平。

在这样优越的环境下工作，工作质量和工作效率都能得到极大的提升。然而，圆梦广电中心，背后所要付出的艰辛、汗水，甚至是泪水，都是常人难以想象的。我在综合楼六楼的播出机房工作，这里的每一件设备，甚至是小小的一根线，都摆放得整齐、有序，可以看出技术人员的用心。每当走进设备机房，看到那几十个，甚至是上百个的机柜，以及每个机柜上那十几二十件的设备，各种各样的板卡、机箱、服务器等，可以想象当时巨大的工作量，而我们的技术员需要将一件件的播出设备安装、调试好，那都是几个月不眠不休的结果。

二

2013 年 9 月 28 日，我台主办的《完美大舞台》拉开了序幕。《完美大舞台》是成功的，她的开办是我台“开门办广电”的一项重要举措，同时，此节目也是我台主持人与老百姓近距离接触的重要平台。然而，成功的背后，幕后无名英雄可谓功不可没。现在舞台背景的 LED 屏幕，就是我们的技术员一块一块地安装上去的。从安装到调试，到现在每一期的维护，都是我们播控部的同事亲力亲为。为了节约成本、提高维护质量，播控部开发人员把大屏幕里面的模块、信号板、电源，甚至将每一个芯片都已研究透彻，不管大屏幕出什么问题，我们都有办法快速应对；为了保证 LED 屏幕在《完美大舞台》正式开播前不出任何问题，每周我们的主管都会组织人员前往现场调试、检测信号。记得有一回，我和主管在大屏幕里面更换已经损坏的显示模块。忽然，天气突变，刮起强烈的大风，下起暴雨，“轰——轰——轰——”，大屏幕传出雷鸣般的响声，抬头一看，原来是风力特别大，导致大屏幕支架顶上的一个铁盖被大风掀开，大雨顺着露出的洞口向大屏幕里面倾泻而下。主管见此情况，二话不说，立即冲到洞口前，用身体尽量遮挡大雨，爬上洞口将盖子放好，堵住洞口，然后快速麻利地用绳索扎稳，确定雨水再也进不来，才松了一口气。而他顾不得早已湿透的衣裳，立即全面吹干屏幕里的雨水，检查大屏幕的损坏情况。

三

我在技术中心播控部工作已有九年多，确保安全播出，是我们的首要任务。我们的技术人员日思夜想，开发各种各样的检测工具，研究技术监测报警系统，制定最安全的应急措施等，其目的都是为了做到安全播出。就是因为这份责任、这份信念，自新广电中心启用以来，播控部的重大播出事故率一直保持为零。

四

因为东莞广播电视台，我认识了我的妻子；因为播控部，我和妻子有很长的一段时间在一起工作。就是在这样忙碌的日子里，我和妻子收获了爱情，收获了家庭，收获了一个可爱的女儿。正是这份责任，这份担当，使我充满力量，坚韧不拔，迎难而上。

每个人都怀揣着属于自己的梦想，然而，什么是梦想？我认为梦想是一种期待，是一种坚强。我的梦想是一个简单的信念，是一份对自己未来与生命的责任。追梦就是通过自己的努力，用实际行动去实现目标的过程。那么，圆梦以后就是终结了吗？没有！就像人生的旅途没有终点，梦想，一直在路上。

（作者系东莞广播电视台技术中心员工）

主持人刘浏和东城二小的同学们朗诵《六月的鲜花》

寻梦　再起航

刘志芳／文

周一的早上，新一周的工作刚开始不久，桌上的手机就响了一下，提醒有微信消息。打开一看，原来是昨晚举办的口语大赛的评委苏教授发来的信息。

“芳，我同事刚刚转给我的微信，为你们的高效点赞！”接着苏教授又发来一个链接——《第六届英语口语大赛上演“巅峰对决”》——我们阳光网上刊登的一篇报道。

看着微信，我欣然一笑。

2014 年，我台为适应新的发展形势，使我台的传统媒体和新兴媒体做强做大，提高我台的竞争能力，10 月份进行了改革，整合了新闻中心、阳光网和多个办事处，并新设了新媒体中心。而在这次的改革中，我也被调整到阳光网工作。到阳光网后接到的第一个任务，就是参与东莞市第六届英语口语大赛活动。

英语口语大赛是由东莞阳光网和“今日东莞”英文网承办的一项市级大型比赛项目，到今年已经是第六届了。10 月份，比赛已经进入了选拔赛阶段。从六年前的首届只有 1 000 多人报名，到今年递增到 2 万多人，英语口语大赛已经打响了自己的品牌，在全市都有较好的声誉和影响。进入选拔赛，也就意味着活动进入了紧张的阶段，从分片区分学校的初期选拔到全市统一进行的初赛、复赛、决赛前培训、总决赛，小学组、初中组、高中组、成人组分别分级进行，每个周末都安排得满满的。

11 月 23 日是口语大赛的决赛日。来自广州大学外国语学院的苏教授——大赛九个评委中的一个，早早就从广州来到了我台，并迅速与其他的评委投入到活动当中，一直到晚上五点半比赛顺利结束。赛后，评委们依然兴奋不减，你一言我一语，不断谈论刚刚激烈的赛况，评点着选手们的表现，还兴致勃勃地畅想着下一届的主题设置。苏教授还特别对这次决赛设置的亮灯评分方式和 PK 环节表示赞赏。

“嘀嘀嘀”，电脑上闪烁的小企鹅打断了我与苏教授的交流。

“芳姐，有没有看到这个报道，还有视频。”同事发来了链接。

我打开一看，哦，是十天前我们在大赛选手培训的空闲时间去荆州参加中国城市新闻网站联盟年会的相关报道。

中国城市新闻网站联盟是由全国各重要城市的新闻网站组成的，自 2003 年 11 月成立以来，已有 110 多家新闻网站加入，是国内规模最大、规格最高的网络新闻联盟，而我们阳光网是东莞唯一符合资格的网站。

进入广电行业已经十七年了，由于各种的机缘巧合，我从小小的广电站走进市广电台；从四个人撑起的新闻组，到电台的地方办事处；从从事地方新闻业务，到参与全市性新闻栏目制作；从传统传媒，到广阔的互联网世界。一步一步，我慢慢成长起来，从一个闭塞的小空间，一步步走上了大舞台，还走进了这个无边无界、路路可通的虚拟世界里。

回眸十年路，多少激动时。打开阳光网，海量的内容，几乎让人没有喘息的时间；24 小时不停运作，容不得怠慢。我台因势而发，新建新媒体中心谋求更大发展，作为一个网络人，更要与时俱进。

灿烂的阳光，让人目眩，让人温暖。媒体整合发展的大潮已袭来，我台的发展也将跨进一个新的阶段。站立潮头，尽管我的网络梦尚未成形，但东风已起，追梦的风帆已挂。起航，寻梦去！

（作者系东莞广播电视台阳光网站副总监）

有一种精彩叫坚持

邹碧清 / 文

东莞广播电视台成立十周年了。作为一个已过不惑之年的老员工，谈梦想似乎有点迟了，谈成就又差了火候，那就谈点情怀吧，这个一定有！人一辈子，有多少个十年值得回忆，又有多少个十年堪称精彩？我想，我是幸运的，人生最黄金的十年和东莞广播电视台一起走过，参与见证了这里创造的奇迹，留下了许多精彩回忆！

十年，有成功的喜悦，也有失败的落寞，回头看都已经成为过去。然而最让我欣慰和引以为豪的是，我的团队里有一群心怀热忱、勇往直前的年轻人，他们就是东莞广播电视台文艺中心的小伙伴们。他们在与电视台一起“追求精彩、创造精彩、奉献精彩”的十年光阴里，让我看到了：

有一种力量叫梦想；

有一种信仰叫坚持；

有一种情怀叫不放弃。

文艺中心最多的时候有八档节目，包括《生活大莞家》、《家园故事汇》、《车天车地》、《精彩星动向》、《精彩 900》、《宝贝豆丁》等等。有同事这样形象地比喻：我们就像一个大家庭，兄弟姐妹，各自经营着自己的小家，然而又时刻关爱着大家，谁需要帮助，一句话，大家就都来了！

的确，这是最朴实也最贴切的比喻。有这样的氛围，作为这个团队的大姐，我是幸福的！

接下来，我只说其中一个小家，我相信，其他的兄弟姐妹不会有意见，因为这里所有的影像都是大家的写照，这里的每一份感动都是文艺中心所有人共同的感受。

2014 年 5 月，内地一位多年不见的同行来莞考察时曾问我，东莞广播电视台的文艺中心有什么节目。我告诉他有《生活大莞家》、《家园故事汇》、《精彩 900》等，还有一档少儿节目《宝贝豆丁》。当时他非常惊讶，既佩服东莞台有如此大的魄力坚持做少儿节目，也很惊奇一档地方台的少儿节目做了七年。恰逢中午，他与我刚好看到了《宝贝豆丁》的重播，那时播出的正是栏目全新策划的节目——《我的星爸星妈》。东莞台明星主持化身“星爸星妈”与萌娃两天一夜相处的“真人秀”节目形式和高品质的栏目制作给了他很大的触动。而当得知我们团队仅有十余人时，他由衷地竖起了大拇指。想起栏目组那群目光坚定、朝气蓬勃的年轻人，我很欣慰。而作为团队的一员，一名从一线成长起来的电视人，我无比享受自己的节目得到鼓励、肯定后的喜悦。所以，尽管那段时间栏目的收视率总是在达标线上起起伏伏，尽管经营创收与目标还有一定的差距，尽管作为制片人，我的名字长期在台的公告栏里出现……我依然没有放弃。因为我相信东莞台的实力、影响力，我相信台领导在给我们压力的同时也给我们更大的鼓励，我相信团队里那群肯拼、肯干、一直在努力坚持的“梦想家”。

责任大，使命重——有梦就会追求精彩。

“愿我的爱像阳光，包围着你而又给你光辉灿烂的自由。”这句话是女儿幼儿园入学时我读到的深受触动的一句话。作为一个母亲，我深深地明白成长对孩子的意义；作为一个电视人，我坚信好的少儿节目能对孩子的成长起引领作用，我也更相信本土少儿节目庞大的市场潜力。

“做一档受东莞家庭喜爱的少儿节目，达到社会效益和经济效益的双丰收”是黄台长在为节目起名为“宝贝豆丁”时的期望。为了实现这一目标，七年前东莞台平均年龄最小的团队成立，一群有着电视梦想的75后、80后开始在东莞广播电视台这个平台上用心经营自己的事业。

在业内，一直流传着这样一个说法：“小孩和动物最难拍。”少儿节目不好做，尤其是做一档品质高、小朋友喜欢、家庭认同感强、效益好的地方台少儿节目。栏目从成立至今，团队每个成员都感受到肩上的责任重大，更感受到前所未有的使命。少儿节目做得好是一件积福积德的事，能引领孩子健康成长；做不好会教坏孩子，给孩子的成长带来不利的影响。因此，要做就必须做好，要做就必须用心。

当梦想成为追求，当目标成为动力，当期待化作现实，我看到年轻的电视人一步一个脚印在追求精彩：

2007年，栏目开始一系列改版工作，探索东莞本土家庭喜爱的节目模式；

2008年，设计制作本土卡通形象并注册商标，获得国家专利；

2008年和2009年，举办精彩童星电视大赛，打造东莞少儿才艺展示的大舞台，实现社会效益和经济效益双丰收；

2010年至今，栏目质量在稳步提升，精彩童星、点星魔坊、恐龙家族见面会等一系列大大小小活动成功举办，“以活动带动栏目发展”，增强栏目的互动性、参与性，用心服务好本土的家庭，努力创口碑、出成果、赢效益。

身在动，心更远——有信心才能创造精彩。

精彩在机遇和挑战中孕育，但是从栏目成立之初起各种危机就一直存在。这是电视栏目的现实，也是促使电视行业不断发展的一种动力。

还记得2007年9月，在听到栏目可能要被停掉的消息后，有一位同事来办公室找我，问是不是真的。我问她：“你有信心做好吗？你们每个人有信心做好吗？”在我看来，一档节目的生命力强不强，

很大程度上取决于做节目的团队有没有自信，能不能同心协力做出成绩。当时，那个刚刚大学毕业的女孩目光坚定地告诉我：“有信心！”在此后的数次危机中，我不知道这十来个年轻的电视人从哪里来的自信，他们用一种不放弃的坚毅告诉我，他们可以做得更好！他们也用自己的行动激荡起无限的能量，让我看到了“东莞台电视人”的精彩：

在做精彩童星电视大赛时，有的同事连续几天通宵，好不容易回趟家，简单换洗后又开车回台继续加班，他们说在做准备的时候尽量想多点、做多点，不然大赛结束有遗憾就晚了。

在做新策划的栏目《我的星爸星妈》时，有位同事患胆囊炎已经被医生勒令休息，但他还是坚持拍摄完毕后才进医院做摘除手术。

少儿节目的特殊属性使各类大小活动基本都是在周末做，十年来，许多同事从“孤家寡人”到“成家立室”，他们几乎都具备了一种能力——“把家人当同事”，搞活动人手不够时许多同事的家人主动请缨，帮忙拍照、帮忙组织家庭参加、帮忙加油助威……

在各种质疑的声音中，他们迎难而上，制作了《勇闯东莞》、《我爱魔术》、《点星魔坊》、儿童舞台剧《彩虹森林》等高品质的节目。在一次次评片会中，好评越来越多，他们不仅得到了专家的肯定，而且在2009年以后每年的广东省广播影视评奖中都有所收获！

……

我想，这就是梦想的力量！电视是“梦想家”的实践职业，从事这个可以做梦的职业最要不得的就是“麻木不仁”，维持原状就是退步，不能没有想象力跟激情，更不能降低自己的标准。同时，没有创新就没有收视率，没有经营创收。

经营一档少儿节目，要想达到社会效益和经济效益的双丰收并不容易。在七年的成长中，《宝贝豆丁》的精彩童星、点星魔坊等活动掀起过全城儿童的参与热潮，创造过极佳的经济效益。在社会大环境整体下滑的时刻，感谢台领导给予的一次次信任、支持和不放弃，鼓励栏目组做好高品质的少儿节目，帮助栏目组渐渐走出低迷的经营困境。感谢团队的每一个成员，不忘初心地一直坚持，让梦想成为现实。

“我不去想什么时候能够成功，既然选择了相信梦想，那就风雨兼程。”十年追梦，东莞广播电视台经历了翻天覆地的变化，《宝贝豆丁》栏目的成长是追求梦想、追求精彩的一个缩影。我坚信，只要怀揣美好的梦想，只要不放弃，只要有相信“我们能做得更好”的决心，那么每一个平凡的日子，都会变得灿烂，就能创造出属于东莞广电人自己的精彩！

（作者系东莞广播电视台文艺中心总监）

漫博会现场

风中往事

赖　薇／文

我不是个喜欢回忆的人，因为年华似水，流光如电；因为韶华易逝，步履匆匆。但，谁又能抵得住记忆潮水的侵蚀？有时，温一壶月光下的茶，趁着茶意微醺，捡拾生命树下被岁月之手摇落的花朵。形形色色的身影重新在眼前浮现，盘绕，飘荡，牵扯着思绪渐行渐远……遂发觉，拥有这些落花，也就拥有了世间所谓的幸福。

曾在《读者》上看过这样一句话：

老人在一个夕阳西下的黄昏突然意识到，全部的人生，不过是为了留下两三个刻骨铭心的记忆而已。

别太匆忙，要学会放慢自己的脚步；否则，你会错过许多美丽的风景。

一场别致的道德讲堂

电视台也要搞道德讲堂了。

演播大厅的观众席上人头攒动。不像以往那样要点名的，说好是自愿参与，但人们还是都来了。虽然人人都知道，这种讲座很难出新。穿过如隧道般的过道，终于站在新闻中心的座席前。想着一篇尚未完工的稿件以及还未落实的采访，沉重坐下。

瞄瞄四周，周围的座位坐着随大流的同事，各怀心事，表情各异。素来宽敞的观众席显得不够用似的。将目光投向主席台，大屏幕上投影着这次讲座的题目“道德讲堂——信不信由你”。孤零零一桌一椅，领导端坐桌后，高深莫测，风度翩翩，眼中透着些许俏皮，让人捕捉到他尚存的童趣。于是，飘来飘去的思绪渐渐收拢，莫名地有了点期待。

开讲了，台长抛出第一个问题：我十五岁高中毕业，你信不信？

有人说信，有人说不信。

台上问：“为何信？”

台下有人答：“因为黄台长天资聪颖，善于创造奇迹。”

黄台长说：“这鞋擦得不错。”

众人大笑。

因为采用的是台上台下互问互答的形式，讲堂气氛甚是活跃，提问也渐渐深入。当问到“什么叫宣传”时，众人的应付心理已消失得差不多，开始思考。

原来，老生常谈的题目只要找好角度和形式，也可以变得很有趣。

原来，我们做节目时所追求的寓教于乐，即用故事讲道理，形式为内容服务的模式也同样适用于会议、讲座。

一个吓人的电话

上班时间，新闻中心那巨大的办公室里，很少有安宁无声的时候。

九扇大门时开时合，摄像们出出进进，手里拿着“长枪短炮”，跟随着各项指令奔向各自的目标；值班文编“钉”在电脑前，有时排单，有时改稿，有时接电话，跟方方面面沟通；记者、编导们或在键盘前十指如飞，或在打电话联系采访，或在交谈最新的新闻事件，不时对某个问题因看法不同而争论起来；美丽的女主播们则化着一丝不苟的出镜妆，优雅地穿梭于录播室与办公室之间，好像一只只轻舞飞扬的花蝴蝶。

终有干累的时候，原本还较为吵闹的办公室，渐渐变得沉寂，只留下人们在键盘上打字的“嗒嗒”声。

难得的宁静忽然被一声呵斥打断——“不要乱来，跳楼解决不了问题!”

所有的目光立即转向声音来源，所有的耳朵都竖了起来。

只见《今日莞事》的记者小D满脸通红，对着电话着急地嚷：“我们可以过去，但是你不可以用跳楼来威胁我，你不从楼顶上下来，我就不去。”

快嘴Z问：“什么情况?”

小D冷笑道：“这位跟老板闹矛盾，喝醉了，现在就坐在楼顶边缘，他说如果电视台的记者不马上过去采访他，他就跳下去。我说采访可以，但我们不能接受这种态度，我们不能被人逼着去采访。”

“对，这算什么事，先下来再讲。”有人帮腔。

两分钟后，那个醉汉的妻子打电话来表示感谢，说老公已经离开了楼顶，愿意安安静静地等待记者来采访。

小D和摄像师当即扛着机器冲了出去。

这类电话不时遇到。

当一个事件突发时，当一个绝望的人将所有的希望寄托于你时，你的处理稍有不慎，就会变成压垮骆驼的最后一根稻草。

所以，你得以最快的速度判断现场，你必须明察人性，你要会平衡方方面面的关系，你还要懂得安抚绝望的心灵……这一切的一切，迫使人眼观六路、耳听八方，逼得你变得敏捷、理性、温柔且成熟。

一个彗星般的女孩

时不时想起那个女孩，那个圆脸大眼睛的阳光女孩。记忆里她长发垂肩，嘴里常哼着曲儿，走路风风火火，剔透的眸子如两潭秋水。她就这样在办公室出出进进，做着喜欢的工作。

我没见过病榻之上的她，所以同事口中那个长发落尽、瘦骨嶙峋的女孩跟她从未对上号。记忆中的她总是肌肤雪白，衣着时尚。纯净如天使的微笑，敏捷俏皮的谈吐，单纯乐天的个性，使我很难将她的形象跟那种难治的病联系起来。

很难忘记那一天，那样的一个她。

那是六年前的一天晚上，五星级酒店的大吊灯映照着美轮美奂的宴会厅。我穿上旗袍，置身于婚礼宾客中，看看周围，有人在打听新娘子的病况，有人在感叹新郎官的勇气。百感交集间走过玫瑰环绕的拱门，耳旁传来一声轻柔的问候。抬头，是这场婚礼的女主角。

盛装的她美得像个芭比娃娃。头发盘成最新式的韩式编发，大红的抹胸礼服裙，幸福写在那对大眼睛中，折射着阳光七彩的心情。我由衷地赞叹她的美丽，赞叹这场婚礼的隆重。“全是单位那帮家伙搞的，我这个妆也是台里的化妆师化的。”她微笑着说，一脸纯真。我诚心诚意地祝她幸福如意，早生贵子，她一个劲儿地感谢我。“王悦，王悦！”有人向她打招呼，她向我笑着点点头，小鸟般飞走了。

新郎官也是同一办公室的，看惯了这个大男孩的活泼，大家突然发现，眼前西装革履的他是这样的沉着稳重、有担当。台里所有的领导都到齐了，主婚人是黄台长。大屏幕上的短片在讲述新郎新娘的浪漫史，专业化的拍摄，极力地搞怪搞笑，是同事们献给这对新人的礼物。到处是玫瑰花和气球，到处弥漫着阳光一样的祝福。

新娘的面孔上淌着幸福的泪水：“谢谢大家，这是我梦想中的完美婚礼！”

婚礼过后再也没见过新娘，只听说她的病况越来越严重，最后，从她们栏目的负责人吴文斌那里听说了她的葬礼。据说最后她瘦得完全脱了形，但那个晚上，那个像芭比娃娃一样的全世界最幸福的新娘，以及她温柔的问候，一直在我记忆深处埋藏。纵然岁月易逝，那份爱情，那声问候，温馨如故。

天才诗人狄兰·托马斯在名作《通过绿色导火索催开花朵的力量》中写道："时间之唇蛭吸源泉。爱情滴散聚合，但沉落的血，会平息她的痛楚。我哑然告知一种气候的风，时间怎样沿星星滴答成天堂。"王悦，这个年轻的女记者，用短暂却绚烂的一生，向我们展示了，什么东西能够渡过那条叫作光阴的河，达到永恒。

往事与我们永远隔着一条时光的河。搅动池水、牵动流沙的手，并没能将逝去的往事模糊得恍若隔世。当忧伤的月光如清水般泻满窗棂，只要你轻轻闭眼，那些难忘的人和事又会再度复活……

站在风中，将往昔的风云埋在心底。转身道别，继续迈步向前。因为只有这样才能全心拥抱新一天的太阳。

（作者系东莞广播电视台新闻中心编辑）

节目拍摄现场

梦想不息
生命不止

伍时杰（杰 少）/ 文

提起“梦”，似乎所有的思绪都回到了 2013 年 3 月 28 日的舞台之上。然而，一年多来，我试图让别人甚至让自己忘记那场“梦”，因为那只是一个开始，真正的战场是现在。

从新闻到广播

人生的路途上，每个人都会有大大小小各种奇特的幻想，然而并不是每一个幻想都可以称为梦想，也不是每一个幻想都可以成真。在我的各种幻想中，我从来没有想过我的声音会出现在电波之中，但是似乎这一切都是命运的安排。

在新频率 FM104MHz 开播一周前，我正式加入这个大家庭，在新闻中心跟班，而我的第一个任务就是报道新频率开播前的情况，采访当时的广播中心主任廖唯方。一个星期后，我的工作卡上有了一个微妙变化，也开始了一段未知的挑战。

黎明之前

进入广播中心一个半月后，我主动提出接棒主持文化类节目《窗外星空》，这个决定让很多同事都感到惊讶，其实刚提出来时，我的心里确实没底，而这次的主动请缨既是偶然，也是源于一次听评会的触动。

离正式上节目还有25天，我意外收获了“东莞十大阅读经典状元”的称号，这不仅增强了我的信心，也让我更加了解了东莞这片文化热土。从直播间操作考核到节目试版，再到节目版头和版花的制作，经过忙碌的准备，我终于迎来了我的第一次。2014年1月1日，节目正式由我接替，那天的主题是“第一次”，那在颤抖中假装镇定的声音，那忐忑又步步惊心的操作令我记忆犹新。

一路的收获

曾经有人说过，放弃自己不想放弃的，坚持自己不想坚持的才叫成长。当我在微博中看到长长的留言，当节目收听率名列前茅，当听众千里迢迢来到完美大舞台给予支持，当收获听众赠予的鲜花……我的心里总有一丝感动和欣慰。

感谢2013年春天的那个舞台，感谢2013年秋天的那次安排……梦想不息，生命不止，不忘初衷，寻找突破，我们一直在路上。

（作者系东莞广播电视台《窗外星空》主持人）

公文

李克仔／文

2006年，台里对人事和节目的管理进行了大刀阔斧的改革，实行了“条块结合”的管理模式，对业务岗位进行专业分组，先后成立了记者、摄像、后期和主持四个专业组，而我有幸担任了新闻中心摄像组组长一职。意想不到的是，我担任组长后的第一个挑战，不是“两会”，也不是什么重大采访，而是搭档在劝架的过程中头部受到重创。

出事时间是周末的夜里，我在第二天早上才获知消息。说实话，刚听到这个消息时，我有点手足无措，毕竟身边从未发生过这样的事情。幸好当我赶到医院时，台班子、中心领导都在场，接下来，治疗、录口供、抓人、认人等事也就有条不紊地进行。本来事情的处理都比较顺利了，但中间有个关键环节出了问题：指认不出凶手。虽然已经抓人了、扣车了，但指认不出当事人，警察也没法往下处理。事情就这样拖到了扣押的最后期限。派出所和对方建议私了，经家属同意，三万元就私了。以当时的情况来看，私了似乎是最好的处理办法。但黄台长对这样的处理很有意见，责成人力资源部介入，并提出抗议：不是钱的问题，是公义的问题！

黄台长的抗议也让我重新审视这件事情。是的，按理不应该私了，因为这不是普通的纠纷事件，也不是普通的治安案件，按理应该算得上刑事案件了，既然是刑事案件，对方就应该负刑事责任。虽然事情与我无直接关系，我说话也不算数，但作为搭档和传话人，也为了秉承记者应当有的公义，我应该提醒搭档，慎重考虑。

到现在，我常常还会想起这事，可能私了也是出于搭档及其家人的良善，但良善不应当为作恶者所利用。行凶者就此逍遥法外，得不到应有的制裁和改造，或许还会在另一个时间段的某个地方继续行凶。虽然说无法指认出行凶者，但以现今的侦查手段，在已找到凶器的前提下，要确定具体的当事人，按理应该不难。如果没有私了，至少我的搭档在面对出院一个月后突然晕倒，以及后来一年多的继续治疗和影响至今的治疗后遗症等问题时，就会有所保障。

人们常说，记者是“铁肩担道义，妙手著文章”，这里首先强调的也是“担道义”。记者并不意味着荣誉，而是意味着一份责任与担当，应有效发挥其职能，促进社会公平正义。到现在，我仍常常以此提醒自己，无论做人或做事，心里要常备公义之尺。后来我们有了“八有”台训，当中“有情有义”中的“义”，我想也有“公义”的意思吧。

（作者系东莞广播电视台松山湖办事处副主任）

寒冷夜直播流淌着团队“暖流”

温龚锋/ 文

都说东莞一年四季无明显变化，但要是冷空气来袭也是很威猛的。

2012 年 12 月 23 日，台里迎来“东莞社保之夜”文艺晚会的网络直播。这一天特别冷，还夹杂着大风，最低温度已降到 7°C 左右，不知是天公不作美，还是上天要考验我们东莞阳光网这个团队。

阳光网的技术队伍早早地到达了厚街体育公园。在值完当天的周末班后，我开着台里的“捷达”工作用车，带上几台笔记本电脑，拉上几位同事，在天黑时分向着直播目的地出发。

恰逢厚街多条主干道大修，路面坑坑洼洼的，车窗外呼呼地刮着大风。经过一路颠簸，19 时 30 分左右我们来到了位于厚街体育公园的“东莞社保之夜”晚会直播工作现场。

卸下晚会直播设备来到工作现场，北风呼啸，感受到的是阵阵刺骨的寒意。工作现场旁搭建起了临时的挡风帐篷，参与直播的工作人员有的撑起了大伞挡风，有的戴上手套保暖。

20 时，直播正式开始，同事们按照原计划紧张有序地开展直播工作。

随着晚会逐步开展，现场一片繁忙景象。我们忙碌着，丝毫没有感受到冷。但坐在直播现场的工作位置上，顶着大风不冷是不可能的，不过手头上忙不完的活让直播的同事们忘记了什么叫作“冷”。在直播过程中，东莞市社保局有领导前来视察我们的直播情况。“今天天气太冷，东莞阳光网的记者们真不容易，你们辛苦了!”一位局领导被我们的工作所感动。

22 时，晚会终于落幕，但我们的直播工作仍未结束：核对文字、图片、图片介绍，最后确保安全无误后，技术人员才撤下设备打包回市区。之后，我又驾着那台已经跑了 20 多万公里的“捷达”老爷车返回单位。上车后，同事忍不住说：“天真冷啊，我的手冻得发麻了。”“我的手没知觉了。”“放进口袋暖一下。”听完他们说的，我自个儿的手连打方向盘的力气也没了。

一脚油门踩下去，车子在寒冷的夜中向市区飞奔，加上车内的笑声，寒冷离我们慢慢而去……那个寒夜一起“作战”的同事包括温赞亮、梁锦秋、钟榴青、李梦竹等，天气虽冷，却流淌着阵阵“暖流”。

这样的场景只是我回忆中的一部分。

我在 2009 年 12 月 1 日加入阳光网这个大家庭，五年来，参与的各类直播和采访数不清，但同事之间的团结合作，领导们的统筹调度让我感触颇深。我是从纸媒转过来的，发现网站的工作更具团队性，更强调集体性。无论是哪个采访、哪个专题、哪个直播节目，都活跃着我可亲可爱的“战友们”。

（作者系东莞广播电视台阳光网站新闻编辑）

匆匆十年 与你同行

李　洋／文

翻开岁月的扉页，时光机悠悠地指向了 2015 年，从一个城市转到另外一个城市，华丽转身的背后，也就意味着我开始追寻一个新的梦想。东莞广播电视台，十年的时间，我与你同行。

十年前，东莞广播电视台进行了大刀阔斧的改革，我之所以能够进入东莞广播电视台工作，也是缘于这场改革，而我自然也成了这场改革的践行者。在经过多轮考试后我顺利进入广告部的策划组。对，就是策划，包括广告策略的调整、广告价格的调整等。那个时候“策划”对于很多人来说还是一个比较抽象的词。

凭借着多年的工作经验，我很快就适应了这里的工作，和同事们一起，为我台的广告创收出谋划策。广告业就像是一艘船，而东莞的经济就像是大海，水涨船高，潮起潮落。几年的时间，一个城市的起起伏伏，我作为一名广告策划人员，感受尤为强烈。十年间，我们也推出了一系列的举措，来拉动广告创收。

首先，建立以市场为导向的广告与节目的互动机制，促进栏目品质的提升和广告收入的增加。节目是广告经营的基础，只有好节目才能取得高收视率，才能满足客户的业务需求。因此，广告人员需和节目策划人员共同参与节目创新，在节目创作的最初期就将受众和客户的需求融入节目中；同时，频道人员配合并协助广告业务人员推广、销售栏目广告。通过互动机制，我们将广告资源经营转为广告价值经营，通过为客户提供系统的解决方案，打造客户的忠诚度，保持市场的可控性和竞争的最大化。

其次，规范价格体系，严格管理，实现资源价值开发的最大化。在价格体系权限安排上，通过统一权限，做到有章可依、有据可查；实现同类客户、从销售员到总经理的价格统一，避免价格体系混乱的局面出现；如遇到投放规模巨大、一次性付款、战略性开发等特殊情况，经广告中心相关人员集体讨论后提交主管领导决策。

最后，完善客户分级分类管理机制。将我台的广告客户分为 VIP 客户、直营客户和代理机构之类。与 VIP 客户（即行业大客户，其广告制度相对完备，每年有统一的计划和总量）建立长期、稳定的合作关系，强化与客户的沟通，深度挖掘客户对媒体的需求，在实现与 VIP 客户融合的同时，针对其需求提供专业的增值服务；建立直营客户的客户信息数据库，优化客户的市场跟踪、服务、客户信息反馈等流程，以此提升服务质量，并为进一步拓展市场提供数据支撑；积极培育代理市场，以发展型行业作为广告代理的主要经营领域，建立专业化代理制度，筛选优质的代理企业进行合作；通过不断加强与客户的交流，了解顾客的需求，在此基础上不断对产品及服务进行改进和提高，以满足顾客的需求，并在长期的合作中实现共赢。

十年间，我们也创造了东莞广播电视台广告收入的新高，在全国地级市电视台广告创收榜中一直名列前茅。其实我们的生活并不像其他人想象的那样轻松，每一宗广告都渗透着我们的心血和智慧。面对一个个客户，我们要做好每一个广告策划方案，用笑脸来面对客户的各种挑剔，用真诚来感动客户，用专业技能来打动客户。

十年，事物的变化比我们想象的要快得多。十年前，电视还是最热门的媒体，但是今天，东莞广播电视台作为传统媒体，却逐渐受到来自新媒体的严峻挑战。为保持我台的广告收入，养活一个几

百口人的大家庭，也越来越需要实行更有效的广告策略。

人生没有多少个十年，特别是在我们年轻的时候。东莞，一个海纳百川的城市，一个蓬勃发展的城市，我庆幸能成为其中的一员；东莞广播电视台，一个同样充满魅力的大家庭，我为我是其中的一分子而自豪。十年我们一起走过，下一个十年，我们为自己加油，共同创造一个更加精彩的未来！

（作者系东莞广播电视台广告经营中心电视外地业务组总监）

珠三角八个城市台代表来莞实地检查电视主频道相互落地情况

播撒阳光 收获快乐

梁 婷／文

作为一名儿童节目主持人，我每天对着的都是孩子们阳光般灿烂的笑脸。特别是在做兴宁孩子的《东莞寻梦之旅》这个节目当中，我深深体会到了播撒阳光、收获快乐的幸福。

这还得从五年前的“爱心点燃希望”的活动说起。2008 年《宝贝豆丁》、《儿童 Do Re Mi》栏目组和爱心组织前往梅州兴宁石马镇探访大山里的孩子。那里没有先进的教学设备，民风淳朴，有些孩子需要走几公里山路才能到达学校，因为节目拍摄需要，我们要去一位名叫张伟玲的孩子的家里。

张伟玲是梅州兴宁石马镇的一户普通农民家庭的孩子，父母过早离去，她和奶奶及妹妹弟弟相依为命。因为家中缺少劳动力，所以张伟玲生活得非常拮据。当时，她得知东莞的叔叔阿姨们要去家里做客，就在家门口的地上、电线杆上、石墙上用粉笔写上了“叔叔阿姨欢迎你们”。我还记得见到张伟玲时的第一印象：已经上五年级的她，黝黑瘦小略有些驼背，脸上也完全没有笑容，即使你想办法逗她笑，那让人心碎的笑容也是一掠而过。奶奶背着弟弟站在一旁，家中的角落沾满灰尘，墙角挂着随风轻摇的蜘蛛网。就是这样一个内心带伤、自卑却有爱的女孩给我们留下了深刻的印象。

2010年7月，当我们和东莞的爱心家庭以及近50位精彩小主播再次来到兴宁的时候，我怎么都没有想到，张伟玲和她的奶奶问遍了所有的工作人员，要找到之前家访的工作人员，然后送上一小袋花生和咸菜。花生是奶奶自己种的，咸菜是奶奶亲手做的。当我拿到这份沉沉的爱心礼物时，我只觉得自己的鼻子一酸，内心非常感动。我们做的是一次探访，而张伟玲全家却把每个工作人员都刻在了心里，把我们当成了亲人。

2014年，为了能让大山里的孩子出来看看外面的世界，“爱心点燃希望”活动的工作人员把40名兴宁孩子和老师邀请到了东莞，让他们来到东莞体验东莞孩子的快乐。

得知这个消息之后，我们栏目组马上召开会议，希望能为孩子们的东莞之旅做些什么，而焦点也集中在跟拍了三年的张伟玲身上。我们了解到小主播当中的黄芷妍之前也资助过她，于是我们希望通过讲述这两位好朋友之间的故事来让张伟玲圆梦东莞。张伟玲在东莞待了三天，芷妍一直陪着她，她们手牵手游走在大街小巷，晚上同床入眠。黄芷妍生活在一个幸福的家庭，爸爸是交通大学的高才生，有着丰富的求学经历，幽默沉稳的他会和张伟玲聊学习和理想，而芷妍妈妈是一位传统的广东女性，知性温柔，她尽全力给张伟玲带去母性的温暖，为她挑选合适的衣服、鞋子还有生活用品。张伟玲穿上芷妍的妈妈为她挑选的鞋子，说出了一句让芷妍的妈妈记忆深刻的话：“以前我穿的鞋子走起路来都会有响声的，这双鞋子和以前的鞋子完全不同，它好舒服呀。”

这次东莞之行，张伟玲还有一位非常想见到的人，那就是我，因为在这一年多的时间里，她常和我通信，聊她的学习情况，她所需要的书籍，我也会尽量帮她购买并邮寄给她，所以当她下车的时候，编导姐姐问她这次来东莞最想见到的人是谁，她说是婷婷姐姐，顿时谁也没有意料到，她哭了，也许在她心里，我就是她东莞的亲人，那我还有什么理由不为她做些什么呢？

因为我知道她一直有一个梦想，就是做一名主持人，可是因为条件的限制，这个梦想只能暂时搁置，所以这一次的张伟玲东莞圆梦行，我们决定在最后一天，为她在演播厅拍摄一段特别的内容，让她体验当小主播的快乐。我们为她换上新装并设计了造型，还化了妆。当她走进演播厅的时候，芷妍为她表演了拿手的舞蹈，而她最期待见到的我，也和小主播们一起出现，并把她邀请到聚光灯下，和她做游戏，让她体验了当电视明星的感觉。录制到最后，芷妍的爸爸妈妈也一起加入了，所有的小主播都送上自己的一份小小心意和祝福的话语，她感动得说不出话，泪洒演播厅。

这次东莞之行在伟玲的心中留下了非常深刻的印象。我相信，在东莞这座有爱的城市里，将会有更多的人能圆自己的梦。

（作者系东莞广播电视台《宝贝豆丁》主持人）

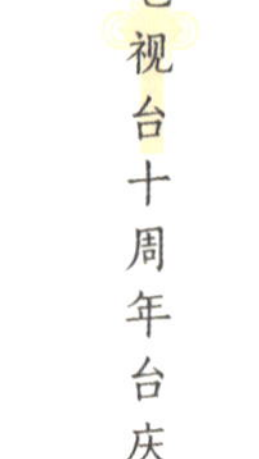

开心的笑脸

十年感悟

邓　笛／文

十年前，刚刚走出象牙塔的我们，
怀着初生牛犊的张狂，孤身南下寻梦；
十年前，刚刚挂牌成立的你，
以广纳才俊的胸怀，招揽志同道合的英才共聚。

十年前，我们毫无工作经验，
有的只是懵懂的理想、敢闯敢拼的精神；
十年前，你还是南粤众多媒体的普通一员，
但你有锐意改革、永争第一的信念。

十年间，我们从毕业时的一张白纸，
成长为能拍、能写、能编的合格记者，
屡次在全国、全省、全市的评比中斩获大奖；
十年间，你从只有不到三百个员工，
一步步发展为拥有几十个栏目，
接近七百兄弟姊妹的大家庭。

十年间，我们从挤宿舍、赶公交的生活，
到实现购房买车的梦想，
直到成家立业，为人父母，安居东莞；
十年间，你从东城偏居的小楼，
搬迁到拥有一千平方的大演播厅，
使用高清设备采编播的，
全国地市级电视台最先进的大厦。

十年间，我们不知不觉已经三十而立，
少了稚嫩，多了沉稳，
当年的学生，也成为学生的老师；
十年间，你带领我们同甘共苦，
打造精品栏目，多元化经营发展，
成为社会效益与经济效益领先于广东、闻名于全国的文化企业。

十年间，我们中或许有人曾经抱怨，
或许有人已经离开，
但我们更多的是享受欢乐，
始终以你为荣，心存感激；
十年间，你可能会因为工作批评我们，
可能出于这样那样的原因面临过困境，
但你更多的是包容我们的缺点，
把我们当成你的亲人。

这十年，对你、对我们来说，
是起步的十年，
是巨大改变的十年，
是黄金的十年。
十年，不长也不短，

也许我们是成功的，
也许我们才刚刚开始，
十年后，希望我们还能在一起感悟下一个十年。

（作者系东莞广播电视台新闻中心记者）

圆满完成采访后的开心一刻

快乐的追梦之旅

孙　琛／文

"曾经年少爱追梦，一心只想往前飞"，这句歌词用在我身上再合适不过了。从步入社会开始，我就一直梦想着能成为一名主持人，于是我从家乡出发，到首都北京读书，毕业后成为"北漂"人群中的一员。后来辗转去了上海，又回到家乡当了一名老师，最终投奔东莞——这片改革开放的前沿热土，回到了我所热爱的播音主持岗位。

在追梦的路上，我不断变换着角色，一直在奔跑。列夫·托尔斯泰曾说过："人没有梦想，如同鸟儿没有翅膀。"主持，一直是我的梦想。东莞，作为广东省历史文化名城，其饮食文化、曲艺、方言、民俗等等，这一切都深深地吸引着我，这是我最初爱上它的理由。

这座城市，在不同人的眼中有着不同的样子。于我而言，它更像是一个万花筒，五彩斑斓，带给我很多惊喜。一个人可以把每天的工作作为梦想，渐渐使其成为生活中的一部分，这是一件多么幸福的事情，而我恰恰就是那个幸福的人。

记得2006年3月28日，那是我来东莞后，第一次参加台庆晚会，看到其他同事登上领奖台高举奖杯的那一刻，我非常羡慕，暗自下定决心，将来自己也要像他们那样登上这个领奖台。经过几年的努力，我终于在2008年三周年台庆的晚会上获得了“广播十佳主持人”的称号。2009年，我主持的两档节目都入选了“听众最喜爱的广播节目”，这样的成绩一直延续到现在，每年台庆我都能如愿以偿，获得这样的殊荣。这些成绩算不上是成功，只能说是我在实现梦想。手捧奖杯的那一刻，我更坚定了自己对梦想的执着。

在东莞广播电视台这九年的直播中，《东莞早晨》、《开心下午茶》每天两档节目角色转换，忙碌紧张的工作状态，偶尔也会让我略感疲惫。还记得，有一年我主持桥头荷花节“等你在桥头，真情相约交友活动”，活动长达三个小时，但台上就我一个主持人，我就这样站在台上足足说了三个小时，一个人把各个环节串联起来，十几个男女嘉宾的交谈、台下观众的互动等，真是一次很大的挑战。然而活动成功之后，那种成就感又将所有的疲惫一扫而空。工作之余，我会打斯诺克来放松自己，进球的那一刻，我又找到了幸福的快感。追梦的路上是艰辛的，学会调整自己，才能更好地前行。

所谓梦想，不是睡觉时梦到了什么，而是想到了什么，激动得没法睡觉。“每天叫醒我的不是闹钟而是梦想”，这是一种多么美好的感觉。每一天都努力上进，你就会离梦想越来越近。有梦想，不断追求，这是我的生活态度。我愿做一个追梦人，永远奔跑，永不止步。

（作者系东莞广播电视台《东莞早晨》主持人）

我梦故我追

杨　浩／文

记得小时候有一次我打开电视，正播着尉迟琳嘉的《倾倾百老汇》。节目里尉迟绘声绘色的演绎、夸张怪异的神情、扭动的肢体加上幽默的点评深深地吸引了我。我当时想，如果我也能像他一样，在电视里扮演着我喜欢的角色，拿着麦克风说着我喜欢的故事，那岂不是很有趣？或许就是这样一颗小小的种子不小心落在了我心里的某个角落，于是我的主持梦，开始了。

大学四年匆匆而过，可无论如何不会忘记的，是大三那年东莞广播电视台举办的粤语主持人大赛。皓哥带着罗欣姐和一鸣姐来到我上课的教室，宣布这个比赛并诚邀我们参加的时候，我立马和坐在旁边的陈翔用眼神交流了一下，因为我们班绝大部分的同学都来自外省，只有我和陈翔是土生土长的广州人。当时内心只有一个声音：圆梦的机会来了。如果说决定参加比赛那一刻心里还有些不安，不知学习普通话播音的自己能否在粤语主持人比赛中胜出，那么当我来到东莞台，看到了主楼、演播楼和生活楼交相辉映，录音棚、演播厅等配套设施一应俱全的时候，我脑子里只有简单而强大的四个字：我要留下。这简单的四个字给了我无穷的力量，让我在比赛中尽自己的最大努力过关斩将。终于，一个毕业后可以进入东莞台实习的机会落到了我的手中，我知道，我离我的梦又近了一步。

实习期的三个月让我收获颇丰，毫不夸张地说，它甚至比我在校园里学到的都多。主持人王晓是一位魅力四射的女性，气质非凡。但令我惊讶的是，她并不像我们平常想象的主持人那样“清高”，反倒是能跟同事打成一片，对于我这个新同事，她更是特别照顾，除了在生活中会跟我聊天打趣之外，在工作上还会耐心地教我一些主持和播音方面的专业知识，让我收获非常大。主播嘉辉哥在东莞小有名气，只要你听广播，基本没有不认识嘉辉哥的。果然，作为一位经验丰富的主播，他在节目的准备方面无比用心，大到每一个结构，小到每一首歌，他都一丝不苟，力求获得最完美的播出效果。听他的节目我还学到了如何在声音的控制和节奏的把握上做到自然，贴合节目，从而流露出亲和力。然而我最需要感谢的，还是我的制片人周丽姐。我从小就是一个活泼好动的人，喜欢模仿，喜欢接触各种新奇古怪的东西，哪怕是长大后接触主持行业，我也是走轻松诙谐路线的，或者说这样的风格对于我来说更加得心应手，更加自然舒服。周丽姐是我主持路上的伯乐，那天她的一通电话，说希望我留在文艺中心继续试用，会有更加适合我的平台。当时我的内心别提有多激动了，因为我知道我不仅可以在我喜欢的东莞台停留更长的时间，还能够得到我期待已久的更多的学习机会和挑战，因为我心里非常清楚——要想成就我的主持梦想，就一定要多锻炼，让自己强大起来。

学无止境，梦想亦然。所谓主持梦并不是仅仅成为一名主持人，而是做一名优秀的、观众认可的主持人。现在我是《精彩星动向》和《精彩900》的节目主持人，不得不说，现如今的主持人真的需要多才多艺，仅仅拥有基本的主持技巧还不够，例如在《精彩星动向》栏目的工作期间就让我学会了如何外出采访以及采访时需要注意的各种细节；同时也担任过一次晚会的导演，体会到了整台晚会的流程编排以及每个步骤的跟进都需要一丝不苟。《精彩900》则让我学会如何将画面语言转化为主持人自己的语言，换言之，就是要亲自

操刀进行主持稿的编写，不同的电视剧，不同的内涵，如何能够通过自己的语言承接让观众产生兴趣，这是我需要不断学习的技巧之一。总的来说，像栏目的名字一样，我要尽自己的最大努力去成就属于自己的一份精彩，我对自己有信心。

东莞台，真的是我追梦并且能让我圆梦的地方，这里有着广阔的发展空间，有着愿意指导我的前辈们，有着一大帮乐于助人的同事，还有着令我满意的食堂。这些对于我来说都是恩赐。我有梦，所以我要一直追下去，接下来，就是我创造奇迹的时刻。

（作者系东莞广播电视台《精彩星动向》主持人）

“播种美丽·舞动精彩”东莞广播电视台粤语主持人选拔大赛

梦想源于追求

李健宁／文

当我第一次踏进东莞广播电视中心的大门时，瞬间入眼的是一行十二字标语——“追求精彩、创造精彩、奉献精彩”，这让我感触很深。

作为一个媒体工作者，我虽然只是活跃在后台的一个小小的技术员，但是也对此感到十分自豪。因为在一档精彩的节目背后，总不会少了我们技术这一块。摄像机的安装、吊臂的安装、直播车的信道调试，每一个环节都少不了我们这支技术团队。

在我刚入行的时候，带我的师傅就说：“做每件事都要认真细致，特别要记得再三检查，因为一个小小的疏忽就可能会导致严重的播出事故。”确实如此，作为一名技术工作者，我对任何技术问题都不能马虎，一旦出现少许马虎就会引起蝴蝶效应，当真的出现问题时，就可能无法快速查明故障点，拖延抢修时间。

给我印象最深的是 2013 年，我以实习生的身份参与了 2013 年东莞春节联欢晚会的直播。当时启用了一套新型的微波图像传输系统，我们团队要把该系统移装到直播车上。

随着科技的进步，我们的直播车旧式系统无法与新系统进行完美的兼容，因此我们团队的成员必须在最短的时间内自制一个转换器来进行接口转换，以便接入直播车的视频系统中。但是，由于当天晚上节目就要正式开始了，大家都忙得不可开交，有一名同事也在安装吊臂的过程中不慎从吊臂平台上摔下而受伤，因此等把所有工作都弄好后，我们只剩下 90 分钟的时间来制作转换器。

转换器需要在一个多达 32 针的接头上准确地焊上几条头发丝般的细线，而且我手头上并没有接头的阵脚列表，情况十分紧急，有些成员开始犹豫是启动这套新系统，还是使用传输质量较差的旧系统来代替。当时，我们的组长说了一句话，让我们的心顿时坚定了下来。他说："这场活动，很多市民都会收看，我们能够把它做到，为什么不做？能拿 100 分的事情，为何贪图方便就拿个 60 分了事？只有把能做的都做好、做齐，观众才会看得满意。"

对！我们都努力这么久了，难道这点小事就能把我们吓倒吗？

不应该！

组长的话使我们振作起来，我们立刻分工合作，一个负责联系厂家，询问新系统的阵脚列表；一个负责查找接入直播车系统的接口该如何调度；而我和组长则一人焊接一个接口。经过 30 分钟的努力，我们成功地做出了转换器，并且取得了非常好的效果。

当天晚上，导播和摄像都对这套新微波图像传输系统表示满意，但是他们都不知道我们技术人员在后台付出了多少努力。我们并没有太多的自满，因为我们团队每天都要与各种不同的故障打交道，而且每次都十分紧急和惊险。因此，我们已经习惯了与紧张做伴。我们相信，再难的事情都有解决的办法，只有当我们对完美孜孜以求时，我们的梦想才会实现。

（作者系东莞广播电视台技术中心员工）

我与节目共成长

于若曦（若　曦）/ 文

来到东莞广播电视台快半年了，从实习轮岗到定岗上节目，时间不长，但对于我自身的改变是巨大的！当时我是和我的“战友”黄小煊一起来东莞台的，而来到以后我们又一起开始了另一次合作。

阳光 1008《今晚多声道》节目是我们的“战壕”，也是我们的新节目！开播已经一个多月了，看着开播时建的 QQ 群粉丝数量不断增多，看着每晚直播帖中有许多忠实听众留言，还有同事、家人、朋友的支持和鼓励，我们两位主持人都非常感动。

还记得开播前，为了让节目更精彩，内容更丰富，我们花了很多时间去筹备，而听众对我们的支持就是最大的鼓励和回报。前些天，一位听众在网上给我们留言说：“两位 90 后主持的新节目一天天在进步。”我们觉得这是莫大的肯定，非常感谢。当然，也有听众对节目和主持提出了非常宝贵的建议，我们知道那是因为他们在意我们的节目，所以不管怎样，他们都是我们做好节目的最大动力。

我和黄小煊是大学同学，如果大家因此认为我们在节目中会很默契，那就要不好意思了。的确，大学四年我们都非常熟悉对方，也是非常要好的朋友。不过，节目开播后却发现，原来我俩的默契，还是有待提高的！记得在刚开播的时候，我俩经常会互相抢话，有时还特别严重。不过现在我们已经过了“磨合期”，组成搞怪耍宝二人组，每天都会讲最新的资讯，并用快乐的方式呈现给大家。

《今晚多声道》分为趣多 fun、ABC 有限公司以及网友互动三大板块。ABC 有限公司是自制广播剧板块。题材选取的是新近发生的时事热点，通过编剧把时事热点搞笑化、幽默化。在通常情况下，我们都会提前把未来几天的广播剧内容录制、剪辑好。但有时会遇到一些时效性极强的新闻，就需要我们在当天编剧、录制、剪辑、播出。往往在这个时候，就有种打仗的感觉。但值得欣慰的是，我们在录制广播剧时的默契和配合度很高，通常只需要理顺一下思路，就可以进行无稿的即兴创作，而这种思维和语言的即兴碰撞，有时也会带来意想不到的搞笑效果。

对于广播主持人而言，节目内容就是我们所生产的产品，如果产品做得不好，就有可能被听众“退货”，所以，我们一分钟都不能懈怠，每天除了直播前的基本准备外，节目开始前我们都会进行内容分工、对稿和互相提醒对方进入直播状态。而节目播完后，我们也会及时回听自己的节目，发现直播时存在的不足，及时给自己和对方指出问题，以便把节目做得更好。

“新鲜趣闻资讯，搞怪时事评论”，是《今晚多声道》的宣传口号。这档轻松幽默的新闻资讯栏目正在一步一个脚印地成长，两位节目主持人也在节目中不断积累经验、不断沉淀和进步。

（作者系东莞广播电视台《今晚多声道》主持人）

一个让人圆梦的地方

黄小煊（小　煊）/ 文

人生处处充满着选择，不同的选择，意味着有不同的轨迹出现。2013 年，我做了一个选择，然而，我相信这个选择将让我人生中的许多轨迹发生改变。这个选择就是参加东莞广播电视台举办的“播种美丽·舞动精彩”第三届粤语主持人大赛。

2013 年 3 月 16 日　19：45

周六晚上，我和朋友在外吃饭时，突然收到一个区号是 0769 的电话，电话里说，我通过了东莞广播电视台举办的粤语主持人大赛的海选，3 月 20 日将进行复赛，请在 3 月 18 日到东莞台报到。

当时听到电话，我一下子没反应过来，有点不相信，但是后来还是忍不住兴奋了一下。第二天是周日，我白天忙碌完后，晚上在手机上列出物品清单，收拾行李到深夜，期待明天正式开启比赛之旅。

2013 年 3 月 18 日　10：00

我早上回到学校，赶紧到学院办理相关请假手续，然后带着老师和同学们的鼓励，心情美美地出发了。

虽然东莞市区离广州仅仅30多公里，但说实话，我还真是首次踏足这里。我拉着一个32寸的行李箱，把同行的于若曦吓了一跳。他见到我就来了一句：“你觉得肯定能进总决赛吗？带那么多东西！”我还是秉承一贯乐天的态度：“没有啊，但如果一不小心进了的话起码不用担心东西带得不够啊……”

这天的天气阴阴的，但我的心情丝毫不被天气影响。在南城车站下车后，在的士开往东莞台的路上，我看着窗外的景象，心里不禁在想：难怪大家都说东莞是国内数一数二的地级市啊，头一次来到这里，整个城市的发展和建设都让人有一种高大上的感觉，丝毫不逊色于省会城市。尤其来到了东莞台楼下，广播电视中心大楼非常醒目。

这是我第一次来到东莞市区，也是第一次来到东莞广播电视台。

2013年3月20—29日

“我是黄小煊，就读于广州大学，专业是播音与主持，粤语方向……”就凭着一番干巴巴的自我介绍，我一直闯到了最后的总决赛。回想起来，也是幸运的。自我介绍总是没有太突显个性的内容，也没有夸张新颖的表达技巧。但我还是坚持凭着自己的一腔热情和真诚走下去。自我介绍没办法突破，也只能从其他比赛环节入手慢慢琢磨。在比赛的十天时间里，真的每时每刻都在思考比赛的问题，哪怕有些是平时在学校专业课上训练过的东西，自己也要重新拿出来复习。

这十天，从复赛到半决赛再到总决赛；从集训的题目训练到宣传拍摄再到节目排练；经历了许多，收获了许多，也付出了许多。

看着比赛选手们在后台练习才艺展示内容，看着他们对着镜子调整自己的状态，并整理自己的妆容以求达到最佳形象……我也是这众人中的一个。这种感觉很像2010年参加艺考，当年的我是为了圆考上大学，考上自己钟爱的专业的梦；而参加这场比赛，我是为了圆一个见证自己进步和成长的梦。

也许大家很好奇为什么参加比赛并不是为了获取名次？拿破仑说得好，不想当将军的士兵不是好士兵，比赛能够获得好名次当然值得开心。记得小时候我是一个挺好胜的女孩子，但后来慢慢长大了，越来越觉得，其实结果不是最重要的，特别是比赛，一场好的比赛能够让你学会以客观的心态去看待自己的失误与不足，然后从中总结经验。这种经验就是最大的收获。而这次东莞台的粤语主持人大赛，我进入了总决赛，却止步八强。不过这是一场好的比赛，因为从台前幕后的工作人员、导演团队以及参赛选手身上，我学到了很多。

圆了一个小小的梦，让我既有收获，也让我觉得在大学时光里留下一份很珍贵的回忆。结束了在东莞电视台的比赛，我又重新回归校园生活。

2014 年 5 月 18 日

毕业前半年，我就决定毕业后到东莞台就职。那时也听了许多长辈的分析，自己也考虑过，东莞台确实是一个不错的平台，而且东莞也是一个发展得非常好的城市，加上这次比赛，台里给十六强选手的试用机会非常难得，我要好好珍惜。

还记得初来报到的那天雷雨交加。从未在外地读书、生活的我，自己一个人拿着行李，回到台里为我安排的宿舍，对于新环境心里感到有点迷茫和不安。但所幸，这种因陌生而带来的不安感很快就消失了。取而代之的，是一种大家庭的亲切感。

第一个实习的部门是新闻中心，报到第一天就跟着老师外出采访。那天是大暴雨，让我感到新闻记者真的是风里来雨里去，但我早已做好吃苦的准备了。

2014 年 5—10 月

在来东莞台的五个月里，我去过新闻中心、广播中心以及文艺中心。在领导和同事们的悉心关怀和指导下，经过这几个月的锻炼和学习，除了逐渐适应新环境的生活与工作节奏外，自己也越来越喜欢这个地方了，并下决心要把自己的热情和青春倾注在这里。

在几个月的实习过后，最后我在广播中心定岗，也正式开始试用。成为一名主持人是小时候的梦想，也是在大学修读播音专业时的最终愿望。第一次在东莞台正式主持节目，是和嘉辉哥搭档主持《粤听粤潮》。那天心情很激动，就像又圆了一个梦一样，非常开心。

2014年10月1日

2014年10月1日，由我和若曦主持的《今晚多声道》正式开播，这是我们共同策划、主持的节目，意义非常重大。在节目筹备前期，领导和同事都给了我们很多的建议。我们两个新人也不敢怠慢，从资料准备、音频录制到节目播出都一丝不苟，希望能够把节目做好。

节目开播至今已经几个月了，粉丝数量不断增加，听众给我们许多的鼓励和支持，这是我们最大的动力，而且，领导、家人、同事对我们的鼓励、赞赏，都让我们觉得要本着最初对节目的认真、执着以及热情去做好节目。现在才刚开始，我们一定得踏踏实实、一步一个脚印地走，提高节目质量，创造更大的效益。

人的一生中会有许多奋斗目标，可能在不同的人生阶段，目标会随之改变。而这些目标，也是心里的一个个梦想。在东莞台，我将为自己设立更多的奋斗目标，朝着这些目标去努力。这些目标也宛如一个个梦想，无论大小，在逐梦的过程中都将给我带来成长。我也将在一个让我圆梦的地方，慢慢去实现这些梦想。感谢东莞广播电视台，一个让人圆梦的地方。作为新生力量的我，也祝愿东莞台十周岁生日快乐，越来越好！

（作者系东莞广播电视台《今晚多声道》主持人）

《车天车地》闯江湖

汤凌昱 / 文

从2006年至今，我有不少时间都在出差。翻开《车天车地》栏目拍摄安排表，在“异地拍摄”这一栏中，从中国最南部的海南三亚，到中国最北部的漠河北极村，都留下我们的足迹；过去的几年间，我们的足迹遍布中国北京、上海、浙江、福建以及北美、日本、东南亚……

记得2008年5月，我第一次来到上海采访，在和广东省体育频道的同行交换名片的时候，他惊呼：“哇！东莞台也来了！”

对，就是这样的惊呼，我们成功地走出了东莞，成功地迈出了第一步！

在艳阳高照的亚龙湾海滩上，G4挑战赛中国区选拔赛即将开幕，这项由豪华越野车品牌路虎组织的全球性比赛首次在中国举办，来自全国的50多家一线媒体会集在亚龙湾海滩上，采访拍摄200名运动员，见证4名中国代表队选手的诞生过程。

我们也加入了这个庞大的摄制队伍，说起个中过程，异常曲折。如此大型的媒体活动，邀请函一般由厂家的公关部委托公关公司发出，而我们的电视栏目《车天车地》显然不在被邀请的名单之列。

电视媒体中中国南部受邀请的仅有深圳的《车先锋》栏目。由于这个电视栏目已经停播，因此深圳和东莞的经销商联合申请，希望东莞广播电视台的《车天车地》栏目可以代替《车先锋》进入邀请名单，几经周折，我和栏目的制片人沈苹来到了海南三亚。

比赛被设置得异常艰难。第一天早上的竞赛，进行了十公里的山地越野跑，十五公里的自行车骑行，还有沙滩跑、游泳等项目，而下午的比赛有技巧、寻宝、团队合作等；第二天的决赛更加疯狂，五个团队驾车完成不同项目，拍摄难度十分高，要全程跟踪拍摄显然是不可能的。在之前的官方会议上，组委会告知诸媒体，已经邀请旅游卫视为官方拍摄团队，共有十多台机器跟踪拍摄全程，赛后各位媒体可以向大会申请这些素材来使用。

一如我们的日常拍摄，我和沈苹花了一些时间来制订我们的拍摄计划，有些很难跟踪的点我们直接放弃了，另外跟护航的教官团队打好招呼，让我们在整个拍摄过程中可以机动跟随。

拍摄的过程进行得十分顺利。由于我们路线选择合理，加上与教官团队的密切联系，我们顺利地完成了这次拍摄任务。在结束的那一刻，我确定我们收集的素材十分完整，根本不需要申请任何官方素材，而且我也确定，在完成剪辑后，这个节目将会非常精彩！

“你们很牛！”路虎中国公关部主管对我们竖起了大拇指。在G4结束的两个星期后，她收到了我们的视频，很快这个视频就在整个路虎公司掀起了热烈的讨论，因为我们的视频，显然比官方的十多台机器拍摄更完整，制作更精美，一台小DV，打败了一个大团队！

每年，我们都会收到大量的邀请，参加异地拍摄。这些异地拍摄任务，极大地丰富了我们的节目资源，也大大拓宽了我们团队的视野，这条路，我们将一直走下去！

（作者系东莞广播电视台文艺中心摄像）

搭档

何　心／文

小时候我的梦想就是上电视，到现在我的梦想实现了一半，那就是每周做电视节目。我是东莞广播电视台《精彩推介》栏目编导，从业八年。作为唯一的东莞台内宣节目，我们《精彩推介》的标准配置是一名编导、一名摄像和一名制片人。每一期节目都属于我们所有人。我们的栏目宗旨就是“服务”。说真的，从 2011 年年底搬入新家园后，台内引进了很多新技术、新设备，我们的节目制作更方便，服务更全面，报道也更具有多样性。不过，有样东西还是老的好——这就是搭档。

陈耀洪，《精彩推介》摄像，从业七年。我们俩一个是编导，一个是摄像，同一个属相，同一个星座，合作多年，情同手足。这掐指一算，我们俩合作也有六七年了，足迹遍布“全台”，堪称“黄金搭档”。

都说做电视苦、做电视累。搭档这六七年，我们彼此熟悉，共同进步，工作的很多时候反而会觉得异常轻松。编导的工作多半在前期，所以在工作中，对摄像来讲，要尽力完善编导的意图，而编导也会给摄像足够发挥的空间。当然，有时候我们也会发生一些意见上的偏差，不过，这么多年下来，好脾气的搭档从没跟我红过一次脸。

做电视节目，尤其讲究团队的合作，而搭档之间更多的是靠默契及配合。就拿2012年春晚幕后报道来说，1月16日晚8点，龙年东莞春晚在玉兰大剧院准时拉开帷幕。对于《精彩推介》来说，每年的春晚幕后报道都像打一次“硬仗”。随着节目的接连上演，我和搭档也迎来了本次拍摄最紧张的一个时间节点。众所周知，为了晚会节目流畅，演员都要提前候场。但您不知道的是，有时一个节目下场和另一个节目候场的那一瞬间，作为编导和摄像，我们就跟打仗一样。一方面需要在1号地点，也就是舞台左边或者右边，第一时间记录下演员表演过后的反应镜头。另一方面，要在十几秒内抢占2号地点——一个拍摄演员上台候场时最有利的位置。春晚第三个节目魔术《梦幻时分》演出结束时，摄像阿洪正忙着在1号地点抓拍主持人小鸣和安琪在魔术节目表演后的反应。而我拿着采访麦已经飞奔到20米以外的羽泉组合VIP化妆间门口，抢占到一个适合的拍摄机位，等待摄像的接应完成采访。

此时，出现一个突发状况——原本采访羽泉的愿望不能实现了。我有些意外，却没有失望，怎么才能完成对羽泉组合的采访呢？我朝搭档使了个眼色，决定见机行事，搭档也心领神会。考虑到可能出现的拥挤场面，经验丰富的他再次选择了一个“进可攻，退可守”的位置。而接下来就到了考验我们多年默契程度的时候了。

看着走出VIP化妆间的羽泉组合，我站在人群中灵机一动，高喊：“羽泉，新年好！”用对待朋友的心态去对待自己的受访对象，采访就从一句简单的问候开始了。

“大家新年好！”羽泉组合亲切的回应让我顿时兴奋起来。原本拥挤的现场也开始有些失控，歌迷、演员、工作人员一拥而上将羽泉团团围住。

我边挤边调整采访姿势，“趁热打铁”赶紧抛出准备好的问题：“羽凡，你对幸福的定义是什么？”“海泉，你觉得幸福是什么？”

“我觉得幸福就是……”虽然羽泉组合始终没有停下脚步，不过两人都高兴地表达了自己对幸福的看法。作为编导，我通过春晚“幸福过年”的主题，传递出每个人对幸福不同的理解，这是我在节目中希望呈现的。而整个突如其来的状况我的搭档要用镜头把它记录下来。

“人太多，可能没跟上。”当时搭档真诚的眼神差点把我骗过了。关键时刻兄弟也不忘跟我开个玩笑。当然，这也是我们多年合作下来，在略显枯燥的工作中别样的调味品。经验丰富的他是绝对不会错过这样的画面的。老搭档，我放心！

其实像这样的配合，几乎每天都在上演。我们在工作中如此默契，工作以外也是相互照应。都说干这行不轻松，尤其像我们这样的三人栏目组，没有更替，只有唯一。忙碌起来，采访、剪片、后期处理，吃饭经常不规律，胃病就成了职业病。就在春节前最忙的时候，搭档胃痉挛痛到进医院照胃镜，打着麻药还在问我撑不撑得下去。原本可以休息一天的他，拿完检查结果，就立刻回来和我并肩作战。捂着胃，嘴上还说着没事，其实我知道，他是想让我也能喘口气。现在我们说好了，再忙再累也要准时吃饭，不让肠胃再造反。所以每每加班，饭点一到，我们都会互相督促，给对方打个电话或发条信息，内容就三个字：吃饭了！这看似简单的举动，却有种同甘共苦的温馨。

曾经有人说过：人的生命中会有很多的天生一对，天生一对的恋人，天生一对的闺蜜，天生一对的工作搭档。不管是不是天生一对，我想对现在和以后的搭档说：就让我们在这条艰辛又光明的路上，继续相伴，朝着梦想前进吧！

（作者系东莞广播电视台文艺中心策划）

坚守梦想

谭 倩／文

初来东莞，是在冬天。走下火车时，我完全没有想到，深冬时节，这里竟然温暖如夏，穿一身冬装的我热得汗流浃背，对怕冷的我来说，这样的气候正适合。

当时，一脸懵懂的我拖着大包小包的行李到台里报到，心里正想，一个人住哪里，这么多行李该怎么办？接待我的同事就告诉我，早就为新来的同事准备了宿舍，我们什么都不用准备，只需拎包入住，台里还安排了专车接送我们上下班。听到这些，我心里又是一连串的惊叹号。

接下来，我进入了新闻中心工作，短短几天的工作就颠覆了我对电视台记者的看法。过去我在其他地方电视台实习时，总觉得记者的工作特别轻松，有采访时，对方单位来接，活动材料送上，采访结束后，不紧不慢地写稿。可在这里，上午的新闻稿要中午发，下午的新闻稿要晚上发，为了赶稿，我有时候得在车上写稿，晕车晕得再厉害也得及时把稿子发过去。有同事打趣道："咱们是把女人当男人用，把男人当机器用。"

电视台不仅工作节奏快，工作要求也很高，对于短短一两分钟新闻也要反复琢磨主题、结构、遣词造句，还有电视元素的运用等，力求新闻做得更加精、深、活、实。

记得刚来台时有一次采访，栏目要求做现场报道，虽然不是第一次面对摄像机镜头，但要做好一段现场报道可不简单，对我这个初出茅庐的新人来说，难度系数真是相当大。

“这里是……我们看到……”，简单的一段话，我竟然说了十几次，尽管摄像同事一个劲地鼓励我“没关系，慢慢来”，但当我看到他额头上大颗大颗的汗珠时，我又紧张又愧疚，一下就对自己没了信心，觉得自己离一个合格的记者还很远，但又不知道该怎么办。幸好中心为每一位新同事安排了师傅，手把手地教我们采访和写稿的技巧，我们还常常进行业务交流，很快地，做现场报道对我来说就不再那么可怕了，写稿也更有把握了。

在很多人看来，记者是无冕之王，做了记者后才知道这份职业酸甜苦辣的滋味。

有一次，我采访全市性表彰活动，受表彰的全都是乐善好施、热心慈善的爱心人士。当我采访一位热心助学活动的爱心人士接下来还有什么助学计划时，他竟对我破口大骂：“我爱干嘛干嘛，不用你管，你给我滚。”当时我就懵了，长这么大，还从没见过这阵势，以为是自己没说清楚，产生了误会，连忙跟他解释，但他仍然很激动，一直骂骂咧咧，眼看着表彰活动即将开始，为了不影响活动秩序和嘉宾情绪，我和搭档只好放弃这个采访。

走到会场外，我实在是忍不住掉下眼泪，我不明白我的问题究竟哪里不对，为什么会在大庭广众之下遭到一顿辱骂。其实，采访对象不配合或者是阻碍采访的现象，很多同事都经历过，但没有人因此就轻易放弃采访，无论工作中遇到什么困难，大家都会尽最大努力完成采访报道，保证新闻安全播出，这背后既是对职业的坚守，也是沉甸甸的责任。

在东莞广播电视台的显眼的位置总能看到“有规有矩，有分有寸，有始有终，有情有义”这 16 个字，不知不觉中，这 16 个字也成为大家做人做事的准则。也因为坚持这样的准则，电视台的每一

个员工，都在不断创造精彩，也在不断收获精彩。

在我坚守梦想的这十年，东莞广播电视台的发展日新月异；未来，它和我定会绽放更加耀眼的光彩！

（作者系东莞广播电视台新闻中心记者）

《今日莞事》与受众的互动活动

我的造梦空间

冯颖湘（冯　晰）/ 文

“梦”之所以为“梦”，是因为它可望而不可即。当梦想成真时，那便不再是“梦”，人们会给自己设定一个新的更远的“梦”去继续追逐。而完整的人生，必定是处于持续的“追梦”状态当中的。

说到“追梦”，我最初能被称之为“梦想”的，恐怕要追溯到高中的时候了。那时，学校承办了市里关于“五四”的一个文艺活动，作为学校学生会里一个小小的部长，我第一次真正意义上接触到了专业的晚会主持，那是一位美丽的姐姐，当时我看她的眼神是充满羡慕和崇拜的。细聊之下才知道，原来她才大我一岁，准备参加艺术考试，报考播音主持专业。“我也想考这个专业。”我记得当时是这么说的。后来，我们成了朋友。再后来，我还做了她的师妹……

刚上大学的时候，别人都说，考上了播音主持专业，就相当于半只脚进了电视台。可等我们毕业了，这个专业的就业形势却空前严峻。可能跟青春期时的选秀节目泛滥有关系，我感觉我们这辈同龄人都有“明星梦”的情结。刚开始上大学的时候，班里每一个同学都很有优势，他们有好看的外表、甜美的声线以及讨喜的性格，而我只是他们当中默默无闻且不起眼的一员。可是意识蒙胧的我，跟他们一样，做着“主播梦”、“明星梦”，虽未向人提起，但也未曾磨灭。

感恩上天总是适时地眷顾我，在我受到质疑、感到迷茫时，赐给我专业的刘玉萍和许莹冰老师，她们给了我很大的鼓励和信心；而在我对就业前景充满迷茫和恐惧的时候，赐给了我东莞广播电视台。

每一个读播音主持的人，都希望进入媒体当主持人，但并非每一个人都有实现这个梦想的机会，而我居然可以。我自问没有比其他人更高的天赋，也没有比别人更好看的外表。我只有努力，再努力，才能证明自己适合这个岗位。

踏进文艺中心的第一天，是2013年7月11日。一来台就是各种面试，这让我误以为这里很缺人、机会很多。后来才发现，原来领导们只是想摸摸我的底，看我到底是什么类型的，而文艺中心真正缺的是编导。这可以说完全颠覆了我对主持人工作的概念。一直以来我都认为，主持人就是在主播台上播新闻的、站在摄像机前播稿子的，但实际上，你播的稿子很可能是要自己写的，甚至连你出镜的片子，都是要自己编导、自己做初步剪辑的。而在文艺中心，“不能成为好编导的女汉子，不是一个称职的主持人”，每一个主持人都是如此。而后我的梦想，就是成为一个称职的女编导、主持人。

来台一年多的时间里，通过《生活大莞家》栏目，我在编导方面得到了很专业的锻炼；《精彩星动向》和《精彩900》给了我一个很好的平台，让观众们认识我、接受我，甚至喜欢我。而如今我的“梦”，是希望每天都可以进步一点点，无论是主持功力，还是编导能力，成为一个更加称职、更加强大的东莞广电人。

“梦想”是支撑一个人变得更好、更有灵气的精神支柱。俗话说“宁欺白须公，莫欺少年穷”，少年不能欺，因为少年还有“梦”。我很庆幸，庆幸能有一个实现自己梦想的平台，庆幸能有做新的“梦”的空间。

这几年是传统广播电视动荡的几年，所有的传统广播电视台无一幸免地受到冲击。而在这个时候，广播电视人的梦想就是保住这条大船好好前行。危机与机会往往并存，我相信只要我们坚持不懈、同舟共济，乘风破浪必有时。梦，还持续追着……

（作者系东莞广播电视台《精彩星动向》主持人）

第四篇章

创峰

TH
2005—2015
缤纷十载
播放精彩

我们的“卫视梦”

黄腾杰 / 文

信号测试完毕!

信号正常!

……

东莞、惠州、中山电视主频道相互落地了！三地的观众可以同时享受三地的电视资讯，观看更丰富的电视节目了！东莞广播电视台电视主频道首次走出东莞，覆盖珠三角地区了！这是走过十年华诞的东莞广播电视台最为浓墨重彩的一笔。这是庆祝我台十年生日最好的礼物！这是难忘而又振奋人心的一天——2014 年 3 月 28 日！

作为项目组的一员，我有幸在青春年华的岁月里参与并见证了这个奇迹的诞生，倍感激动！

东莞广播电视台电视主频道走出东莞的梦源于2011 年。那一年，东莞台的广告经营创造了十年来前所未有的辉煌。在大家按捺不住内心喜悦的时候，我们的台党组领导却未雨绸缪，敏锐地觉察到地市台的发展瓶颈即将到来，必须尽快突破地缘限制，使地市台拥有卫视般的覆盖区域。2011 年 9 月，东莞台与惠州广播电视传媒集团签订了《东莞广播电视台、惠州广播电视传媒集团两地电视主频道对等落地合作意向书》。但由于当时东莞受众覆盖人口为150万，惠州只有15万，相差10倍，并且经济规模也有一定差距，最终双方因费用补偿等方面未达成共识，致使合作搁浅。

经过两年多的酝酿和努力，2013年11月，东莞台的“卫视梦”被再次激发——这次不是单个城市电视主频道的相互落地，而是珠三角八个城市（东莞、惠州、肇庆、佛山、江门、珠海、中山和清远）的相互落地。11月21日4时，来自珠三角八个城市台的高层们在东莞广播电视中心16楼中庭会议室召开“珠三角八城市台对等落地研讨会”。会上，大家就抱团发展、电视主频道对等落地等合作事宜发表看法。大家一致认为，随着《珠江三角洲地区改革发展规划纲要（2008—2010年）》的实施，珠三角一体化乃大势所趋。抱团发展既是城市台的宣传事业需要，也是生存发展需要，今后双方将在资源信息共享、重大活动策划、合办栏目节目等方面，探索电视媒体跨城合作的模式。会议提出，为进一步贯彻落实《珠江三角洲地区改革发展规划纲要（2008—2010年）》及“文化强省”发展战略，扩大城市台电视自办频道覆盖面和影响力，要率先实现电视主频道的对等落地。这一会议的召开，有着里程碑意义，意味着八台合作扬帆启程了！

机遇到来的同时，挑战也随之到来！这是一种从未有过的合作模式！八个城市台通过什么渠道实现互通互联？光纤还是微波？这是亟须解决的问题。

随后，我们迅速着手论证工作，由总编室、技术中心等组成的项目组，前往东莞谢岗镇、惠州沥林镇，实地察看了东莞、惠州两地光纤对接路径，并先后拜访了广东省广电网络公司、省微波总站，最终确定了通过向省微波总站租借微波通路的形式实现信号互通的方案。经过近半年的努力，珠三角八个城市台电视主频道相互落地工作取得了突破性进展，已基本实现落地工作。

“问渠哪得清如许，为有源头活水来。”东莞台作为倡议和牵头的城市台，一年多以来，先后在东莞、惠州、中山、佛山、江门、清远等地统筹召开多次高层会议和现场协调会议，提出一系列创造性的解决方案，不断推进八台落地工作的实施。更值得一提的是，此项工作得到市委、市政府主要领导的高度肯定，其认为此举扩大了东莞电视媒体的覆盖面和影响力，有利于全面推介东莞市的城市形象，在珠三角地区传播东莞市的正能量。黄永贵台长在呈报给东莞市委宣传部的喜报中批示：“以新的平台作为新的起点，推进本台节（栏）目的影响力、竞争力走上新的高度。”这又一次吹响了出发的号角！

十年东莞台，实现了一系列被业界、学界誉为奇迹的创举。归根到底，其核心就是“创新”！从一年一度、连续举办了九个年头的创新发展研讨会，到人人是股东、自办栏目推行“包工头”式的制片人制，到今天电视主频道覆盖珠三角……从单位到个人，无不感受着“创新”的魅力，无不收获着“创新”的财富！同时，这些创举孕育出的大量适销对路的信息产品，既鼓了员工的腰包，也富了市民的脑袋，又扬了东莞台的名声，大家拍手叫好！作为广电台的一分子，我们由衷地感到骄傲和自豪！

感谢，感激，感恩！

追梦路上，有你真好！有你更精彩！

（作者系东莞广播电视台总编室副主任）

做一名优秀的技术规划师

苏哲新／文

2012 年 1 月的一个下午，刚刚落成的广电中心 1 号演播大厅里座无虚席。此时，东莞广播电视台 2011 年度总结表彰大会正在召开，LED 显示屏上正播放着各部门的工作汇报。当轮到总工办发言时，看着屏幕上汇报工作的自己，我的思绪不禁飞回到两年前的这一刻——2010 年度总结表彰大会，我面对着全台员工做出承诺：“对于一个好的技术规划师来说，没有最好，只有更好，我们希望能够成为东莞广电大厦一块最稳固的基石。”那么，如今，我是否兑现了这个庄严的承诺呢？

“两台合并后家大业大了，要做大做强，你们要尽力在频率频道资源、技术规划工作方面去拓展，为台寻求新的发展空间！”这是黄台长对技术部门提出的期望，也是我过去十年一直奋斗的目标。

时间回转到十年前，在刚刚成立的东莞广播电视台里，到处洋溢着干事创业的热情。作为总工办主任，我首先将关注的目光投向了当时的交通音乐广播节目频率 FM106. 9MHz（现为 FM107. 5MHz）。出于种种原因，这个频率一直没有正式取得国家广电总局的批复，如果不能尽快取得广播频道播出许可证，随时都有被停播的风险。

事不宜迟，我马上与广东省广电局沟通联系，争取上级的支持。然而，就在准备正式申报的时候，FM106.9MHz 与省电台某频率产生了严重的相互干扰，申报工作陷入被动状态。面对困境，我请求东莞市无线电管理部门提供帮助，借用了一台造价昂贵的专业移动测试车查找干扰信号来源。经过多方测试，终于查明了干扰的原因，解决了频率干扰的问题。同年 9 月，国家广电总局正式批准我台开办第二套广播节目，并将 FM106.9MHz 换频为 FM107.5MHz。很快，“107.5”就成为东莞人家喻户晓的广播频率，优质的节目质量和内容，迅速占领了本土的广播市场。

2011 年，广电中心新大楼设备系统规划建设工作全面展开，新设备系统上得好不好、先不先进，直接影响到我台未来几年，甚至十几年的事业发展。如何使新设备系统既保持领先，又能满足业务部门的需要，成为摆在我面前的又一道考题。为此，我们成立了由李先翼总工程师任组长，我任副组长的技术规划建设工作小组，开始攻克一道道技术难题。面对庞大而复杂的采编播设备系统项目，我与技术人员多次进行技术交流，针对全媒体、大数据、云计算等新的发展趋势，不断完善技术方案，组织专家对每个项目反复进行技术论证。在那段充满激情而又无比艰辛的日子里，我们不仅解决了工程中遇到的各种困难和问题，而且保证了施工进度和设备系统建设质量，性能完全达到要求的标准，还为我台节省资金 1 400 多万元。

我们的付出换来了丰厚的回报，在短短的四个多月时间里，我们就圆满完成了 37 个重大项目的规划和建设工作任务，建成了全新的广播播出系统、电视播出系统、新闻制作系统、媒资系统、广播直播室、电视演播厅、阳光网机房等设备设施，电视采编播实现全高清化，设备系统经国家广电总局广科院检测中心检测，各项技术指标优于国家标准，处于国内地级市领先水平，得到各级领导的高度评价和充分肯定。

时间进入 2013 年，随着媒体环境的变化，传统媒体正在遭受前所未有的冲击，黄台长敏锐地意识到，必须继续开辟新的增长点，“要让我们拥有的频率频道资源与广电中心新设备设施相适应，与东莞社会经济发展相适应，找出突破口，积极申报”。然而，现实情况

是严峻的，珠三角地区的广播频率资源非常贫乏，政策空间小，地市台申报第三套广播频率的机会非常小。面对困难，在认真研究了国家有关广播电视节目频道管理政策之后，我大胆地在创新发展研讨会上提出了申报广播频率的计划。

在这座广播频率拥挤的城市里，要想找到一个合适的广播频率难度很大。我带领同事们在全市及周边地区进行了多次广播信号收测，经过无数次的技术论证和收测，并与广电总局、香港电信局、省广电局有关技术负责人多次召开技术协商会，最终确定以调频频率 FM104MHz 申报交通广播节目。

在整个申报过程中，遇到的困难和问题可谓前所未有。功夫不负有心人，经过反复调整技术参数和技术实现模式，申报工作终于取得了突破性进展。2012 年 12 月，国家广电总局同意我台 FM104MHz 进行发射测试，并于 2013 年 7 月 31 日正式批准我台开办第三套广播节目——交通广播，并成功完成了 FM104MHz 与 FM107.5MHz 播出呼号的互换工作，东莞人又拥有了属于本土的第三套广播频率。

回首十年，作为一名技术规划师，技术革新创新就是我的生命，虽然经历了无数的考验，但我始终保持着对事业的激情。展望明天，我依然充满了创业的渴望，我要继续抓好技术规划管理工作和新技术应用，以先进的节目生产平台满足业务部门节目创新的需求，生产更多适合大众的、优质丰富的精神产品，不断提高全台节目生产制作的软实力。

做一名优秀的技术规划师，无愧于东莞广电人这个光荣的团队！这就是我一直追求的梦想！

（作者系东莞广播电视台总工程师）

电视播出机房搬迁回忆录

李得云 / 文

场景一：办公室里的惊人决定

2011 年 7 月 20 日，钟浩棠主任火急火燎地来到我们办公室，向我们传达了一个惊人的决定："经台领导班子开会讨论决定，将于 9 月 28 日举行新广播电视中心进驻仪式！届时将邀请省市领导出席庆典。"顿时，办公室里炸开了锅。最近这半年时间里，我们隔三岔五就往工地跑，工地是什么状况我们非常清楚，地面没有铺贴，外墙还在施工，没水没电……完全不具备入场施工的条件啊！稍作停顿，钟主任便与我们研究了具体工作，得出两个结论：一是整体机房搬迁是不可能完成的；二是在 9 月 25 日前搭建一个展示平台，接受领导的检阅。对此，我们进行了详细的工作分解和规划部署。同时，我们也提出了第一个条件，也是必要条件，那就是在 8 月 25 日之前得给大楼通电！

然而，即使能在 8 月 25 日前给大楼通电，留给我们的时间也是非常紧迫的，因为我们还要给机房地板涂上地坪漆，安装地线、电源线，安装机柜、设备和上电调试等等。其中任何一道工序稍有拖延，将导致工程无法按期完成。

南方的七月，总是那么闷热。下午，在李先翼总工的带领下，我们到了广播电视中心工地，现场一片狼藉，到处堆着施工材料，人们在烈日底下干烤着。我们爬上楼先去看了新闻演播室、广播播出机房和电视播出机房的施工现场，因为这三处场地得先入场施工。好在到了楼层现场，看到的情况并不算太糟糕，施工工人正在铺设静电地板。最后，我们到了还在施工的总配电房。

场景二：在建的广播电视中心工地

机房主管尹亮明自告奋勇找到我，说：“我带几个兄弟把地坪漆刷了吧，上报告请施工队太拖时间了，我们耗不起。”于是，亮明找了几个休班的同事，干起了油漆工的活儿。夏天酷热的天气，加上浓重的油漆味，常常让人喘不过气来。一周后，虽然我们基本帮地板上了地坪漆，但几个兄弟都明显感到身体不适。

机房的地线、电源线、设备机柜陆陆续续到货，进入安装程序，看起来一切都算顺利。这时，从施工现场传来一个我们最不希望听到的坏消息：大楼无法在 8 月 25 日前送电，而且无法确定具体的送电时间。无疑，这给我们泼了一盆冷水。没有电，意味着接下来的安装调试工作无法进行，我们无法按期完成任务。李先翼总工获知这个消息后，当即决定：“没有条件，创造条件也要上！马上联系并租赁发电机！”李总工的这句话，给正惊魂未定的我们吃了一颗定心丸！后来，在使用租来的发电机发电五天后，电终于送上了各楼层。

9 月中旬，台领导到机房检查工作进度，现场督促各项目的施工进度。当时，电视播出机房刚刚开始安装液晶显示屏。一周过后，终于能给液晶显示屏上电和调试了，黄永贵台长带队复查时说：“不错啊，一天一个样子！”虽然是简简单单的一句话，但是给予我们极大的鼓舞。

场景三：难忘的奋战一百天

9 月 28 日的新广电中心落成礼顺利过去了，但我们的脚步并未停下。因为我们接到了一个更加令人吃惊的命令：奋战一百天，全面进驻新广播电视中心！一百天看似很长，但对于全面搬迁一个地市级别的广播电视机房来说是远远不够的，况且几乎是新建所有设备系统，系统间的接口运转需要时间来磨合和调试，没有半年时间是不可能的。但军令如山，在施工时间有限的情况下，怎样才能把这种不可能变为可能？唯一的办法是：取消所有假期，周六周日、公众假期一律上班，并且，一天上16小时班！那段时间，我和电视播出机房的所有技术人员全部早上8点上班，一直到晚上22点以后才下班。一百天皆如此！

除此之外，施工中遇到的难题超乎想象。怎么做到高清和标清兼容播出？中间要做怎样的识别和转换？声音采用立体声还是杜比格式？5.1声道音频在怎样的情况下才能变换声道播出？遇到的所有这些问题在广东省内都没有先例可循。国内也只有中央电视台有所尝试，但像中央电视台那样的设备投入非我们力所能及。在那样的情况下，我们只有查阅生产厂家的资料和咨询相关设计人员，不断进行大量实验和实践才能完成。

章·创举

离12月28日播出系统上线的日子只剩下不到一个月，工作压力越来越大。有一次，罗国有跟我说："播出与新闻的控制接口对接不上，对方开发人员不配合修改。"顿时，我火冒三丈，跑到五楼媒资机房找到开发人员，一顿臭骂，压抑了好几个月的情绪，像火山爆发般终于释放了出来。当晚，对方便联系了总部，让他们的总设计师连夜从成都赶来。后来，我才知道我们提的要求涉及软件底层，在现场服务的工程师不能修改，所以他便以各种理由推搪。与该总设计师讨论了两天后，双方最终确定了接口方案。两周以后，软件接口做好。这时，我和罗国有等几位技术骨干，开始了一段夜以继日工作的日子，连续通宵达旦作战已经变得很平常。我们索性把被子、床搬到办公室里，实在累了就歇一会儿。离上线还有最后一周的时间，我们晚上调试和测试软件，白天培训各部门的工作人员，日夜如此循环。

12月27日，我与亮明商量好当晚的人员安排并作了具体布置。

12 月 28 日，这一天终于到来了，各个岗位的工作都有条不紊地进行着，有进行光纤割接的、有迁移设备的、有调试系统的，直到凌晨 5 点，工作总算完成了。此时，离开台的时间已经越来越近了，我悬着的心越发紧张，默默地倒数着……开台了，开台了，信号源正常！传输正常！播出正常！……当各个岗位报来"一切正常"的信息的时候，我悬着的一颗心终于定下来了，身体也顿时疲惫至极。此时，李先翼总工早已到达播出机房。在播完早上第一档新闻节目后，李总工真诚地对大家说："大家辛苦了，回去好好休息吧！"其实这个时候，我们哪能离开，我和罗国有只是回到办公室小睡了一会儿，随时准备应变，这是责任感使然。

此刻，天已亮。我们相继去饭堂吃早餐，进入电梯的那一刻，我的泪水夺眶而出……

（作者系东莞广播电视台技术中心副主任）

入住新家园让东莞广电人充满干劲

广电人的微小公益大爱梦

赵妍昱／文

我来台工作已经六年了。在这六年间，因为这份意义特殊的工作，我一次次目睹采访对象的生离死别，亲身感受着普罗大众的人生悲喜。每当我放下麦、停住笔的时候，总会不由自主地想起一张张渴望受助、期盼脱困的面孔。正因为这些普普通通的市民对媒体的公益性有所期待，对社会的大爱救助有所渴望，所以他们珍惜面对记者的机会，也对我们的采访寄予厚望。这就要求我在工作之余，还要不断思索和尝试，如何在自己耕耘的这块田地里挖掘出爱意，让民生救助报道，不再停留在稍纵即逝、不痛不痒的层面。

就这样，一个微小的公益梦开始在我的日常工作中生根发芽，不断壮大。而更感幸运的是，台里一直都给予我们创新实践的沃土和空间，让我有机会在做好工作的同时去帮助更多人。就这样我们力求将救助采访新闻做出人情味。在这样的信念支撑下，为了树立我们栏目组在公益救助活动中的公信力，我们发动了爱心接力活动来不断传递救助信息。这其中就发生了一件令我引以为豪的事情：原本普通的一次采访，引发一场大爱接力，最终救活了一位在生死线上垂死挣扎的伤者。这不仅让我对自己手中这支麦、指间这支笔，有了新的认识，而且让我对自己是名记者，有了更深刻的理解。

2014 年 8 月的一天，我接到一位市民的电话，求助者（张帝煌的妻子）哭诉了他们所遭遇到的不幸。她丈夫（张帝煌）在洗澡时意外因燃气热水器爆炸导致重伤，原本就靠打工赚钱勉强维系的小家庭，顿时陷入困境。而她丈夫之所以烧伤格外严重，是因为逃出火海后，担心热水器再度爆炸伤及无辜邻居，于是冲进火海关掉燃气阀，这才造成他两次烧伤的惨状。看着善良而无助的小两口，我心中只有一个念头——救活他。作为一名记者，我的采访不仅仅是为了记录现场，描述新闻，广而告之，更应该运用媒体的力量传递爱和希望。

连续 10 天，我们不断跟进和分角度报道此事，潜移默化地呼吁观众奉献爱心来救助伤者。我本人更是积极参与，在正常采访结束后，立刻联络民间公益慈善团体和个人，让他们关注我们的报道，让大家组织发动更多的爱心救助活动。并且，在采访过程中我立刻将自己所了解到的情况在微信朋友圈同步互动，呼吁爱心捐款，出乎意料的是此次微信朋友圈爱心互动得到更多来自身边朋友的关注和支持。在新闻未播出之前，通过微信朋友圈就已募集爱心捐款约 5 万元。短短 10 天，经过我们《今日莞事》栏目 10 多次连续报道，事件被众多市民所了解，同时也引发线上线下更多的爱心帮扶，陆续为伤者筹集到近 20 万元的爱心款并打入医院账户，确保他得到及时治疗。

在这个过程中，我不仅是一名记者，更是一名爱心传递者，无论白天还是晚上，无论休息日还是工作日，只要接到有人要帮他的消息，我都第一时间联系并亲自接收善款，再立刻送到伤者家属手中。每次面对捐款人充满信任和祝福的眼神，每次看到救助者接过捐款时感动得落泪，我都一次又一次被感动了。组织和发起爱心救助活动，虽然不是媒体记者的分内工作，但在我采访期间，我感受到了社会大爱的温暖，也体会到了公益能量的存在。所以作为媒体人，我有责任去传递并延续它。而我更不能辜负和怠慢那些信任我们的观众给予我们的支持以及他们捐助救人的每一份热情。张帝煌

全身90%的皮肤重度烧伤，医生给出了死亡率高达六成的结论，而我们一次次爱的传递不仅感动了医护人员，感动了张帝煌的家人，也激励着病榻上的张帝煌不言放弃，与死神搏斗。大家的努力没有白费，如今张帝煌不但能走路说话，而且基本康复，并已出院回老家过年了。这让所有为他捐款送祝福的观众感到欣慰，也让我感到自豪。这次爱心接力活动的圆满完成，不仅是对我们媒体影响力的一次有力证明，也是对当前社会人间温情的一次完整呈现。通过这件事，我对自己的工作更多了一份使命感，也更增添了一份新的动力。同时，通过这次栏目组和热心观众以及社会爱心人士联手共创的这个大爱奇迹，通过我们的连续报道中对凡人善举的细腻描述，东莞这座城市的大爱无限和人间温情，也在我们的日常节目中得以彰显，而我们本身也从媒体报道角度积极参与和传递社会正能量，发现和见证我们身边的真善美。

如果没有栏目组同事的配合，没有领导的支持，我想这个微小的公益梦可能很难走进现实，毕竟这不是我们新闻报道的主流，也非传统新闻的选题策划，而我们初次尝试的系列报道也未能尽善尽美。但正是制片人一次次在排单上写下“等稿”，才让我信心满满地一次次奔走圆梦。而像这样的公益报道，我们一次次尝试着创新。

在一位17岁少年雨夜遭劫被砍重伤，送院抢救，母亲难以承担医疗费的报道中，我们为伤者募集爱心捐款3.8万元。

2014年4月，我又采访报道了“10月龄女婴被滚汤烫伤，20岁妈妈求助媒体帮助”一事。通过报道，我们又对微公益爱心活动进展进行持续关注和呼吁。不到10天，来自社会各界的爱心捐款就超过23万元，女婴也因此得到及时的手术治疗并最终康复出院。

2014年5月，我曾采访过的万江单身绝症妈妈黯然离世，留下遗孤猪仔。孩子上不了户口，而贫困的外婆又罹患癌症，全家人经济捉襟见肘。通过我们的报道，以及与妇联部门的联动，这对经历苦难的祖孙俩，收到来自社会各界的爱心慰问款2.6万元。而孩子妈妈生前未了的遗愿——给孩子上户口，也得到相关部门的关注和支持，给予特办，如今这个可爱的小男孩已经背着书包走进公办学校了。

2014年8月，我意外荣获“东莞市第二届十大慈善人物奖”。我想这个奖，不仅是对我个人的肯定和鼓励，更是对我们广电公益行动的赞许和表彰。如果没有这样一个给我填充梦想的职业，如果没有这样一个给我梦想充实羽翼的环境，我的微小公益大爱梦又如何能实现和突破呢？以后，我仍要继续和我亲爱的同事们一起做更多的梦，因为我们都能圆梦。

（作者系东莞广播电视台新闻中心记者）

外拍现场

你好，广播

莫佛基／文

一纸调令，我又回到了熟悉的广播行业。

我与广播结缘，起于1995年。那一年，我大学刚毕业，怀揣着学生时代的习作，敲开了东莞人民广播电台的大门，在当时的新闻部当了一名记者。在广播新闻领域，我一干就是十年。我人生的一些重要奖项和荣誉，如中国新闻奖一等奖、“广东省优秀新闻工作者”的荣誉称号等，都是在这个时期获得的。可以说，是广播给了我荣誉和不断前行的动力。

那时候的东莞广播，相比报纸、电视还是处于相对弱势的地位，尤其是广播新闻，由于新闻来源不足和采编人员少，时常需要摘抄报纸新闻，广播的特色不明显。随着新媒体的发展，广播受到的冲击更大，发展遇到了瓶颈。我们在忧心之余，也期待着突破。

2005年，东莞广播电视台成立，广播中心在原来东莞人民广播电台节目部的基础上组建起来。在台成立之初，我随着广播新闻栏目组到了新闻中心。后来由于工作的调整变动，我逐渐远离了广播，专注于电视新闻采编及管理工作。

这段时间，虽然疏远了广播，但我时刻都在关注着广播的发展。

东莞广播电视台成立的十年，是东莞广播大发展的十年。广播频道从原来的两个增加到三个，形成了FM100.8MHz综合广播、FM107.5MHz交通广播和FM104MHz音乐广播三足鼎立的局面，开办了80个广播栏目，每天节目时长共65小时，信号覆盖东莞及周边城市两千多万人口。三个广播频道以近七成的市场份额和收听率连续十年稳居东莞地区首位，在东莞地区收听市场中占据绝对优势。伴随着收听率和市场份额的增长，广播的效益也日益提高。目前，广播中心是全台效益极好的部门之一，人均创收贡献居全台各部门前列。

仿佛是冥冥中注定，在我即将从业20周年的时候，我又回到了广播，回到了我最初出发的地方，而这时的广播已截然不同。

这十年，随着新技术和社会环境的发展变化，广播的收听终端和广播形态也在不断变化，从传统的收音机收听，到在线电脑收听、车载收音系统收听、移动手机收听，广播的形态从广播到窄播到播客，呈现多样化的特点，听众群体也日趋年轻化。据赛立信媒介研究公司的数据显示，2013年，全国使用手机收听广播的听众比例达到47.8%，位居首位；使用车载收音系统收听广播的听众比例超过30%，较2012年增幅超过三成，而且呈不断上升的态势。用手机或者网络以及车载收音系统收听广播的听众，超过80%是45岁以下的中青年群体。

东莞处于改革开放的前沿阵地，经济发达，汽车普及，网络和通信便捷，外来年轻人口众多，这正是东莞广播顺应广播发展新趋势的优势所在。得益于东莞广播电视台改革创新的良好氛围，现在的东莞广播已是今非昔比，逐渐成长为一个体格健壮的小巨人，屹立于东莞地区激烈的收听市场竞争环境中，一览众山小。现在，巨人又将起航，浪击长空。

你好，广播！你前十年的传奇已经写就，下一个十年的精彩，我们共同创造。

（作者系东莞广播电视台广播中心主任）

重新出发 追梦而行

麦正阳／文

十年太长，长得足以改颜易貌；十年太短，短得不够脱胎换骨。

十年前，全国各地的年轻人从四面八方来到东莞广播电视台，理由虽不同，但动力是相似的，我们追梦而行。十年前，我们很幸运，赶上了一个很不寻常的岁月，不寻常到可以全台栏目休眠，不寻常到可以倾全台之力办一两个有绝对优势的栏目，不寻常到可以全体员工变股东，不寻常到可以全员参与竞争中层干部……这对于一个事业单位来说，太不寻常了；这对于年纪轻轻就走上中层干部岗位的我来说，太不寻常了。

感恩，是纪念十年的缘起。

十年前，我们是勇往直前的战士，要打一场奋起的战役，这场战役的“敌人”很明确：呆板滞重的体制、粉饰太平的惯性、非以人为本的机制、咄咄逼人的竞争对手。然而，闯劲与斗志同在，激情因此燃烧。在黄永贵台长的带领下，我们冲锋陷阵突围而出：十年间，我们一举击败境外电视台，奠定在莞收视统治地位，创造了广东广播电视史的一个又一个奇迹，竖起了一面又一面创新的旗帜；十年间，我们的收视数据排名前列已成常态。我们从当初的改革者，变成了今天的得利者，有人有名，有人有权，有人有钱，有人有行走江湖拿得出手的回忆；十年间，我们可能已从当初的开拓者，变成今天的拦路人，只不过我们在印象中，还自以为保持着战斗的姿态而已。环顾四周，竞争对手越来越多，可形象却日渐模糊，渐趋茫然。此时此刻，离被新的改革者把我们从自我感觉良好的神坛中打下去是否需要一个十年？当年的激情和理想，是否还有存在的位置？

反省，是纪念十年的使命。

十年前，流行一句话：我的青春无处安放。与之相比，我们是幸运的。在东莞广播电视台，我们的青春被最美地安放着，无可替代，无法复制。但是，下一个十年，以什么安放我们的青春？是感恩，还是反省，抑或是伤感？我觉得，下一个十年的青春，真的无处安放。如果不重新出发，我们终将夜郎自大；所幸，我们还能出发，我们需要以自己为对手，重新点燃奋斗的激情，拼得一个脱胎换骨的未来。十年间，我们在漫天的文字和画面里，无数次重温了出发时的梦想；今天，我们该用数行文字画下起跑线，为了更好的未来，重新起航。

出发，是纪念十年的意义。

（作者系东莞广播电视台总编室主任）

十年

沈　苹／文

从小到大，我读书成绩都不算太好，除了语文、数学、英语好点，其他科目都很一般。班上有很多成绩非常好的同学，也就是现在所说的“学霸”，而像我这种中间层的学生是一直不太受到老师关注的，直到大学毕业。

严格来说，因为学生时期的不出色，也导致我内心的不自信。大学毕业那年，广东电视台举办了一个粤语主持人比赛，当时因为喜欢电视这个行业，我头脑一热就参加了，作为参赛选手的我突然发现身边的人要不就是科班出身，要不就是准备充足，这样的感觉让我很惶恐，还没比赛我就感觉已经输了，最后真的没有比出个什么名堂。但幸运的是，我被东莞电视台的领导挑中了，认为可以培养。于是，领导的一念之想就开启了我的电视梦想。领导的肯定让我得以重新审视自己，让我发现其实我也不是那么微不足道。于是，带着激动的心情和无限的冲劲，我开始在东莞这个陌生的城市奋力拼搏。

“梦想总是美好的，现实总是残酷的。”这句话我不敢说是百分百正确的，但是在我身上的确是完美描述。一个啥都不懂的毕业生，没有写过稿，没有出过镜，没有感受过民间疾苦，没有看过人生冷暖，要想成为一名优秀的电视人，太难了，我甚至连最基本的工作都做不好。这个认知一下子又把我的激情给摧毁得七零八落，很想打退堂鼓，但很幸运的是，在这个迷惘的关键时刻，领导和同事不停地开导我，告诉我冰冻三尺非一日之寒，只要我坚定地在这条路上走下去，就有实现梦想的那一天。

2005 年，东莞广播电视台成立，而我也成为一个新栏目——《车天车地》的制片人。汽车节目的制作和其他类型的不一样，就编导来说，要累积大量的专业知识，把自己变成一名汽车顾问；而拍摄也是一个考验，不管天气如何变化，我们必须准时无误地送上最新拍摄的节目。所以我们习惯了在烈日 40°C、只有 4°C 的寒冷、狂风暴雨等各种各样的恶劣天气中拍片。很多观众知道了幕后拍摄的情况都说我们做电视的不容易，观众只看到电视上唯美的画面，根本不知道要做出这些画面是要付出很多代价的。每当听到这样的评论我都笑一笑，感谢观众的支持。现在回过头一想，真心不觉得委屈和辛苦，每天都做着自己喜欢做的事情，还有什么好抱怨的呢？另外一个感触就是，前几天有个同事在朋友圈发了一条信息，说来东莞广播电视台，最大的收获就是有几个好朋友、好战友！是啊，我们几个同事风里来雨里去，就像上战场打仗的战友一样，这种战友情谊真不是随便就有的。

《车天车地》发展十年，中间也有很多的小高潮。比如 2009 年，栏目组联合寮步镇政府举办了东莞首届越野车挑战赛。比赛场地约 10 000 平方米，比赛分为专业组和新秀组，吸引了来自广东、广西、湖南、湖北、江西、香港等地的越野高手参加。我们台进行了为期两天的直播，围观人数和电视收看人数都相当惊人，这场比赛的规模，在当年以及后续很多年，都让人津津乐道。

2013 年 10 月，我被文艺中心总监任命为《宝贝豆丁》栏目的执行制片人。虽然是代班制片人，但我非常重视，毕竟儿童节目和汽车节目完全不一样。再者，当时《宝贝豆丁》在承办一个大型节目《点星魔坊》。于是，我把已经上轨道的《车天车地》先放一边，全力以赴来操办《点星魔坊》。《点星魔坊》是一个少儿才艺选秀类的

节目，加入了腾讯公司的魔幻游戏洛克王国的元素，当时已经快到了复赛尾声的阶段，马上就要进入决赛。其中面临两个难题：一是每一场都有一个冠军，到了总决赛时这26个周冠军怎么比？怎样才既不会让观众觉得不公平，又不会让观众觉得无聊？二是经费有限，决赛要怎么在有限的经费下做得很好看？为了解决这些问题，栏目组不停地开会商讨解决办法，经过几次通宵达旦的会议讨论之后，有了初步方案。首先，总决赛以汇报演出加颁奖的方式开展，不再进行个体比赛；其次，经费不足，我们就想办法把可以省的钱省下来，比如餐饮找商家合作，晚会现场外可以给客户摆摊，现场布置的LED灯饰找朋友借，服装自己DIY，甚至连邀请函，都是栏目组自己手工做的；最后，再使出一个撒手锏——门票发售，演播厅400多个座位除了一小部分留给选手家长和一些重要客户之外，其余全部售出，这也是《宝贝豆丁》首次尝试售票的方式。准备比赛的过程既是煎熬又是兴奋的，短短的两个礼拜后，我们在演播厅上演了如梦如幻的总决赛。在后台忐忑不安的我，看到台领导都坐在观众席上，给予我们最大的支持，心里激动得怦怦直跳。同时，我又看到演播厅里的每位观众都笑到眼睛弯弯，看到孩子们露出的极为纯真的笑容。那一刻，忽然什么辛苦都不记得了，唯一刻在心里的，就是那一张张笑脸留下的温暖。

十年真的很长，长到回过头一想，原来和同事们一起做过这么多的事情，点点滴滴都是那么珍贵，长到我可以打破自己不是优秀学生的魔咒，靠着自己的努力做着自己想做的事情。但是，十年又似弹指一挥间，依然会提醒现在的我，远没有实现自己的电视梦想。身为媒体人，身为东莞广播电视人，我依然会坚定地在这条道路上走下去。

最后，我想用一句话来结束："世界上没有人有钱到可以不需要别人的帮助，世界上也没有人穷到不能帮助别人。"一句话，一举手，一投足，就有可能改变别人的一生，我谨记，我感恩。

（作者系东莞广播电视台文艺中心总监助理）

福海思源

於铁群 / 文

一大早，女儿拿着一张纸蹦蹦跳跳地跑到我床边，对着我喊："爸爸，生日快乐!"

还没有睡醒的我一惊，是呀！今天是我的生日！"谢谢宝贝儿!"我开心地亲吻了女儿。

"爸爸，这是我给你的生日礼物。"

我一看，白纸上歪歪扭扭地写着四个字——"福海思源"。

"爸爸，这几个字很难写，我练了很久才学会的。你看，是我写得漂亮，还是墙上的写得漂亮?"

"都漂亮，宝贝儿!"我欣喜地搂着女儿。

我拉着女儿的手，走到客厅，看着墙上挂着黄永贵台长为我家新房赐的墨宝"福海思源"，这些年的幸福片段历历在目……

2002 年，我来到东莞电视台，在新闻部做记者和主持人。

2005 年，东莞广播电视台成立，也在这一年，我们的"大家长"黄永贵台长以创新经营为理念进行了多项改革，为东莞台注入了新的活力。他以一种常人所没有的魄力，掀起了一股栏目改革的浪潮。在此期间栏目全部休眠，员工提交栏目策划方案，针对方案择优开播；台里试行制播分离制度，推行制片人制度，以此激发全台员工的斗志。这些举措都为东莞广电日后创造奇迹埋下了伏笔。

2006 年，我台实行人事制度改革，全台中层干部竞争上岗，我在这次改革中成功竞聘财务部副主任一职，并深刻体会到了什么才是“不拘一格降人才”。同时，我台也在这一年开始推行广告代理制，将社会的营销网络充分整合，当年广告经营收入达到 2.8 亿元，同比 2005 年的 1.5 亿元增长了近一倍。

2007 年，我从“新莞人”步入到“东莞人”的行列，与我一起入户东莞的还有几十个同事。入户对于一个外地人来讲是一颗最大的定心丸，让我们这些来自五湖四海的游子们找到了家的感觉。

2008 年，我买了第一辆属于自己的私家车，这都要感谢我台的薪酬制度改革，感谢黄台长的“让员工变股东”的创新思路，让全台员工享受到了改革发展的成果。同时这一年，我也当上了爸爸，女儿的降临让我欣喜若狂。

2009 年，我搬进了新房，复式结构，一次性付款，很漂亮。我怀着感激之情，请黄台长为我的新居赐墨宝“福海思源”，挂在我新居的客厅中。

女儿曾经问过我这四个字的意思，我告诉她，我们现在生活在幸福的海洋中，这一切都教我们要学会感恩，懂得感恩，知道饮水思源的道理。没有黄永贵台长，没有东莞广播电视台，就没有我们今天的幸福生活，我们永远不能忘记幸福的源头。因此，女儿首先认识的字就是“福海思源”，当她知道我快过生日时，就开始练习这四个字了，只为给我一个令我记忆深刻的生日礼物。

我搂着女儿，开心地说：“这是爸爸收到的最好的生日礼物……”

（作者系东莞广播电视台广告经营中心主任）

梦想成真

周炜其／文

每个人都有梦想，每个人都会为实现自己的梦想而努力。人们终其一生为了梦想而奔波，有的人通过努力梦想很快实现了，而有的人还在忙忙碌碌为梦想而奔跑。在东莞广播电视台这个广阔的大舞台上，在领导同事的关心爱护下，我的梦想已成真。

2005 年 3 月 28 日，东莞广播电视台正式成立，东莞广播电视事业翻开了新的篇章。在 2005 年底，我台的各项改革正如火如荼地进行着。首先是在栏目方面进行改革，具体是对当时的电视栏目进行调整，通过竞标的方式对栏目进行择优选用。经过一系列的考核、答辩后，我有幸被台委任为《东莞发现》栏目的监制。于 2006 年 1 月 1 日开播的《东莞发现》是一个日播节目，工作强度大，任务重，而且是一个全新的杂志类节目，在没有可借鉴经验的前提下，我与栏目组的其他员工进行了一系列探讨，不断地摸索出一种科学的制作模式，经过半年多的运作，《东莞发现》已经逐步得到了群众的认可，收视率也在不断地提高，并获得了“最受欢迎电视节目”的称号，这给予栏目组极大的鼓励。这次的栏目改革给了我极大的信心与动力，在我心中燃起了发奋图强的火焰，给予我在改革的大潮中扬帆奋进的热情。成为栏目监制让我得以在东莞广电的大舞台上一展身手，充分展现了个人的风采，让我信心倍增，这成为我人生的一大转折点。

东莞广播电视台改革的步伐势如破竹，给员工发挥能力的机会接踵而来。2006 年 6 月，我台实行中层干部竞岗制，让有理想、有闯劲的员工在这一舞台上发挥更大的潜能。通过这次竞岗，我有幸成为文艺中心副总监，这次的机遇让我更有信心为我台的广播电视事业添砖加瓦。在东莞广电一系列的改革过程中，领导们的循循善诱和关心，同事们热情的帮助和理解，让我从一名普通的员工逐步成长为管理者，更让我慢慢地走向成熟。担任三年多的文艺中心副总监，既锻炼了我的心智，提高了我的管理水平，又奠定了我在台里发展的基石。扎根东莞广电，服务东莞广电，把我的一生奉献给东莞广电一直是我多年来的梦想，这次的改革让我的梦想一步一步地走向了现实。

2009 年 9 月，东莞广电的直播部正式成立，我被委以重任，成为直播部的负责人。我深知这是黄永贵台长以及台领导们对我的高度信任与肯定，我深感肩上的重任与压力。从没有新闻直播经验的我，在接手这个任务之初，犹如一头蛮牛毫无方向地横冲直撞。在这一过程中，我曾经有过失败的挫折感，也有过气馁时的沮丧，是黄台长一直以来给我加油鼓劲，给予我理解与宽容，不厌其烦地耐心教导，给我指引一条正确道路，成为我前进的指路明灯。在领导鼓励和同事们的努力下，直播部在这四年以来慢慢地摸索成长。四年来，在直播部的日子里，我经历了入台以来最艰难的心路历程，泪水与汗水、成功与失败交织其中。当遭遇挫败时，是黄台长一次又一次地给我安慰、支持和指引，让我重拾信心，坚定我的信念，让我向成功一步步地迈进，让我的梦想逐渐走向了现实。正是在直播部这四年时间锻炼了我的心智，让我赚取了丰富的经验，使我的管理水平提升了一大步，这都离不开台领导以及同事们的关爱与支持，我在感动和感恩中默默地奉献我的青春与力量。东莞广播电视台即将踏入第十个年头，我也被调任到专题部，这是一个全新的部

门，又是一次全新的机遇，台领导再一次给予我信任，同事们的支持与配合也给了我更大的信心与更坚韧的毅力。为了梦想，我时刻铭记“有规有矩，有分有寸，有始有终，有情有义”，并且努力奔跑，奋力向前迈进。

一路走来，我也有过彷徨、疑虑和迷茫。但在东莞广播电视台这个温暖的大家庭里，在黄永贵台长大刀阔斧、不畏艰难的改革下，我重拾了信心，看到了前路的光明。事实也证明，改革是成功的，结果是令人鼓舞的。一个个鲜活事例、一项项奖项与殊荣，让我感到能成为东莞广播电视台这温暖大家庭中的一员是很光荣的。东莞广播电视台是梦起且梦圆的芳草地，十年耕耘，硕果累累，我的梦想终于成真。

（作者系东莞广播电视台专题部主任）

新媒体中心的小伙伴们

梦想照进现实

赖捷梅／文

每当提及“梦想”这个词，我的脑海里总会浮现一句话——“梦想照进现实”，这是一部电影的名字，也是我喜欢的一句话。自从加入东莞广播电视台这个大家庭后，短短几年时间里，梦想不仅照进了我的现实，而且照亮了我的生活。

梦想第一次照进现实，是在2006年。这一年，刚刚成立一年的东莞广播电视台在黄永贵台长的率领下，掀起了新一轮的改革“风暴”。7月份，台里决定实行中层干部竞争上岗制，凡是符合条件的员工都可以报名参加。消息公布之后，台里顿时热闹起来了，有摩拳擦掌、跃跃欲试的，有半信半疑、嘀咕猜测的……也许是“初生牛犊不怕虎”的缘故吧，当时在人力资源部工作的我，跟许多同事一样，也抱着试一试的心态参加了竞岗。幸运的是，我竟然考取了一个比较好的成绩，在台领导的支持和信任下，还被任命为办公室副主任。对于这一结果，我在惊诧之余，心里也不免忐忑起来：自己参加工作的时间短，资历浅，经验又不足，能否胜任办公室副主任这样一个重要职位呢？在我迷惘的时候，正是黄永贵台长给了我充分的信任和热情的鼓励，给了我一颗“定心丸”，让我满怀信心地

走上了新的工作岗位。黄永贵台长这种敢于起用新人、放手任用新人的气魄和胸怀，让我深深感动，并且终生难忘。如今，距离第一次竞岗已经九年了，我在办公室副主任的岗位上也连续做了三届。这些年来，每当工作上遇到困难、思想上陷入迷茫的时候，我都会想起黄台长的信任和鼓励，想起黄台长这么多年来对办公室工作的理解与包容。我便会重新燃起战胜困难的信心与激情。

梦想第二次照进现实，也是在2006年。这一年，我台对原有的薪酬分配制度进行了大刀阔斧的改革，黄永贵台长在员工大会上公开承诺，要通过实施“三挂钩”（员工薪酬与全台经营收入、个人绩效、工作岗位挂钩），让东莞广播电视台的全体员工成为股东，共享单位的发展成果。很快，大家便尝到了改革的甜头。随着全台广告经营收入的飞速增长，我和同事们的工资收入也翻了几番，买房、购车的人也多了起来。我和许多同事一样，短短几年间便圆了“购房梦”和“购车梦”。记得在2009年度的总结表彰大会上，黄永贵台长公布过一组数据：东莞广播电视台成立以来，员工购买的住房超过200套，购买的小车超过300辆。对于这一切，我们原来只是把它当作一个遥不可及的梦想，从未想过梦想会这么快照进现实。每当想到这些，我的内心都会莫名感动，为自己有幸成为东莞广播电视台大家庭的一员而感到骄傲和自豪！

梦想照进现实，生活洋溢幸福。转眼间，我已经在东莞广播电视台度过了十载光阴。在这十年间，我由一名普通员工成长为一名中层干部，圆了“房子梦”和“车子梦”，找到了理想的伴侣，组建了幸福的家庭，还有了可爱的儿子……细数这些喜人的变化，我深深感到，东莞广播电视台就是一个“梦工厂”，在这里，我们追逐并实现了一个又一个梦想，而新的梦想还在不断地开花、结果……

（作者系东莞广播电视台办公室副主任）

梦起广电 完美蜕变

钟　鸣／文

2015 年 3 月 28 日，是东莞广播电视台成立十周年的大喜日子，也是我投身东莞广电事业十二年以来，与她共度的第十个最值得庆贺的生日。

如果把生命分割成一片片能回眸的碎片，以十为计，我们能拥有几多？如果把自己的心路比喻为可以耐得住烹煮的清茶，有多少可以回味而无悔？

2013 年 7 月，根据台党组的要求，经过严谨细致的研究调查，我草拟了《“完美大舞台”东莞广电主持人见面会项目可行性方案》，拟于每周日上午在南城元美公园举办节目时长约为 90 分钟的“完美大舞台”主持人见面会，通过广电主持人与观众互动和社会各界文艺团体表演等形式，拉近我台主持人与市民受众的距离，增强节目主持人和自办栏目的知名度和竞争力，进一步扩大我台的社会影响力。

方案很快得到通过，并成立了项目执行小组，由我来担任组长负责统筹执行。

2013 年 9 月 28 日，“完美大舞台”正式启用。当天，我台广播频率 FM104MHz 开播仪式也同时在“完美大舞台”上举行。东莞市委常委、宣传部部长潘新潮、副市长喻丽君与我台台长黄永贵等领导出席了仪式。现场人声鼎沸，座无虚席，上千名观众到场观看了演出。

“完美大舞台”启用至今已经一年多了，项目执行组成员精心策划、认真组织，不畏严寒、不惧酷暑，牺牲周末休息时间，圆满顺利地完成了“完美大舞台”60 多期东莞广电主持人见面会演出的统筹执行和演出等各项工作，来自社会各界不同年龄阶段的演员，满怀热情，在我们的大舞台上挥洒心中的激情，充分展示才艺，以小品、相声、魔术、杂技、舞蹈、歌曲等丰富的表演形式，歌唱美好生活，传递社会正能量，有力促进了东莞群众文化艺术的发展，为东莞市民文化增添了一道靓丽的风景线。

时光荏苒，一年多的日子如白驹过隙，转瞬即逝。还记得最初，我们把公园里的大花坛改造成美观的大舞台，从舞台桁架喷画背景到改建大气的 LED 大屏幕作背景，从在帐篷里更衣化妆到建造了舒适的更衣室，填平水池增加观众席位，栽种遮阳树木，规整场地，我们经历了严寒酷暑，挺过了狂风暴雨，一路风雨兼程。

经过一年多的努力，我们做到了每场活动均座无虚席，很多观众都是早早就来到活动现场，希望见到自己喜爱的主持人。许多粉丝还为自己心仪的主持人制作了海报和横幅，有些还精心准备了礼物。

在广大观众的支持下，全台 60 多名节目主持人均担任过“完美大舞台”活动的司仪或表演过节目，大家各尽所能，大展才华，推介栏目，树立了良好的形象和节目品牌。

破茧成蝶，实现另一种美丽。十年的积累，成就今日的完美蜕变。2015 年，当梦想照进现实，我们共同读懂了一个广电人的理想，是波澜不惊的执着，执着于东莞广电事业的梦想，是永不言弃的坚守！

今天，我们用短暂的篇章描绘了一个广电台的发展，十年，或许太短暂，我们期待二十年、一百年后的精彩描绘……

盛年不再来，一日难再晨。及时当勉励，岁月不待人。一直以来，我的梦想是成为一名优秀的广电人，虽然曾有过迷茫和彷徨，但所幸有领导和同事的帮助，经过不断努力，我终于找到了追求的方向。

如果说希望犹如高高扬起的帆，那么不懈的追求就如同承载着无限梦想的船。我拥有希望，亦怀揣梦想，我愿和这条船上所有满怀热情的广电人，一起乘风破浪，为东莞广电事业的明天谱写新的篇章。

（作者系东莞广播电视台产业发展部主任助理）

完美大舞台现场

十年·树梦

欧少仪／文

踏入2015年才几天，由于业务拓展的关系，我们来到了澳大利亚的巴罗莎谷（Barossa Valley）。巴罗莎谷是南澳洲最有名的葡萄酒产区，从南澳首府阿德莱德开车到巴罗莎谷只要50分钟。1838年以来，来自德国的移民不仅带来了欧洲文化，也带来了葡萄种子，在这片土地上繁衍子孙，酿制香醇的美酒。充沛的阳光、沙丘地与清冷的好空气赋予巴罗莎谷卓越的酿酒条件，德国农夫、商人、艺术家、专业人士以及来自英国的中产阶级令巴罗莎谷极具乡村生活情调，并成为世界著名的一级酿酒区。可能你会不解，东莞广播电视台作为一个地方主流媒体，怎么会去酒庄？其实不然，在新媒体时代下，人们的信息传播和交流方式正发生着前所未有的变化，各种新媒介的出现和发展不断动摇着传统广播电视媒体原有的优势地位。在“内容为王”的传播渠道复杂化的双重压力下，地方电视台如果不找准自身特色，积极调整经营战略，就很难在全媒体发展的今天，走出一个新的发展格局。此行看似风景如画，实则险流暗涌，所以我们亟须大胆开展与媒企资源整合营销的合作。

合作方是澳洲1847酒庄集团，旗下的1847酒庄始建于1847年，是巴罗莎谷第一个商业酒庄，其在巴罗莎谷葡萄酒发展史上有着重要的地位。在其即将大张旗鼓开拓国内销售市场的节点上，我们毅然抛出合作的橄榄枝，凭着东莞广播电视台旗下三个电视频道、三个广播频率、东莞阳光网、东莞阳光台以及杂志周报的强大资源和广东省发展最快、实力最强、媒体资源最丰富的地级市台之一的口碑和实力，与1847酒庄集团达成了合作协议。此行的目的是亲自踩点，因为在意向合作的模块中，有葡萄酒销售，有定制酒营销，有酒庄深度游，还有澳洲农产品贸易等项目，我们希望依托自身原有的优势，对合作方的相关信息进行专业化处理，衔接上游供应商和下游输出渠道。

在巴罗莎谷的几天，我们都住在1847酒庄里，在庄园后院的小山丘上，我见到了一棵平生见过的最大的花椒树。老庄主John告诉我们，这棵花椒树最早记载种植于1860年左右，当时的移民先锋不仅带来了德国的文化习俗，也带来了一些种子，花椒树就是其中的一种，因为适应力极强，后来就在澳洲广泛种植了。历经一百多年，它见证了多少岁月的痕迹和时间的故事！每每行经后院，我都不由自主地注视着它那苍劲挺立的躯干，那是一种直指天空的生命姿态。它那粗糙龟裂的干皮、蓬勃繁茂的枝叶、擎举着用力伸向高空的树冠、树缝里闪烁着的点点阳光……总会给我一种莫名的感动！

是啊，不知不觉，已经十个年头了！2005年，东莞广播电视台成立，艰难求索，破茧化蝶，十年磨砺，东莞广电人实现了一个又一个的梦想。跟随着东莞广播电视台的改革浪潮，我从幕前走到幕后。2009年，我心怀忐忑地担任台新组建的策划营销中心主任。眨眼六年了，作为一名营销“新手”，在不断前行的磨炼中，我始终坚持着媒体人的责任，在台领导的关怀与信任下，在同事们的支持与配合下，我一步步地走到了今天。如今回头一望，这一路走来，有试探，有摸索，尝试过失败，也体味过成功。十年磨剑，十年树梦，我庆幸自己没有沉沦和放弃，一如花椒老树，百年前还不只是一粒种子？当年的栽种者何曾想到今天的它是如此的挺立和飒爽?!

伴随着互联网技术的日新月异，新媒体自身就是一个不断发展

的相对概念，作为一个传媒产业的营销人员，只有不断提升自我，才能适应信息时代的风起云涌。新一个十年已经起步，箭在弦上，不管前方有多少困难和险境，出发已成必然！唯愿自己依旧自信执着，勤于实践，与心中坚守的广电梦继续精彩同行！

（作者系东莞广播电视台策划营销中心主任）

播出机房

用心　智慧　执行力

招文超／文

凌晨时分，广电中心高低压配电室，随着一声令下，早已准备就绪的技术人员，分成多个小组，开始有条不紊地开展停电应急演练的设备倒换操作。我看着一个个专注工作的身影，不禁又回想起广电中心大楼设备系统建设时的点点滴滴，想起李先翼总工的“用心做事，用智慧办好事，体现执行力”的教导。

2011 年 3 月，我台新航母“广电中心”经过近五年的基建施工，已接近完工，用于我台节目生产的各类专业设备系统紧接着将进场安装调试。为全面推进广电新大楼的设备系统建设，台里成立了由李先翼总工程师任组长，总工办、技术中心主任为副组长的技术规划建设工作小组。以时间为轴线，制订了详尽的项目实施计划，环环相扣，目标是于 2011 年 9 月 28 日进驻新大楼。

2011 年 6 月中旬，广电中心新大楼设备系统规划建设进入全面加速阶段，各类设备系统陆续到货准备进场施工。这个时候，工程建设遇到了新难题，广电中心基建部分的高低压配电系统多次推延交付使用时间，具体时间无法准确答复，而现场使用的临时配电系统供电容量小，无法满足设备系统安装调试和专业声学装修施工的需要，这必将影响到大楼启用的时间。面对困难，技术规划建设工作小组没有等待观望，一方面积极协调，努力做好与市城建局、供电公司的沟通工作；另一方面当机立断，马上租借大型发电机进驻工地进行应急供电。由于处置及时，为工程争取到了近一周时间，保证了工程按计划时间节点开展工作。

在此过程中，一方面，广播电视的各类演播室、直播间、录音间技术指标要求高，施工工艺复杂，施工周期较长，加上大楼基建工程的交付时间延误，因此，只有想方设法加快施工进度才能保证按期交付使用；另一方面，由于正值酷夏，天气炎热，加上施工环境差、工作体能消耗大，施工人员普遍不愿意加班工作，如何既能保证施工质量又能加快施工进度？这是摆在技术规划建设工作小组面前的又一难题。李总工用他的智慧化解了这个难题：一是亲自带队与中标供应商进行沟通协调，逐一解决供应商的后顾之忧，争取到供应商的支持与配合，压缩工期，加派人手，全力配合做好现场施工管理工作；二是提出了“用家人般的温暖让工人感受到诚意，心甘情愿配合工作”的工作思路。在之后的日子里，我们经常可以看到他带领规划小组人员在工地检查工作、慰问员工、解决困难的身影。

李总工跟供应商经理说：“老李，你要安排好工人的加班和作息时间，一定要错开，做到劳逸结合，休息好了才能更好地干活，有困难解决不了的，你就找我。”

“这个施工房间空气太差了，这可不行，蓝工，赶紧调两台大风扇过来。”

对施工工人说：“师傅，天气热，要注意补充水分，别中暑了，我们每天都安排了凉茶（糖水），今天您喝了没有？”

“各位师傅，大家辛苦了，我们买了夜宵，先歇会，过来吃夜宵。”

“今天是八月十五，中秋佳节，为了东莞的广电事业发展，你们还要奋战在施工一线，大家辛苦了，我带来了月饼、水果，还有慰问金，祝大家节日快乐!”

……

朴素亲切的语句、温暖贴心的关怀，让施工工人感受到亲人般的温暖和东莞广电人的诚意。

施工队长:“谢谢您的关心，领导请放心，我们一定拿出最好的手艺，把活干好，绝不耽误您的事。”

成果有目共睹，大家的心贴近了，施工工人的工作积极性提高了，硬是把工期缩短了一大截。

在37个设备系统项目建设中，开放式新闻演播厅的装修建设是其中的一项亮点工程，该厅设置了录音区、编辑区、演出区和导播区，演出区还充分利用有限的空间做到多景区，可以通过不同机位拍摄不同背景。在施工中，我们发现主持人玻璃背景墙的两块玻璃的连接缝处理不理想，影响到电视画面的呈现效果，为此规划小组马上组织会议进行技术论证，力求保证最佳效果，通过与承建商、新闻中心等应用部门的充分沟通协商，问题最终得到妥善解决。

类似的事情在广电中心大楼设备系统建设过程中还有很多，但在技术规划建设工作小组的手里都一一得到妥善解决。李总工提出的“用心做事，用智慧办好事，体现执行力”，更成为规划建设工作小组成员的思想行动指引。在他的带领下，规划建设工作小组排除万难，圆满完成了设备系统建设任务。我个人的综合业务能力也得到有效提升。虽然付出了辛劳，但收获了感悟和经验，是东莞广播电视台这个温暖的家，给了我发展的舞台和成长的动力，是各级领导的以身作则、言传身教，让我不断走向成熟。同行十载，精彩十年，更是我的成长十年。祝愿东莞广播电视台这个大家庭更加兴旺发达，我愿意贡献自己的微薄力量，共同见证东莞广播电视台更加美好的明天。

（作者系东莞广播电视台总工办副主任）

微电影　大营销

——微电影《心·湖》工作思考

冷玉柱／文

关于微电影的定义，至今仍然没有权威的说法。有人说，比电影短，比广告长的视频，就是微电影。也就是这其中的“广告”二字，让微电影从诞生之日起，便一直带着广告的血液，其发展历程也充满了商业的味道。而其中的商业类微电影更是电影加广告的一种压缩变形的创新演绎，是传统电影模式与现代营销模式的一种全新结合。

如果说，2005年胡戈的《一个馒头引发的血案》还属于网友们自娱自乐的产物，2010年初筷子兄弟的《老男孩》则代表了网络电影的雏形，那么，2010年底由吴彦祖主演的《一触即发》可以算作是中国微电影的里程碑。影片将凯迪拉克汽车品牌元素体现得淋漓尽致，让人们在“微电影”中潜移默化地接受了“大广告”的信息植入。随后，佳能、慕斯、三星、益达等知名品牌也相继推出了一系列根据自身品牌特点而量身定制的微电影作品，因其自身特点契合了碎片化时代人们利用碎片时间自娱自乐的需求，所以这一模式迅速成为继微博、微信之后微文化传播的又一载体。其短、平、快的传播到达模式，也一下子成为企业品牌营销和产品推广的新宠。

从本质上讲，商业类微电影就是广告，只不过它“润物无声”

的广告植入模式和手法以不影响电影内容为基准，紧密结合企业产品特性，抓住客户需求，抓准受众兴奋点。而企业的产品往往就是整个电影的主线或背景，在表现该产品的同时也就是在进行电影艺术创作。今年，由我台策划执行的商业微电影《心·湖》的创作思路就是以盈丰地产在横岗湖畔的高端地产项目“湖景一号”为中心展开的。

我们首先根据该产品的市场价值进行定位。据分析，该楼盘的购买者应为具有一定经济实力的40岁以上的改善型住宅需求人群，那么影片所展示的内容，就必须是他们所需要的。影片的名字“心·湖”的“湖”字，直观表达了该项目处在横岗湖边的绝佳自然资源优势，影片80%以上的拍摄场景都是在风景优美的楼盘内拍摄，将该项目的自然资源优势全方位植入影片。该影片讲述了一个以“理想、责任、亲情、爱情”为主基调的青春励志故事，结合了市场购买中坚力量60后、70后的创业历程和价值观，让他们在影片中“对号入座”。而“你我都有自己的心湖，时而宁静淡泊，时而波涟漪漪……”的宣传语，更是触动了有效购买客户人群心里最柔软的部分，使他们以欣赏电影的心态愉悦地接受了我们想要传达给他们的产品信息。

如果说，定位是微电影项目运营的灵魂，那么营销就是微电影项目运营的生命。微电影目前的传播手段还主要依赖优酷、土豆、搜狐等视频网站，收视人群类型相对狭窄，对于“大营销”理念的营销模式来说，其影响力仍显单薄，很难引起广泛人群的关注。若想真正发挥其影响力就必须依靠全方位的营销手段和强势的推广平台、推广资源以及多触点的传统媒体的推广配合。

首先，我们将整个项目的运作周期刻意拉长，扩大炒作纵深，然后将整个周期切割成新闻发布会，北京、东莞两地演员地面招募活动，开机仪式，拍摄花絮，剧组探班，首映仪式，去英国参加国际微电影节并获得最佳导演奖和最佳制片人奖等若干节点。其次，充分利用东莞台本土媒体资源的强大支撑，东莞电视台、东莞电台、东莞阳光网、东莞阳光台、《精彩一周》杂志五大媒体宣传平台开足马力就每一个节点进行同步、全方位立体宣传推广，迅速做到“心湖”二字全城皆知，并由电影这一营销活动提高整个地产项目的知名

度，促进商业销售。可以说，在《心·湖》项目的运营上，我们炒作的不是影片的艺术性这一点，而是整个运营周期的全过程立体营销。

经过半年多的周期运营，“湖景一号”项目在2014年严酷的地产市场竞争环境中最终实现逆市飘红，开盘即售罄。盈丰地产对《心·湖》为其销售所发挥的巨大作用给予了高度认可，我台也通过该项目创收225万元，收益130多万元，并首次实现了东莞主流媒体与本土优质房地产企业的强强联手，促进了文化与商业的有机融合。因这一成功合作案例的策划执行，东莞广播电视台与东莞市盈丰房地产开发有限公司已就2015年的进一步深入合作达成初步协议。

微电影项目营销周期短，资金回笼快，加之与我们固有的传统媒体的深度结合，宣传效果非常明显。这对于苦于找不到新营销方法的企业而言，不仅重新打开了他们的营销创意视野，而且更加坚定了他们与传统媒体合作的信心。只要挖掘充分、定位准确，再结合积极的市场和环境因素，“微电影”的“大营销”之路可以说大有作为。

从2013年我们运作的建材业第一部微电影《设·界》试水，到2014年地产界第一部微电影《心·湖》初见成效，我们意识到，在富媒体时代，在传统广告合作模式日益受到严峻挑战、传播效果逐渐式微的环境下，我们应该深刻研究的是如何贴近策划、换位思考，实现客户价值最大化。只有帮助他们把产品运行的内外要素有效整合，形成一个更加完整的高效率的具有独特核心竞争力的运行模式，并通过最优化的实现形式满足客户需求，我们才能用我们的价值捆绑住客户的价值，进而实现双方价值的共同有效增值。

（作者系东莞广播电视台策划营销中心副主任）

热心帮扶 温暖人心

林顺如／文

“有规有矩，有分有寸，有始有终，有情有义”的八有精神是东莞广播电视台的企业文化。这十年，东莞广电人就是在这种文化的熏陶下追求自己的梦想，制作自己的节目，共同编写出一个个感人的故事，创造出一个个惊人的成绩的。

这些成绩曾受到上级领导的高度赞扬，“创造南方广播电视发展史上的奇迹，成为南方广播影视传媒集团的一面旗帜”，我们因此感到自豪。我台采制的节目受到广大听众和观众的喜爱，发挥了服务大众、娱乐大众的功能，自办频道的收视率超越垄断东莞收视市场二十多年之久的香港电视台。东莞广电人是一群厚德务实、有冲劲有梦想的媒体践行者，我们除了将精彩的节目奉献给我们的受众外，我们还喜欢施爱行善、扶危济困，将我们的爱心奉献给有需要的人，以此来提升我们的人生价值。

黄永贵台长常常说：“我们既要赚到钱，更要帮到人。”开始我对这句话理解不是很深，后来才深深体会到“帮到人”是东莞台企业文化的重要一部分，是我们创造精彩、奉献精彩的归宿。在这个大集体里，黄台长经常用自己的实际行动引领我们，带领我们去体恤民情，用我们的爱心温暖一个个困难家庭。

望牛墩镇杜屋村经济欠发达，我台从 2006 年开始就对该村进行帮扶。逢年过节，台领导就和中层干部带上慰问金和粮油等慰问品到村慰问困难家庭，一年三次，从不间断。每次慰问活动，杜屋村困难户都早早在村里等候着我们，好像等候长时间没回来过节的外出亲人一样，让我们感受到一种久别重逢的温馨气氛。当我们亲手将慰问金和慰问品送到他们手上的时候，有些人感动得说不出话来，有些人感动得流下热泪。村民们对我们的这种感激之情绝非是一些慰问金和一份慰问品就能带来的，那么最重要的是什么？我带着这个疑问报名参加了 2013 年的驻村帮扶工作。

经过近八年的帮扶，杜屋村现在只剩下一户有正常劳动力的困难户和八户低保困难户需要帮扶，村民的收入比以往有了很大提升。每天早上和下午，退休的老人都可以坐在老人活动中心打牌、唱歌、看电视或坐在大榕树下聊天，生活过得很轻松。每当我看到这群老人可以无忧无虑地坐在一起闲聊时，都会为他们如今的安康生活感到开心，为我台对杜屋村的帮扶实效感到自豪，希望他们能天天过着这种愉快和谐的生活。

然而，上天有时真喜欢戏弄人，不如意总会降临在人身上。杜屋村低保户杜伦胜就遭遇不幸，一下子失去了行动能力。杜伦胜是一位 70 多岁的老人，他每天早上和下午都准时坐在榕树下与一群同村老人聊天，偶尔喝喝酒，原来的生活挺有规律的。2013 年 9 月 28 日，我突然接到了一个电话，得知杜伦胜老人突然中风被送到市人民医院治疗。我将这个情况向主管领导做了汇报，当时黄台长在外出差，他收到消息后立即吩咐我们带上慰问金到医院探望老人，了解他的病情和困难，这么快的反应犹如处理一宗特大事故。此时，我的耳边响起黄台长在杜屋村慰问活动中曾说过的一句话：“我们与杜屋村是脱贫不脱亲，我们是永远的亲戚关系，我来杜屋村的次数比我回家乡的次数还要多。”我们领导对待杜屋村的村民犹如自己的亲人和员工，他就是用自己的爱心去温暖了一个个家庭，难怪杜屋村的村民有困难都喜欢找黄台长。

2014 年春节前，我台提前来到杜屋村开展春节慰问活动，黄台长一下车就走到村民当中与他们一一握手，了解他们的近况。当得知杜伦胜需要请护工照料，而家庭存在经济困难时，当场组织在场的中层干部为他捐款，为他筹集了两万元护理费，并安排记者报道杜伦胜的家庭情况，呼吁社会热心人士参与帮扶。原本还在担心如何度过这个春节的杜伦胜的妻子一下子卸下了重担，整个人精神起来，对着黄台长连声说谢谢。东莞广电人正因为有了这样一位喜欢施爱行善的带头人，凝聚我们的爱心去帮助一批批需要帮助的困难家庭；正是有了广电人的真诚爱心才赢得广大市民的支持，攻克一道道难关，编写了一个个精彩的故事，赢得了大众的好评。

奉献一份爱心不难，但要有始有终坚持下去帮助一个人渡过难关，有时真是一件不容易的事。中风是老年人最难康复的疾病，对于年过 70 岁的杜伦胜同样也不例外。虽然有了黄台长和广电台干部的捐助，他的身体在有效治疗下有了好转，但还是无法站起来，仍然需要护工护理。为了帮助杜伦胜解决治疗和护理费用问题，我们分别向望牛墩政府和市扶贫领导小组咨询，试图寻找一种更好更长久的帮扶办法。虽然他们夫妻两人都是残疾人，但市镇目前的帮扶政策还是不能为他们解决护工费用问题。为了让这对老人安心度过晚年，2014 年 9 月黄台长再次为他们伸出援助之手，为他们解决了下一年的护工费用问题。

回顾近十年的东莞广电业绩，为什么能创造奇迹，能赢得大众的认可？除了我们辛勤的劳动付出，除了我们能履行好媒体的职责外，还有广电人受优秀企业文化的影响，对观众付出友爱和真诚，正如我们对杜屋村的帮扶工作一样。这几年我们为杜屋村修建广电之路、平安路、河桥，安装了工业路路灯，整治了村内巷道，添置了娱乐设施等等，每个村民随时随地都可以看到东莞广电人的帮扶足迹，感受到东莞广电人的情义，这也是杜屋村村民视东莞广电人为亲人的原因。

（作者系东莞广播电视台督查小组组长）

见证

方健伟／文

2011 年 9 月 28 日，阳光明媚，万里无云，微风轻拂，东莞广播电视中心新大楼正式落成了！这天，新大楼四周彩旗飘扬，处处洋溢着喜庆的气氛。各界贵宾络绎不绝，兴致勃勃地参观着全新的广播直播室、电视播控室和电视演播厅等，细心聆听着主持人精彩的解说，见证着东莞广播电视台辉煌的发展历程。作为一名东莞广电人，我不但非常荣幸地见证了这一历史时刻，而且也为曾经参与过广电中心设备系统的建设工作而感到自豪！

2011 年初，东莞广播电视中心新大楼刚封顶不久，为了尽快搬进广播电视中心新大楼办公，经领导会议讨论决定，我台要在 9 月 28 日举行新大楼的落成仪式。为此，我台成立了技术规划建设工作小组，由李先翼总工程师亲自挂帅，紧锣密鼓开始了新大楼的建设工作。

我主要负责广播直播室、电视演播厅的装修以及灯光系统、音频系统等项目。由于时间紧、任务重，不仅需要与厂家进行技术交流，与同事们一起讨论技术方案，还需要到广电中心大楼进行监工。我每天除了处理日常的工作外，大部分时间包括节假日都必须进驻广电中心大楼工地，全程监督施工情况，经常要工作到晚上八九点。

由于长时间加班加点，我的妻子颇有微词。为此，我耐心地和她沟通、解释，使她懂得我工作的意义和价值，并最终使其谅解和认同我的付出。

那时，广电中心新大楼工地的电梯主要是用来运货的，为了不耽误运货时间，我基本不乘坐电梯。即使施工地点比较分散，有的在综合楼 12 楼、14 楼，有的在演播楼 2、3 楼，我也会每天像长跑运动员训练一样在各大楼的楼上楼下往返跑，到每个工地仔细检查核对设备器材的规格型号、确保工期进度和检查质量是否符合要求，发现问题及时向领导汇报。我的足迹遍布工地现场的每个角落。

施工现场尤其是广播直播室、电视演播厅装修需要拆墙、打孔。因此，各种装饰材料搬来搬去，声音嘈杂，灰尘漫天，再加上南方酷热的三伏天，在工地待一会儿脸上便布满汗水和灰尘的混合物，一身衣服都是灰色的。在演播厅安装灯栅层钢结构时，我经常检查钢筋的尺寸对不对和条数够不够、焊接点牢不牢固，难闻的气味和刺眼的强光充满整个工地，待的时间长了，就会感到头晕。工作虽然很辛苦，但我没有丝毫怨言。当新大楼的设备设施像一件件精美的艺术品，逐渐将美丽的面貌呈现在我面前时，我由衷地感到满足和高兴，觉得再苦再累也是值得的。

除了我们经办人常驻工地现场之外，领导们也经常到广电中心大楼工地视察。在工地上，每一天，我们都能看到李总工、苏主任、钟主任忙碌的身影，他们仔细询问和了解施工情况，现场召开协调会，解决施工中遇到的各种困难。由于事事亲力亲为，李总工累得胃出血，但仍然带病坚持到工地现场指挥工作。在他的带动下，我们全体技术人员都爆发出更高昂的动力，自觉做到舍小我，顾大局，以只争朝夕的激情投入到工作中，提前完成了广电中心设备系统建设任务，保证了广电中心新大楼的顺利搬迁工作。

2012 年 1 月，我偕妻子参加了我台在 1 号演播大厅举行的员工及其家属的团拜晚宴。饭后，部门主任带我们的家属参观了全新的广播直播室和办公室。妻子赞叹地说：“你们台真大，真漂亮！以前你说到的新大楼加班情况，我完全理解了。你在电视台工作，我感

到很光荣，你一定要好好干啊！”

通过这次参与广电中心新大楼设备系统的规划与建设项目，我学到了很多东西，不仅自身得到了锻炼和成长，而且也见证了新大楼设备设施的建设过程，更体会了领导身先士卒、坚守工作以及各位同事爱岗敬业、不怕劳苦的精神。因此，我将更加扎实地做好每一件事，积极发挥自己的光和热，只要我们每个人都能在日常工作生活中积极努力，相信我们能够不断见证我台在未来发展事业中的一个又一个奇迹。

（作者系东莞广播电视台总工办员工）

东莞广播电视中心大楼